守望者

——

到灯塔去

本书的出版受到江苏省"双创博士"项目资助

曹冬雪 著

以诗为媒，融汇中西

梁宗岱与法国文学的互动（1924—1944）

南京大学出版社

目 录

引　言

　　民国时期涌现出一大批学贯中西、才华横溢的文人，梁宗岱（1903—1983）就是其中一位。他出身于广东新会县一个富裕的商人家庭，少年入读教会学校培正中学，后考入岭南大学。他参与创建了文学研究会广州分会并出版了新诗集《晚祷》（1924），可谓年少成名。1924年他赴欧洲留学，在日内瓦大学学习法语一年之后入读巴黎大学文学院，就读期间结识诗人、法兰西学士院院士瓦雷里（Paul Valéry，1871—1945），于1928年在国内出版了他所翻译的瓦雷里诗作《水仙辞》。同时他也将中国古典诗词译介到法国，尤其值得一提的是，1930年他于巴黎出版了个人译诗集《法译陶潜诗选》（Les Poèmes de T'ao Ts'ien），将陶渊明这位大诗人第一次介绍给法国文艺界。1930年梁宗岱赴德国柏林大学学习德语，1931年初转至海德堡大学继续学习德语，同年秋天接受胡适邀请，回国担任北京大学法语系教授，此后辗转任教于南开大学、复旦大学、中山大学等高校。回国后梁宗岱继续致力于欧洲尤其是法、德、英三国文学作品的译介，并撰写了大量文学批评文章，成为象征主义在中国的重要理论推手。他于

1944 年发表诗集《芦笛风》①之后，事业重心逐渐向中草药倾斜，开办药厂，提炼草药。除了两本个人诗集外，梁宗岱的代表作还有比较文学论集《诗与真》（1935）、《诗与真二集》（1936），译著《一切的峰顶》（1936）、《交错集》（1941）、《罗丹论》（1931、1943）、《歌德与贝多芬》（1943）、《莎士比亚十四行诗》（1978）②、《蒙田随笔》（1984）③、《浮士德》（1986）④。他在二十世纪三四十年代即蜚声文坛，后出于各种历史原因湮没无闻，直至二十世纪八十年代始得出版界和学术界重新关注。

作为五四时期成长起来的文人，面对强势的西方现代文化，他具有同代人普遍的文化身份焦虑。站在东方与西方、传统与现代的十字路口，直面中华文明三千年未有之大变局，何去何从？在西化与复古之间，梁宗岱选择了第三条道路："我们现代，正当东西文化之冲，要把二者尽量吸取，贯通，融化而开辟一个新局面——并非中学为体西学为用，更非明目张胆去模仿西洋——岂是一朝一夕，十年八年底事！"⑤梁宗岱所谓东西文化"吸取，贯通，融化"是五四前后在中国知识分子中流行的中西文化调和论。然而正如梁漱溟在《东西文化及其

---

① 《芦笛风》与《鹊踏枝》两组词作在 1943 年陆续发表在《民族文学》《文艺先锋》等杂志上。1943 年，梁宗岱自费在广西桂林的华胥社出版了手写体石印本《芦笛风》，1944 年华胥社再出铅印本，附录六首三十年代写作的《商籁》。本文的论述以铅印本的出版时间为准。

② 1937 年开始在报纸杂志陆续发表莎士比亚十四行诗，1942 年全部翻译完毕，1976 年重译，1978 年人民文学出版社把他的译诗收入《莎士比亚全集》第 11 卷中。

③ 1933—1943 年陆续将单篇发表在报纸杂志上，1984 年由湖南人民出版社以《蒙田随笔》为题编辑成单行本出版。

④ 1936—1938 年在译诗集《一切的峰顶》和报纸杂志上发表部分译文，1986 年广东人民出版社整理出版了《浮士德》第一部。

⑤ 梁宗岱：《论诗》，《诗与真》，北京：中央编译出版社，2006 年，第 48 页。

哲学》中所批判的那样，很多人的中西调和论，最终只不过是对中西文化都很"马糊"[①]，既不能彻底反思自我，也不能彻底认识西方，对文化建设毫无益处。具体到无论哪个人文领域，"固有的传统究竟有几分可以沿袭""外来的影响究竟有几分可以接收"[②]都是难以迅速回答的问题。且无论道德伦理、文学哲学，即使如医学这样的学科，围绕中医、西医展开的争论迄今仍不绝于耳。固有传统也好，外来影响也罢，如何取舍涉及的根本问题是价值标准问题。个人出身、成长背景、性情趣味、历史环境等的不同导致价值观存在很大的个体差异。

梁宗岱广泛涉猎西方各国优秀文学作品，翻译作品也涉及多个语种，但他在欧洲游学七年中的五年都在法国，受法国文学影响最深。法国文学可分成两部分看待：一部分是源于文学场的作家作品和诗学理念，另一部分是源于大学学术场域的文学研究，这既是梁宗岱在法国接触文学的两个重要通道，也是他作为诗人和学者抵达文学的两种路径。在法期间他在巴黎大学文学院就读，除了在学校接受教育外，还跟法国文坛领袖和青年作家多有往来。在二十世纪上半叶中法文学交流史中，梁宗岱同时扮演着引进者与输出者的角色，作为引进者，他向中国读者译介法国文学作品，尤为重要的是引进法国的诗学思想，此外，他还向法国读者译介自己的诗歌与中国古典诗词，这种双向的文学交流充分体现了他致力于中西文化沟通的努力。在接受法国文坛与法国文学教育诸多思潮的过程中，他所进行的思考与抉择能充分彰显他对于中西文化的态度与在特定

---

① 梁漱溟：《东西文化及其哲学》，上海：上海人民出版社，2015年，第16页。

② 朱光潜：《抗战版序》，《诗论》，北京：北京出版社，2005年，第2页。

历史时期的文学价值观。

梁宗岱是中国新诗发展的参与者和见证人，他的个人文学创作与批评几乎都围绕诗歌进行。从文学翻译作品来看，《法译陶潜诗选》《一切的峰顶》《莎士比亚十四行诗》都是诗集，《浮士德》虽是戏剧，也是诗剧，《交错集》虽含有小说，也是一种诗化小说，可以说，他一生的文学事业都以诗歌为重心。在整个西方文学中，他从法国文学获取了最丰富的诗学滋养。在陈独秀、胡适等人领导的文学革命之后，诗学领域成为思想交锋的战场，具体到诗歌领域，什么才是新诗建设的方向、古典诗词的价值何在成为众多诗人学者争论的对象，梁宗岱在法国诸多诗学观念中的取舍抉择很大程度上决定了他以何种姿态参与到这一论战中去。他的创作、批评与翻译都跟自己的诗学观念息息相关。

梁宗岱回赠给法国文学的是诗歌作品，不包括诗学理念，这主要有两个原因。首先，思想观念的输出也许是一切文化输出形式中最艰难的一种，它离不开文化话语权的支撑。中法两国在世界文学场域中的地位极不平衡，尤其是在二十世纪初，向法国输出作品极为不易，更不用提输出诗学理念。其次也跟他在中法两国的身份地位有关，他在旅法期间只是一名普通的中国留学生，在文坛和教育界没有任何话语权，而他在国内文坛是早已出道的诗人和名校教授，作为拥有一定声名的知识分子进行思想观念的传播。

本书将梁宗岱作为跨文化交流的中介人物，研究他以诗歌为载体、以融汇中西为目标与法国文学进行的互动。选择1924 年、1944 年作为研究的时间起讫点是因为 1924 年在梁宗岱的生命中发生了两件事：一是新诗集《晚祷》的出版，这标

志着他少年时期创作生涯的结束；二是出发去欧洲留学，这是
他文学生命的转折点，接受法国文学的深刻影响正是从这一时
期开始的。而 1944 年同样有两个重要事件发生：一是《芦笛
风》结集出版，标志着他在创作方面对中国古典诗词的回归；
二是发表《试论直觉与表现》这篇长文，他在文中承认自己二
十岁前后在法国接受的文艺原理，当时认为天经地义，现在看
来只是文艺偏见的一种，尽管他坚持这个原理对自己而言仍然
是正确的，但明显表现出立场的转变——从文学价值的绝对化
走向相对化立场，宇宙真理变成个人真理了。1924—1944 年
这二十年是他全身心投入诗歌事业，企图在中国新诗建设中有
所建树的二十年，同样也是他生命中的盛年。这二十年间中国
内忧外患、国将不国，文艺青年的思想倾向常在个人与社会两
极之间摇摆，梁宗岱自始至终都未曾改变过内倾化的文艺主
张，对非功利化的纯诗表现出矢志不渝的忠诚。他的这段生命
历程是一条几乎未曾中断的纯诗之路，与同时期历史和社会的
喧嚣动荡形成强烈对比，因而也格外具有研究意义。

　　梁宗岱作品集国内已有三个版本，分别是广东人民出版社
2003 年五卷本《宗岱的世界》、中央编译出版社 2006 年六卷
本《梁宗岱著译精华》以及华东师范大学出版社 2016 年八卷
本《梁宗岱译集》，三套文集内容有所重叠，但各有所长，尤
其是 2016 年版收录了梁宗岱欧洲游学期间的珍贵文本资料。
梁宗岱在法国的文学交游、所接受的文学教育、所从事的文学
著译对他回国之后诗学立场的形成起着关键作用，目前学术界
对这一时期的研究仍不够充分，这也给本书的研究创造了充分
展开的空间与可能。

梁宗岱在中华人民共和国成立后很长时期被历史尘封，湮没无闻，直到 1979 年璧华在香港主编《梁宗岱选集》（香港文学出版社 1979 年版）才重新进入人们的视野。自二十世纪八十年代中期以来，中国学界一方面开始收集、整理与出版他的文集，另一方面则不断深入对其诗论、翻译与创作的研究，其中诗论研究占据了最重要的部分。学者们主要围绕梁宗岱的"象征主义""纯诗""宇宙精神"等概念进行分析，一方面从中国现代文学发展史的角度揭示梁宗岱对新诗发展的贡献，另一方面则从比较文学的角度，强调其诗学中西融通的特点。

主要的研究有：陈太胜的专著《梁宗岱与中国象征主义诗学》（北京师范大学出版社 2004 年版）将梁宗岱的比较文学诗论置于中国文化身份危机的背景中进行考察，强调梁宗岱重建中国文化身份的努力；董强的专著《梁宗岱：穿越象征主义》（文津出版社 2005 年版）对梁宗岱诗论中的关键词进行了追本溯源工作，以法国象征主义作为知识谱系背景来观照梁宗岱诗论的独特之处；齐光远在博士学位论文《梁宗岱美学思想研究》（辽宁大学 2008 年）中从宇宙本体论、文艺美学思想、美学批评方法等角度阐述了梁宗岱的美学思想；张仁香在博士学位论文《梁宗岱诗学研究》（暨南大学 2010 年）中指出他将西方神秘超验的心灵追求与中国传统哲学的"心物合一"相结合，让象征主义带有浓郁的中国传统美学色彩；黄键在博士学位论文《京派文学批评研究》（北京师范大学 1997 年）中指出梁宗岱的象征主义推动了中国现代诗歌形式意识的重建；季臻的博士学位论文《论中国现代文学史上的诗化批评》（山东师范大学 2008 年）专辟一章讨论梁宗岱"走内线"的批评方法，指出他对中西诗学资源的融合，追求作品鉴赏时的"物我两忘的契合"状态；许霆在《论现代诗学演进中的梁宗岱诗论》（《文艺理论研究》2004 年第 2 期）一文中指出梁宗岱的新诗理论超越二十年代的白话-自由诗学、格律诗学和初期象征主义诗学，是中国现代诗学在三十年代走向成熟的标志；文学武的《瓦雷里与梁宗岱诗学理论建构》（《社会科学》2013 年第 4 期）一文指出梁宗岱结合中国文化因素对瓦雷里的理论进行了过滤与改造，凸显了文化主体意识；曾思艺的《比较文学视野中诗的理论与批评——也谈梁宗岱的〈诗与真·诗与真二集〉》（《中国文学研究》2013 年第 3 期）指出梁宗岱的诗论立足于中西文学传统，致力于中国新诗的建设与发展，其著作风格兼具西方文论的逻辑性与中国古典文论的优美；杨振的法文论文 "Revaloriser l'éternité à une époque progressiste：Liang Zongdai et littérature française（1917 - 1936）"[1]（《在进步主义的时代推崇永恒：梁宗岱与法国文学（1917—1936）》）注意到了梁宗岱诗论跟时代思潮的关系，在杨振看来，梁宗岱并非用中国素材论证象征主义的普世性，而是象征主义为梁宗岱提供了一个发展文学永恒观的理论框架，他以文学永恒观对抗诗歌创作的大众化倾向与意识形态工具化。

　　翻译研究的学位论文主要有：蔡燕的硕士学位论文《作为"知音"的译者——论梁宗岱对瓦雷里〈水仙辞〉的翻译》（复旦大学 2011 年）进行了译者主体研究，从"读者""批评者""再创造者"三个角度去分析作为"知音"的译者的特点；吕睿的硕士学位论文《论梁宗岱的翻译对其诗歌创作的影响》

---

[1]　Isabelle Rabut et Angel Pino（éd.）, *La littérature chinoise hors de ses frontières: influences et réception croisées*, Paris：libraire éditeur You Feng, 2013, pp. 199 - 230.

（西南大学 2011 年）指出梁宗岱的译诗对其自身诗歌语言、格律和审美倾向的影响；此外还有戴心仪的硕士学位论文《梁宗岱译里尔克〈军旗手底爱与死之歌〉的对比翻译批评》（北京外国语大学 2016 年）、俞海韵的硕士学位论文《梁宗岱诗歌翻译"再创作"研究》（华东师范大学 2016 年）。期刊论文方面主要有：徐剑的《形神兼备格自高——梁宗岱文学翻译述评》（《中国翻译》1998 年第 6 期）对梁宗岱的翻译进行了综述和整体评价；彭建华的《梁宗岱对波德莱尔的翻译与批评》（《法语学习》2014 年第 4 期）指出梁宗岱通过瓦雷里的视角观察和接受波德莱尔，有意回避了波德莱尔的"颓废主义"批评，强调了感官应和论、神秘主义等主题；仲伟合、陈庆的《梁宗岱的翻译观：在冲突中求契合》（《中国比较文学》2016 年第 1 期）一文围绕"契合"这一关键词，阐述了梁宗岱寻求译者与作者、译者多重内在自我、译者与文本及读者在矛盾、冲突与博弈中达到最佳契合的主体间性翻译观；陈庆、仲伟合的《梁宗岱〈法译陶潜诗选〉的绘画性》（《外语教学》2017 年第 1 期）通过文本细读，分析了梁宗岱法译陶渊明诗歌的绘画性特点。此外还有一些论文涉及梁宗岱译莎士比亚、里尔克的翻译文本批评，在此不一一列举。

创作研究相对较少，主要有张俊的硕士学位论文《论梁宗岱的诗词集〈芦笛风〉对其诗论的呼应与背离》（上海师范大学 2016 年）对作品与诗论进行了细致对比，探讨其作品对诗论的遵守与背离，认为作品没有成功遵守诗论，但除了诗论本身的境界缥缈玄妙外，没有揭示出更多更深刻的原因。另外还有张仁香和赵晓华《梁宗岱早期诗歌创作中的宗教意识》（《学术交流》2010 年第 4 期）、李卫华《终极关怀与审美超越——论梁宗

岱新诗的宇宙意识》［《西安电子科技大学学报（社会科学版）》
2010 第 6 期］对梁宗岱新诗中的宗教和宇宙意识进行了分析。

　　迄今为止的梁宗岱研究已经取得很多成绩，但也存在一些
不足。第一，在梁宗岱跟西方尤其是法国诗学的比较研究方
面，学者们尤其注意他对瓦雷里思想的借鉴，也指出他利用中
国传统诗学对瓦雷里的思想进行批判性吸收，但二者的思想关
系并没有得到彻底梳理，原因在于瓦雷里的批评文集在国内的
译介比较滞后，而且不够全面。1996 年，中国文学出版社推
出由葛雷翻译的《瓦雷里诗歌全集》，但文艺批评全集始终没
有出现。2002 年，百花文艺出版社出版了由段映虹翻译的
《文艺杂谈》，译文只选取了瓦雷里"百分之三十"①的批评文
章，及至 2017 年这本书在生活·读书·新知三联书店再版时
篇幅也没有得到扩充。2006 年，百花文艺出版社出版了由唐
祖论、钱春绮合译的《瓦莱里散文选》，只选译了瓦雷里关于
文学文化的部分批评文章。法语学界也注意到梁宗岱与瓦雷里
之间特殊的师承关系。比如董强在《梁宗岱：穿越象征主义》
一书中专辟"瓦雷里"一节，指出"梁宗岱的整个思想体系都
以瓦雷里的思想为契机，或者更准确地说，他对诗歌创作、批
评以及个人人生的构建的所有想法，几乎都来自他对瓦雷里的
认识、阅读与理解"②。这种论说比中文学术界看到了更多梁
宗岱对瓦雷里的继承与借鉴，但二者之间错综复杂的关系仍有
待深入研究。

　　第二，梁宗岱以留学生身份在法国的五年旅居生活对其一

---

① 段映虹：《关于〈文艺杂谈〉代序》，瓦莱里：《文艺杂谈》，段映虹译，
　　天津：百花文艺出版社，2002 年，第 1 页。
② 董强：《梁宗岱：穿越象征主义》，北京：文津出版社，2005 年，第 66 页。

生的文学道路起着至关重要的影响，他不仅受到法国文坛，也受到法国大学文学教育的影响，与后者的关系在目前的梁宗岱研究中几乎是一片空白。他在法国期间最重要的文学活动一是中译《水仙辞》，二是《法译陶潜诗选》，目前的研究聚焦于前者而对后者关注较少。刘志侠、卢岚合著《青年梁宗岱》与合编《梁宗岱早期著译》的出版为《法译陶潜诗选》的研究提供了珍贵周全的文献资料，但学界研究尚未得到深入全面的展开。

第三，虽然很多研究都强调梁宗岱融汇中西的诗学特色，但对于他如何在中西文学交流活动中具体践行融汇中西的文学观缺少深度剖析。只考察他文学活动——创作、翻译、批评——的某一方面，只侧重于中国而忽略西方现代思想史和文学史，只关注他的理念而忽视实践，都无法揭示融汇中西这一文学理念在历史中面临的真正挑战，也无法凸显梁宗岱在传统与现代、东方与西方之间进行一系列抉择时所体现出的独特人格。

基于以上三点观察，本书试图以跨文化视域，基于中法文文献，将梁宗岱重置在中法历史文化语境中，考察他以诗歌为载体在中法文学场域中进行融汇中西的文学实践，揭示其融汇中西理念的真正意涵。

融汇中西意味着文化的双向交流，无论是文化引进来还是文化走出去，面临的首要问题都是选择将什么加以引进或输出。对于法国诗学，梁宗岱本人直言，自己之所以"敢对于诗以及其他文艺问题发表意见，都不得不感谢"① 瓦雷里，无论

① 梁宗岱：《忆罗曼·罗兰》，《诗与真》，北京：中央编译出版社，2006年，第215页。

怎样强调瓦雷里对他的影响都不为过，然而，在各种现代文艺思潮涌动的法国，他为何对瓦雷里的诗学青睐有加？在关心他接受了什么的同时，我们同时关心他拒绝接受什么。在对外传播文化时，各种中国文学作品当中，他又为何选择陶渊明、王维等古典诗人的作品加以译介？他的种种选择体现了怎样的文学价值观？

其次，当我们把梁宗岱作为法国诗学的接受者即接受行为的终端来看，从源头到终端产生了怎样的变异？这种变异是有意还是无意造成的？若是有意，出于怎样的动机？此外，当他作为传播者向法国文学场域输出中国古典诗歌作品，他采取怎样的策略来保证输出的成功，从翻译到出版都做了哪些努力？当遇到源自中法语言和文化不可调和的异质性时，融汇中西究竟如何实现？

最终，任何一种文学实践必定会产生或多或少的影响，梁宗岱所从事的中法文学双向交流也不例外。在中国现代文学史上，虽然梁宗岱没有产生足够大的影响去开创一种文风、创立一个流派乃至影响一代文人，但他的文学实践尤其是批评与翻译对于推动中国新诗乃至新文学发展起到了积极的建设作用，鉴于这一方面的研究在中文学界已经得到比较充分的开展，我们在谈及梁宗岱中法文学交流实践的影响时，主要的着眼点在个人，关注他所接受的法国诗学对他个人创作、翻译、批评乃至后世文学命运的影响。与此同时，他在法国所译介的中国古典诗词虽然没有成为法国汉学史和文学史上的重要典籍，但在出版后获得了瓦雷里、罗曼·罗兰这样的法国重要知识分子的关注，他们的阅读体验折射出怎样的时代思潮？窥一斑而知全豹，一个人的精神往往投射出时代的云影。

本书以梁宗岱与法国文学在诗歌领域的互动为研究对象，涉及中法两种语言、文学和文化，主要采取比较文学影响研究与接受研究的路径，一方面研究梁宗岱所受到的法国文坛与文学教育的影响，另一方面研究梁宗岱法译中国古典诗词在法国知识分子中的接受。

影响研究是比较文学最早出现的研究范式。一个作家受到另一个外国作家的影响是影响研究的常见主题之一。影响是一种复杂动态的过程，包括"启发——促进——认同——消化变形——艺术表现"[①]等环节。在诗论和诗歌批评领域，梁宗岱受到法国文坛和法国高等教育各种思潮不同程度的影响。广东外语外贸大学梁宗岱纪念室的法文藏书成为重要的研究工具。凭借这批珍贵的藏书，本书对学界之前关于梁宗岱诗学渊源的一些猜测进行印证或推翻，对之前所忽视的一些渊源进行补充与丰富。

二十世纪七十年代随着接受美学的兴起，影响研究逐渐演变为接受研究，相较于影响研究，接受研究更强调接受方的主观能动性，在文化传播过程中，接受方不再是被动承受，而是积极主动地根据自身需求进行选择与阐释。接受美学破除作者中心论，让读者参与作品意义的构建，读者对作品拥有一定的阐释自由。如果说"在文学交流中接受美学只考虑作者、文本与读者这三极"[②]，在比较文学的视域下，还要考虑到更多的中介因子，如译者、出版人、批评家、教师等，除此之外，国

---

① 乐黛云、张文定：《比较文学》，北京：中国文化书院，1987 年，第 69 页。

② Muriel Détrie，« Les études de réception dans le contexte de la mondialisation: questionnement et renouvellement »，in Isabelle Rabut et Angel Pino（éd.），*La littérature chinoise hors de ses frontières: influences et réception croisées*，*op. cit.*，p. 22.

际关系、输入国的文化传统和意识形态等都会对作品的接受起
到重要影响。因此，接受研究注定是一项融合了文学史、思想
史、文学社会学、翻译学等的跨学科研究。① 对于梁宗岱法译
中国古典诗词在法国的接受，本书充分考虑到梁宗岱作为译者
所发挥的中介作用，也深入考察了二十世纪二十年代法国文化
思潮对知识分子阅读的影响。

　　本书采取外部研究与内部研究相结合的方式。在内部研究
方面，我们对梁宗岱围绕诗歌进行的中法文创作、翻译和批评
进行细致的文本分析，以突出其诗学理念与文学实践的紧密联
系。在外部研究方面，我们注重中法两国文学史和思想史研
究。以往对梁宗岱的研究都聚焦于五四后期西风东渐下的中国
文化及文学界，但梁宗岱旅法五年，正处在个人文学观形成的
关键年龄，因此本研究将同样关注法国文学和文化思潮。梁宗
岱是在二十世纪二十年代赴欧洲留学的，此时正处于两次大战
之间的一个特殊历史阶段。跟在中国的情形类似，法国文化界
展开激烈的东西文化论争，一场深刻的文学革命也在酝酿与发
展，在学术界，文学研究的科学范式逐渐走向建制。这一切都
对青年梁宗岱的文化与文学观产生着潜移默化的影响，如果不
将法国这一时期的思想史和文学史纳入考虑，梁宗岱的种种文
学抉择就缺乏清晰的历史背景参照。

　　我们同样重视中法文学场域对于梁宗岱文学活动的影响。

---

① Muriel Détrie, « Les études de réception dans le contexte de la
mondialisation: questionnement et renouvellement », in Isabelle Rabut et
Angel Pino (éd.), *La littérature chinoise hors de ses frontières: influences
et réception croisées*, *op. cit.*, p. 23.

文学场域是社会学家布尔迪厄①提出的概念。布尔迪厄将社会生活视为由一个个场域构成，每种场域都有其特定的运作规则，场内的行动者凭借各自资本进行资源与位置的争夺。对文学场而言，象征资本尤为重要，所谓象征资本指的是与名誉和认可相关的仪式或惯例，可转化为经济、文化、社会等其他资本。资本的不平等分配决定了场域的结构，不同资本的行动者处于统治与被统治的位置，但统治位置会受到被统治位置和场中新来者的挑战。就文学场域而言，行动者可以通过文学作品、宣言、论战等进行占位。介于位置与占位之间的是可能性空间，它作为特定时刻可被设想和可被实现的潜能空间呈现给行动者。梁宗岱作为诗人和学者，分别在新诗场域和学术场域参与象征资本（名誉、话语权等）的争夺，选择怎样的本国和法国文学资源进行场域中的竞争充分体现了他的文学个性，也在某种程度上决定了他的文学命运。

自十九世纪国门洞开以来，面对西方，中国知识分子始终未能摆脱一种复杂尴尬的心态，因为西方不仅是侵略者，也是现代文明在全球的开创者与主导者。在学习西方与保持传统之间，或者说在西化与中国化之间，百年来各种争论不绝于耳。在人文科学领域，是否存在像自然科学那样超脱国别与种族的普遍知识？西方后现代浪潮解构了普世性神话，在后现代语境下，人文知识不再是普遍理性的产物，而是隐秘的权力机制运行的结果。第三世界因此有理由拒绝西方人文话语霸权，但这

---

① 布尔迪厄：《艺术的法则：文学场的生成与结构》，刘晖译，北京：中央编译出版社，2011年。

往往也给民粹乃至蒙昧主义提供了借口。在西化与中国化之间还存在第三条道路，即中西融合。

在全球化的今天，中西融合已经不是一种理念，而是一种既定事实。一个生活在二十一世纪的中国人尤其是城市居民，无论社会生活还是精神生活都全面而深刻地受到西方影响。西方已经是包含在"自我"当中的"他者"，是现代中国无法从自身分离出去的文化因子。我们一方面不应妄自尊大，要继续学习西方优秀文化，另一方面也不应妄自菲薄，要积极主动地向全世界传播中国优秀文化。

梁宗岱曾是中西文化尤其是中法文化交流的重要推动者，细致梳理他的文学与精神历程，有助于我们理解中西文化交流时可能会遇到的问题，他的疑惑与彷徨、采取的策略与方法都对今天的文化交流活动具有启发意义。以往的梁宗岱研究局限在他文学活动的某个方面，以静态的文本阐释为主，我们将梁宗岱作为文学活动的行动者，试图将他的文学历程整体纳入文学场域与中西文化交流史中，以更好地折射人、文学与世界的关系。

除去引言和结论外，本书正文部分分成五章。

第一章阐述梁宗岱在欧洲游学之前中西文化融合观的萌芽与最初表现。五四时期少年梁宗岱积极关心国事，也紧密关注当时的文化思潮，他的中西文化观深受五四前后知识分子群体东西文化论争的影响，面对西方现代文化和中国传统文化，他采取中西调和的态度，并在早期创作中有着充分表现。

第二章到第四章围绕诗论与诗歌批评分析梁宗岱在面对法国文学影响时的三种态度：因袭、对话和批驳。其中，第二章阐述梁宗岱对瓦雷里形式诗学的接受，通过这种接受参与新诗形式运动，他自身的创作从自由体走向严谨的格律体，在诗歌翻译中也更为重视形式的再现，将包括商籁在内的西方格律诗体移植到白话新诗的建设中。

第三章阐述梁宗岱象征主义诗学的构建。他从法国象征主义诗学中汲取跟中国传统美学契合的部分，形成自己的象征主义理念，并以此为根据对波德莱尔、马拉美、瓦雷里等人的诗学进行过滤、改造或补充。形式诗学和象征主义诗学完成了梁宗岱对于一首好诗从形体到精神的定义。

第四章阐释梁宗岱在诗歌批评领域对源于法国并风靡于中国学术界的实证主义研究的态度。相较于这种注重历史考证、追求客观理性的研究方法，梁宗岱更推崇一种基于个人体悟与直觉的诗歌批评。他的诗歌批评文采斐然，个性洋溢，体现了他想要将诗人与学者的身份合二为一的意愿，也反映了他与追求理性和专业分工的现代学术之间的距离。

第五章从文化"引进来"转至文化"走出去"。我们围绕梁宗岱在法国对中国古典诗词的译介并以《法译陶潜诗选》为个案，分析他在翻译过程中进行中法文化融合的具体策略以及为了让译本被法国文学界接受所做出的努力。瓦雷里和罗曼·罗兰将作为读者接受的样本，呈现"一战"后法国文人对中国古典诗词接受的可能与限度。

结论部分揭示梁宗岱融汇中西的文学实践并非毫无章法的"引进来"与"走出去"，而是从中西诗学资源中寻找具有普遍性的元素以建立一种普遍性的诗学标准，以此来定义包括中国文学在内的世界文学经典，并促进经典作品在世界范围内的传播。

第一章　梁宗岱中西文化融合论的萌蘖

　　1924 年，二十一岁的梁宗岱乘船前往欧洲学习文学。在他身后是内忧外患、积贫积弱的中国，在他前方则是虽遭受"一战"重创，仍代表人类先进现代文明的欧洲。跟当时留日、美、法等国的所有留学生一样，成长于五四时期的梁宗岱不仅关心个人学识的提升，也关心自己所学能为国家做些什么贡献。他虽然未留下记录个人留学心境的诗文，但在 1921 年寄给同龄留学生的两首诗中我们能窥见他对于留学西方所持的态度。一首为送朱耀芳赴美留学："我知你此行：为求学识的充裕；为求社会的进步；为求国家的幸福。"① 三个"为求"突出体现了五四一代的家国情怀。中国既是"亲爱的"②，又是"长夜漫漫""黑槭槭的"③，想要驱除黑暗，必须暂时离开它，去"光鲜明媚的新大陆，繁华热闹的新世界；吸收那清爽活泼的新空气，澎湃汹涌的新潮流，灌输到沉闷寂寞的祖国去"④。另

① 梁宗岱：《送朱耀芳君赴美国留学》，刘志侠、卢岚主编：《梁宗岱早期著译》，上海：华东师范大学出版社，2016 年，第 27 页。原载于《培正学报》第 5 期，1921 年 1 月。
② 同上书，第 28 页。
③ 同上书，第 29 页。
④ 同上书，第 28 页。

一篇寄给已经抵达巴黎的梁志尹，他称读到梁君来信，看到"西方乐无比"一句，心里既替他欢喜，又有些隐忧，寄语梁志尹："还望你，莫只顾西方乐，忘掉痛苦底这里！"[1] 青年梁宗岱的求学报国之心跃然纸上。

如果说他希望朱耀芳学习科学以"实行物质的救国"[2]，他自己学习文学，则只能实现文化上或精神上的救国。文学不同于科学，先进的科学成果容易界定，而先进的文学理念或文学作品很难取得共识。同样抱着去西方取经以造福中国的目的，一名学习科学与一名学习文学的留学生所面临的抉择大不相同。科学没有中西之分，而在当时的中国文化界，东西文化讨论方兴未艾。文学是文化的重要组成部分，对于一名文人而言，他的文学观深受文化观的影响。在深入分析梁宗岱的文化观之前，我们有必要对五四前后的东西文化讨论进行一番梳理，以提供理解梁宗岱个人文化立场的历史参照。

第一节　中国五四前后的东西文化论争

中国自明末至辛亥革命掀起一股"西学东渐"的风潮，先后历经学习西方科学知识、引进机械制造、模仿政治制度三个历史阶段，辛亥革命以后虽照搬了西方政治制度，却并没有起到良好效果。在救亡图存的压力之下，时人认识到政治改革仍

---

[1]　梁宗岱：《寄梁志尹》，刘志侠、卢岚主编：《梁宗岱早期著译》，上海：华东师范大学出版社，2016 年，第 61 页。原载于《培正学报》第 5 期，1921 年 1 月。

[2]　梁宗岱：《送朱耀芳君赴美国留学》，同上书，第 30 页。

未触及根本，要从文化上对中国加以改造。《新青年》于此时应运而生，掀起了推翻传统文化的新文化运动，支持者、反对者、调和派皆有之。总体看来，"中国现代文化的特征可以被描述为一个文化冲突过程"①，即中国传统文化与西方现代文化的冲突过程，在思想史上则通过东西文化论战体现得淋漓尽致。根据陈崧的划分，东西文化论战从1915年至1927年绵延十余年，共分为三个阶段。首先是1915—1919年从《新青年》创刊到五四运动爆发，围绕东西文明优劣展开的论战。《新青年》主编陈独秀与《东方杂志》主编杜亚泉为第一阶段论战的主要代表人物。1919年五四运动以后进入东西文化论战的第二阶段，这一阶段新文化和新思潮已呈山崩海啸之势，抱残守缺不再可能，保守派人士只能从新旧文化的关系这一角度来发表意见，通过"新旧调和"来为旧文化争取话语权。1920年以后围绕梁启超的《欧游心影录》（1920）和梁漱溟的《东西文化及其哲学》（1921）开展了第三阶段的东西文化论战，这一阶段的论争以"一战"后的西方文明危机与西方人的自我反思为背景，问题聚焦于对西方现代文化的再评价以及中国该采取何种文化，走什么发展道路。②

在这场论战中，无论具体论点如何，核心问题在于当年冯友兰向泰戈尔所提出的问题："东西洋文明的差异，是等级的差异（difference of degree）？是种类的差异（difference of kind）？"③

---

① 汪晖：《现代中国思想的兴起·下卷·第二部：科学话语共同体》，北京：生活·读书·新知三联书店，2014年，第1144页。

② 陈崧编：《五四前后东西文化问题论战文选》增订本，北京：中国社会科学出版社，1989年，第4—5页。

③ 冯友兰：《与印度泰谷尔谈话（东西文明之比较观）》，同上书，第403页。原载于《新潮》第3卷第1号，1921年9月。

认为是等级差异的往往将东西文化关系等同于前现代与现代的关系，在"一战"生灵涂炭的背景下，持这种立场的又分成两类观点。一类认为虽然现代总体而言比前现代要先进，但现代不是完美的，有些传统因素可以拿来补现代之弊，整个世界都将走向新旧调和。章士钊在 1919 年面对青年学生正式提出"新旧调和"的观点。他将新旧调和上升到宇宙进化的法则这一高度，认为"宇宙之进步，如两圆合体，逐渐分离，乃移行的而非超越的"[①]，"调和者，社会进化至精之义也"[②]，他号召青年人"无论政治方面，学术或道德方面，亦尽心于调和之道"[③]。根据"一战"后欧洲百业凋零、民风败坏的现状，他预言欧洲在持续创新的同时将迎来道德上的复旧。在新文化运动战将眼中代表愚昧落后的"旧"，在章士钊眼中却是国族之根基："旧者，根基也。不有旧，决不有新，不善于保旧，决不能迎新；不迎新之弊，止于不进化，不善保旧之弊，则几于自杀。"[④] 章士钊以胡适为例，批评其反古典文学的立场太过极端，认为人为创造一个文学新纪元不仅狭隘，也绝无可能，他所倡导的理念是"文无新旧"[⑤]。但章士钊也绝非顽固守旧之徒，他清醒地看到中国传统文化中的短处，比如古来圣贤只标榜独善，而忽视公善，"仿若盈天地间之人，俱各有其独立

---

① 章行严：《新时代之青年》，陈崧编：《五四前后东西文化问题论战文选》增订本，北京：中国社会科学出版社，1989 年，第 185 页。此文为1919 年 9 月在寰球中国学生会上的演讲，原载于《东方杂志》第 16 卷第 11 号，1919 年 11 月。
② 同上。
③ 同上。
④ 同上书，第 188 页。
⑤ 同上书，第 184 页。

之位置，毋须与他人发生关系"①。圣贤境界太高，普通人难以企及，因此反而会抹杀上进之心。中国应向西方社会学习，提高普罗大众的道德学识，而不追求个别人的超凡卓绝，只有民众整体素质提升，社会才能取得良好且持久的发展。基于章士钊的社会声望和文化影响力，"新旧调和"很快成为舆论热词，同时激起反对的声浪，在反对者中就有"现代"的绝对信徒。例如常乃惪运用孔德的社会进化神权、玄想、科学三阶段说，将东洋文明视为第二阶段的古代文明，西洋文明视为第三阶段的现代文明。对他而言，东西文明是一个伪命题，二者的真正区别是古代文明与现代文明的区别，西洋现代文明是世界文明，并非不适用于东方世界，它是一切民族进化道路上的必由之路。现代文明即便破绽百出，也绝对没有掉头回到古代世界的道理，只能继续往前发展。由此，常乃惪批判用东洋文明救治西洋文明的流行论调，反对东西文明调和说。②

认同东西差异是种类差异的有三种立场。第一种认为东方的特质完全劣于西方，这种立场以陈独秀为代表，他在《东西民族根本思想之差异》一文中指出东西民族的根本思想水火不容，主张学习西洋民族的战斗精神而舍弃东洋民族的安息精神，东洋民族宁可忍辱负重，也不愿勇猛战斗，如此"卑劣无耻之根性"③ 不除，则无法摆脱被征服的地位；主张以西洋的个人本位主义替代东洋宗法社会的家族本位主义，因宗法社会

① 章行严：《新时代之青年》，陈崧编：《五四前后东西文化问题论战文选》增订本，北京：中国社会科学出版社，1989年，第184页。
② 常乃惪：《东方文明与西方文明》，同上书，第281—293页。原载于《国民》第2卷第3号，1920年10月1日。
③ 陈独秀：《东西民族根本思想之差异》，同上书，第13页。原载于《青年杂志》第1卷第4号，1915年12月。

有四宗罪，即"损坏个人独立自尊之人格""窒碍个人意志之
自由""剥夺个人法律上平等之权利""戕贼个人之生产力"[①]；
主张以西洋民族的法治本位主义取代东洋民族的感情和虚文本
位主义，认为西洋"社会个人不相依赖，人自为战，以独立之
生计，成独立之人格，各守分际，不相侵渔，以小人始，以君
子终。社会经济，亦因以厘然有叙"[②]。

第二种立场认为东方特质也可以用来补救西方之弊，主张
东西调和，以杜亚泉为代表，他以"伧父"为笔名发表《静的
文明与动的文明》一文，虽然也跟陈独秀一样，指出东西文明
截然对立，但不同于陈独秀的贬东扬西，杜亚泉认为东西文明
都不是完美和理想文明的化身，西洋文明主动，中国文明主
静，应动静互补，"抱合调和"[③]。尤其自欧战爆发以来，西洋
文明已不适合成为盲从的对象，其真正价值需要重新审视。主
静的中国文明不仅不应当废止，还可以提供"救西洋文明之
弊"[④] 的药方。

最特殊的是第三种立场，即梁漱溟的立场。梁漱溟在《东
西文化及其哲学》中旗帜鲜明地反对文化调和论，认为东西文
化具有绝对的异质性，彼此不可兼容。他将文化解释为一个民
族"生活的样法"[⑤]，而生活就是"没尽的意欲（Will）"和

---

① 陈独秀：《东西民族根本思想之差异》，陈崧编：《五四前后东西文化问
　题论战文选》增订本，北京：中国社会科学出版社，1989 年，第 14 页。
② 同上书，第 16 页。
③ 伧父：《静的文明与动的文明》，同上书，第 29 页。原载于《东方杂志》
　第 13 卷第 10 号，1916 年 10 月。
④ 同上书，第 24 页。
⑤ 梁漱溟：《东西文化及其哲学》，上海：上海人民出版社，2015 年，第
　33 页。

"那不断的满足与不满足罢了"①。由此，他将世界文化分成三种路向：第一种，以意欲向前要求为根本精神，奋力取得所要求的东西，改造局面，使其满足自身要求的西方文化路向；第二种，遇到问题不求解决，知足安分，调和意欲的中国文化路向；第三种，努力解脱生活，既非向前，又非持中，而是意欲反身向后的印度文化路向。简单说来，欧洲文化旨在实现欲望，中国文化在于调和欲望，而印度文化在于否定欲望。在此基础上，梁漱溟提出他的世界文化发展三段论，认为人类在第一阶段着重解决物质问题，所用的是理智；第二阶段着重于内在生命，所用的是直觉；第三阶段着眼于"无生本体"，所用的是佛学里的现量。② 这三个阶段分别对应西方文化、中国文化与印度文化。中国人与印度人未经历第一阶段就走入第二与第三阶段，属于文化早熟，必须及时更改路径，走第一条路，只有经历第一阶段才能自救。而西方人在第一阶段已进入尾声，即将转入第二阶段。梁漱溟认为西方人在向外关注天文地理、动植物之后，开始向内回转，关注人的生命本身。从尼采、杜威、柏格森、泰戈尔等人的学说中，梁漱溟看到了一种共同的转向，总结道"此刻西洋哲学界的新风气竟是东方采色"③。简而言之，梁漱溟主张东西文化不可调和，但不做孰优孰劣的区分，中国之所以落后于西方是因为过于早熟，现阶段应该向西方学习，最终是要重新回到原先的路上的。

---

① 梁漱溟：《东西文化及其哲学》，上海：上海人民出版社，2015 年，第 34 页。
② 同上书，第 178 页。
③ 同上书，第 178 页。

　　不同于清末，五四时期的知识分子即使要为本国文化进行辩护，也不能仅从本国文化传统中寻找话语资源，而是要用西方话语来论证自我的合法性，中国文化在很大程度上失去自我表达的能力，梁漱溟运用柏格森的直觉论来为孔子辩护就是个典型的例子。中国文化需要通过西方人的肯定来自我肯定，"一战"之后之所以出现胡适所谓东方"精神文明"论的复兴，很大程度上是因为西方出现一股反思现代性乃至渴慕东方古老文明的思潮。当不得不模仿的对象开始怀疑自身，这个榜样是否值得模仿就很成问题，于是之前做过的价值判断、对自我的认知就要进行再调整。以梁启超为例，这个清末的维新派在"一战"之后突然转变为胡适眼中的保守分子。

　　1918 年 12 月底至 1920 年 3 月，梁启超偕蒋方震、张君劢、丁文江等人在欧洲进行了为时一年多的考察，到访英、法、德、意等国，而以在法时间最长，与各国政治家、外交家、社会名流多有接触。梁启超亲眼看到战后欧洲经济萧条、社会动荡的局势，欧洲思想界出现一股对西方现代文化感到绝望、渴求东方文化的潮流，这种情形深深打动了梁启超，《欧游心影录》便记录了他欧洲之行的所观所感。"欧洲人做了一场科学万能的大梦，到如今却叫起科学破产来，这便是最近思潮变迁一个大关键了。"[1] 他称西方"许多先觉之士，着实怀抱无限忧危，总觉得他们那些物质文明，是制造社会险象的种子，倒不如这世外桃源的中国，还有办法。这就是欧洲多数人

---

[1] 梁启超：《欧游心影录（节录）》，陈崧编：《五四前后东西文化问题论战文选》增订本，北京：中国社会科学出版社，1989 年，第 362 页。原载于《东方杂志》第 17 卷第 6 号，1920 年 3 月。

心理的一斑了"①。古老的东方精神文明可以成为疗治西方物质文明恶疾的药方，因此他呼吁中国的年轻人要树立起文化自信："我们可爱的青年啊，立正、开步走！大海对岸那边有好几万万人，愁着物质文明破产，哀哀欲绝的喊救命，等着你来超拔他哩。我们在天的祖宗三大圣和许多前辈，眼巴巴盼望你完成他的事业，正在拿他的精神来加佑你哩！"② 当然我们固有的文化传统也并非完美，也需要向西方学习，比如学习西方的研究方法、组织能力、法治精神、地方自治等。总之，应当认真审视东西文明的方方面面，估量其价值，实现优势互补，以开创一种更健康的世界文明："拿西洋的文明来扩充我的文明，又拿我的文明去补助西洋的文明，叫他化合起来成一种新文明。"③ 鉴于梁启超在思想界的巨大影响力，胡适不得不撰文批驳："今日最没有根据而又最有毒害的妖言是讥贬西洋文明为唯物的（materialistic），而尊崇东方文明为精神的（spiritual）。这本是很老的见解，在今日却有新兴的气象。从前东方民族受了西洋民族的压迫，往往用这种见解来解嘲，来安慰自己。近几年来，欧洲大战的影响使一部分的西洋人对于近世科学的文化起一种厌倦的反感，所以我们时时听见西洋学者有崇拜东方的精神文明的议论。这种议论，本来只是一时的病态的心理，却正投合东方民族的夸大狂；东方的旧势力就因

---

① 梁启超：《欧游心影录（节录）》，陈崧编：《五四前后东西文化问题论战文选》（增订本），北京：中国社会科学出版社，1989 年，第 366 页。
② 同上书，第 390 页。
③ 同上书，第 388 页。

此增加了不少的气焰。"①

在长达十余年的文化争论中，很少见到就某个具体问题展开中西价值的细致比较，泛泛而谈者居多。即便如梁漱溟《东西文化及其哲学》这样的鸿篇巨著，其立论也过于笼统而经不起仔细推敲。② 西化派与东方派、改革派与保守派并不存在泾渭分明的划分，在纷繁动乱的时局中，当时的人发表议论多少具有"随意立论的倾向"，时常根据语境调整立场，"言论中出现自相矛盾的现象并不稀见"③，在同一个人身上，趋新与保守的倾向往往俱在，盘根错节地纠缠在一起。

第二节　少年梁宗岱的文化立场与早期诗歌创作

一、少年梁宗岱的中西文化融合论

五四运动爆发时梁宗岱是广州培正中学的学生，他于1918年入学，这是一所由三位华人浸信会教友创办的教会学校，采用美国中学的教育方案，除国文一科外，各科均用英文教授，对学生的英文水平要求很高。五四运动席卷全国时，他

① 胡适：《我们对于西洋近代文明的态度》，陈崧编：《五四前后东西文化问题论战文选》增订本，北京：中国社会科学出版社，1989年，第684—685页。原载于《现代评论》第4卷第83期，1926年7月10日。
② 胡适：《读梁漱溟先生〈东西文化及其哲学〉》，同上书，第535—554页。原载于《读书杂志》第8期，1923年4月1日。
③ 罗志田：《守旧的趋新者：梁漱溟与民初新旧东西的缠结》，《学术月刊》，2016年第48卷第12期，第137页。

积极参加广州学生联合会的各种请愿游行，并响应《新青年》和《新潮》的号召，开始改用白话文写诗作文。作为接受西式教育又关心国家命运的热血少年，知识分子界的争论自然成为他关注的焦点，我们所能看到的梁宗岱最早发表的文章正是跟中西文化有关。1919 年 7 月，十六岁的少年梁宗岱在校报《培正学报》上发表一篇文章，跟当时一切关心国事的少年一样，他对中国内忧外患的局面感到痛心疾首。对于这种惨痛的局面，他认为根本原因在于"世风之日下、社会人心之日坏"①。权贵阶层假公济私，对人民疾苦置若罔闻；普通百姓蝇营狗苟，只图享乐。整个社会从上至下处于道德沦丧的状态。只有对人心加以改造，整个国家才有救亡图存的可能。他对当时社会上的新旧两种文化论调都进行了批评。一方面，他认为保守派"欲举宋元理学以回狂澜"② 不符合社会发展趋势，当前社会不同于宋元社会，古老的道德伦理不能完全满足新社会的需求；另一方面，他以更加严厉的口吻批评全盘西化的倡议者：

> 慨自欧风东渐，惑外者一举一动悉仿欧西，以为吾国道德庸腐迂旧，于是将数千年之国粹尽举而吐弃之。流弊所极，廉耻丧，尊卑泯；假自由之名，行侵夺之实，遂成今日之现象。③

---

① 梁宗岱：《字义随世风为转移今所谓智古所谓谲今所谓愚古所谓忠试述社会人心之变态并筹补救之方论》，刘志侠、卢岚主编：《梁宗岱早期著译》，上海：华东师范大学出版社，2016 年，第 4 页。原载于《培正学报》第 4 期，1919 年 7 月。

② 同上书，第 3 页。

③ 同上书，第 4 页。

在少年梁宗岱眼中，全盘西化给国家带来的是礼崩乐坏和自我毁灭："苟将国粹而尽弃之，则又何异自饮鸩药？"[①] 正如中医配药，西化作为拯救中国的一剂药方，是毒药还是良药，视剂量而定，且需与其他药材混合调配使用：

> 故处今日而欲补救此弊，必于古今中外之道德，参详之，熔化之，用其长以补吾短，以成一种真正适合之道德，而陶铸吾国民臻于纯美之域。非然者，虽普及教育以启民智，兴实业以裕民财，吾恐智适足以成其奸，富适足以成其恶而已。于社会人心之坏奚补哉！[②]

在道德领域，他拒绝迷信西方，相信可以以一种不偏不倚的态度对待古今中外一切道德资源，汲取精华而融汇成一种适合中国社会建设的新道德。这种立场正是五四时期典型的"东西融合"或"新旧调和"说。在梁宗岱眼中，文化融合并非古今中西的杂糅或杂处，而是带有一定价值标准的选择与建构。《快乐论》这篇文章集中反映了他在思想领域对文化融合观的实践。[③]

《快乐论》围绕青年苦闷乃至自杀这一社会现象展开，他认为导致这一局面的主要原因在于人心缺乏快乐人生观。如何

---

① 梁宗岱：《字义随世风为转移今所谓智古所谓谲今所谓愚古所谓忠试述社会人心之变态并筹补救之方论》，刘志侠、卢岚主编：《梁宗岱早期著译》，上海：华东师范大学出版社，2016 年，第 4 页。
② 同上。
③ 梁宗岱：《快乐论》，同上书，第 32—56 页。原载于《培正学报》第 5 期，1921 年 1 月。

建立起快乐人生观，他认为第一步即在于建立标准，"就人生论快乐"，排除那些"非人生的快乐""消极的快乐"。[①] 标准已定，接下来就可以检视古今中外关于快乐的诸般学说，择优选择。首先是老庄的以清静无为、绝智弃学为快乐的学说，这种学说与人性天生的智识和欲望相悖，若坚持这种学说，人类不可能有进步，甚至可能堕落得如禽兽一样。梁宗岱指出，虽然这种学说在当时有一定的历史意义，但在当前没有可取之处。接着他批驳了杨朱的纵欲快乐说，认为这种学说使人丧失真正的人格，"和猪狗无异"[②]，且很快使人陷入精疲力竭的悲苦情境当中。纵观中国古代的快乐说，他认为真正有价值的只有三说：一是《论语》的"学而时习之，不亦乐乎"；二是宋代理学家的"万物静观皆自得，四时佳兴与人同"；三是明代王门学者的"学是学此乐，乐是乐此学"。而在西洋学说当中，他罗列了追求"身体上无痛苦，心灵上无烦扰"的伊壁鸠鲁快乐论、追求人群最大公益的边沁功利主义、尼采的奋斗快乐说、约翰·穆勒博采众长的综合性快乐学说、斯宾塞和孔德的社会进化快乐说以及社会主义的工作即快乐说。这六种学说他没有一一进行批判，只是罗列各方要点，作为提出自己快乐观的思想资源。最终，他对快乐的定义如下：

> 由充量发挥己身所潜蓄的劳力和智识，所求得供给人类生活上各种事情的便利，和社会上共同事业的进步，就

---

① 梁宗岱：《快乐论》，刘志侠、卢岚主编：《梁宗岱早期著译》，上海：华东师范大学出版社，2016年，第34页。
② 同上书，第40页。

是快乐。①

这一定义带有浓厚的社会进化论色彩。个人的快乐根植于生活便利与社会进步，而生活便利与社会进步又依赖于个人劳力与智识的发展，因此个人与社会存在密不可分的关系："想得真正的快乐不可不求社会的进步。"② 这种快乐是"永久的，进步的，有创造的能力，奋斗的，精神的"③。至此，梁宗岱完成了一种快乐人生观的建构。在这一过程中，他广泛涉猎古今中西各家学说，虽然受到近代西方的社会进化论影响最大，但并非因其"新"或"西"而盲从之，他的结论是凭借自己认可的标准进行判断思考的结果。对中国古代的思想资源他没有一味肯定或全盘否定，而是仔细辨析，承认其合理、有价值的部分。《快乐论》作为梁宗岱的文化观实践体现了一个五四少年的独立精神与思考能力。

二、《晚祷》中的中西文化意象

尽管梁宗岱对道德与人生观发表过议论，但他并非也并未成长为道德伦理学家，他少年时期即选定文学道路，一生的事业也主要围绕文学进行。他旅欧之前就已发表诗作，成为中国最早的现代诗人之一。从他的第一部诗集《晚祷》（1924）来

---

① 梁宗岱：《快乐论》，刘志侠、卢岚主编：《梁宗岱早期著译》，上海：华东师范大学出版社，2016年，第49页。
② 同上书，第55页。
③ 同上书，第56页。

看，在少年梁宗岱的情感世界里，中西文化已经融为一体，但也不乏冲突之处。

《晚祷》从形式来看是一部不折不扣的新诗集，摆脱了传统诗律，以白话入诗。中国的新诗运动"最大的影响是外国的影响"[1]，从一开始就在西方现代自由诗的启发下追求形式上的解放，诗体解放被设定为新诗运动最重要的初始目标，少年梁宗岱顺应时代潮流，积极投身新诗运动。从内容来看，《晚祷》呈现了两类截然不同的宇宙和心灵图景。一类诗篇带有强烈的宗教色彩，呈现庄严、宁静、和谐的基调。其中《晚祷（一）》《晚祷（二）》《星空》三篇带有明显的基督教意味。在《晚祷（一）》中，琴音缥缈，不同于中国传统诗词中幽咽的箫声，这里的琴音"清婉潺湲"：

> 一切忧伤与烦闷
>
> 都消融在这安静的旷野，
>
> 无边的黑暗，
>
> 与雍穆的爱幕下了。
>
> 让心灵恬谧的微跳
>
> 深深的颂赞
>
> 造物主温严的慈爱。[2]

① 朱自清：《现代诗歌导论》，蔡元培、胡适等：《中国新文学大系导论集》，长沙：岳麓书社，2011年，第308页。

② 刘志侠、卢岚主编：《梁宗岱早期著译》，上海：华东师范大学出版社，2016年，第177页。

《星空》一篇同样颂扬造物主的慈爱，星空下无限的音波齐奏无声的音乐，万千光明的使者隐隐唱起赞歌。《晚祷（二）》则是一个人在"暮霭底茫昧"中对着"主"进行祷告，忏悔自己从前的"狂热"与"痴妄"，"虔诚地，轻谧地/在黄昏星忏悔地温光中/完成我感恩底晚祷"。①

这三首诗都以黄昏或黑夜作为时间背景。黄昏时分是恬静的，透着"温光"（《晚祷（二）》），夜空虽然"深沉幽邃"，却并不造成恐怖的感觉，反而以"雍穆的爱幕"（《晚祷（一）》）透露出"造物的慈爱"（《星空》）。"我"虽然独处，但因心灵有所依傍与安慰而感到"恬谧"（《晚祷（一）》）。

少年时期的梁宗岱虽然中学就读的是教会学校，且"上帝""主""造物主"等字眼常见于他的早期诗作中，但他彼时却不是虔诚的基督徒②，有诗句为证："你飞上天上，想和那所谓无所不能的上帝为友么？"③（《小娃子》）"所谓"一词透露出他对上帝存在的怀疑。与其说他诗作中的"上帝"表达出他的宗教信仰，不如说体现了他的宗教感。他的诗作整体呈现出复杂多样的宗教图景④，除了基督教词汇外，还出现过佛教词汇，如"菩提露"（《苦水》）、"木鱼"（《秋痕》）等。也有一些无法明确归类属于哪一类宗教，但同样呈现宁静安详氛围

① 刘志侠、卢岚主编：《梁宗岱早期著译》，上海：华东师范大学出版社，2016年，第214—215页。
② 根据刘志侠、卢岚夫妇在《青年梁宗岱》中的考证，梁宗岱在培正中学时期不是教徒。见刘志侠、卢岚：《青年梁宗岱》，上海：华东师范大学出版社，2014年，第52页。
③ 刘志侠、卢岚主编：《梁宗岱早期著译》，上海：华东师范大学出版社，2016年，第76页。
④ 参见董强《梁宗岱：穿越象征主义》第3章第1节"梁宗岱作品中的宗教感"中的详细分析，北京：文津出版社，2005年，第113—118页。

的诗篇，如《夜露》①：

> 当夜神严静无声的降临，
>
> 把甘美的睡眠
>
> 赐给一切众生的时候
>
> 天，披着件光灿银烁的云衣，
>
> 把那珍珠一般的仙露
>
> 悄悄地向大地遍撒了。
>
> 于是静慧的地母
>
> 在昭苏的朝旭里
>
> 开出许多娇丽芬芳的花儿
>
> 朵朵的向着天空致谢②

第二类诗篇的意境与之相反，在一种凄凉的氛围中烘托出一颗孤独无依的心灵。"游子怀乡"这一中国诗的经典主题成为寄托这种情感的绝佳题材，如这首自由诗体写作的《晚风》：

> 飘飒迷离的晚风
>
> 浩茫荒凉的漠野
>
> 沉吟踯躅着那游子
>
> （……）
>
> 他思念着他黄泉下的兄母，

---

① 董强认为介于神话与民间信仰之间并带有某种泛神论倾向，见董强：《梁宗岱：穿越象征主义》，北京：文津出版社，2005年，第116页。

② 刘志侠、卢岚主编：《梁宗岱早期著译》，上海：华东师范大学出版社，2016年，第182页。

> 他思念着他远离的父亲，
>
> 他思念着他年幼的弟妹，
>
> 他思念着他那不可即的爱人：
>
> 但是他的春底幻梦
>
> 终于破碎了
>
> 回忆只增了惆怅，
>
> 梦想只成了泡影，
>
> 思念也不过愈显得他的孤寂呵！
>
> 他只有踽踽的沉吟了！
>
> 他只有凄凉的踯躅了！
>
> 他只有在飘飒迷离的晚风里迷离了！①

另有一篇以游子为主题的作品：《归梦》。这篇散文诗记录了年幼时与现时的两场梦境，梦里都是身在旅途。在幼时梦中：

> 是一个严冬的霜夜。不知怎样的，迷离的踱到一处无际的荒野去。漠漠的赤沙，漫漫的长途。凄烟迷雾里，只见朔风怒号，寒月苦照，惊鸿凄咽，怪鸥悲鸣。小心里，惶然悚然！只剩有寂寞，只剩有荒凉！②

这场凄苦的梦以回家得到母亲的安慰而终结。在现今一场"飘忽迷幻的梦"中，"我"经过长途跋涉，到家时"暮色苍

---

① 刘志侠、卢岚主编：《梁宗岱早期著译》，上海：华东师范大学出版社，2016年，第150—151页。

② 同上书，第170页。

凉，风光黯淡"，母亲的慈颜多出无限憔悴，"我"于梦中惊醒，"正是春暮夜静的深处，碧纱窗外，剩月朦胧，子规哀啼"。①

《晚风》与《归梦》这两篇作品塑造的意象相似，都是漂泊荒野的孤旅人，无论是前者"飘飒迷离的晚风"还是后者"怒号"的"朔风"，都烘托了旅人寂寞凄凉的心境。与其说这种意象出自梁宗岱的个人生活经历，不如说源自一种情感体验。梁宗岱曾直言"每当午夜珠江上的汽笛漫长动荡着沉寂如死的夜气的时候，我便如身卧寒秋的荒野，凄凉的感觉霜霰般深沁心头！"② 也就是说，"寒秋的荒野"不是他的真实生活经历片段，而是瞬间情感意象。这种反复出现、萦绕不断的情感意象跟传统文化记忆密不可分。毕竟天涯羁旅、游子怀乡是中国古典诗词最重要的主题之一，留下了诸如"日暮乡关何处是，烟波江上使人愁"（崔颢《黄鹤楼》）、"人言落日是天涯，望极天涯不见家"（李觏《乡思》）、"枯藤老树昏鸦，小桥流水人家，夕阳西下，断肠人在天涯"（马致远《天净沙·秋思》）等千古流传的佳句。尤其《归梦》一篇，虽然是以散文诗的新文学形式出现，但大量铺陈的四字排比以及"朔风""寒月""惊鸿""怪鸥""碧纱窗""剩月""子规"等古典诗词意象使全篇充满了浓郁的古典意境。

游子确实是梁宗岱偏爱的诗歌主题，他写过这样的小诗："停匀寂寞的夜雨，/夹着低沉断续的六弦琴，/滴在窗外的芭蕉上，/滴进游子沉睡的心房深处。/使他觉得客涯的惨淡，/

---

① 刘志侠、卢岚主编：《梁宗岱早期著译》，上海：华东师范大学出版社，2016年，第170页。
② 同上书，第196页。

旅况的凄清。"①［《散后（十四）》］"夜雨""六弦琴""窗外芭蕉"这样的意象联结，简直如同古典诗词的白话文改写。

法国汉学家德理文②曾比较西方第一部诗歌《伊利亚特》与中国第一部诗集《诗经》，指出两种文明从一开始便存在巨大差异。《伊利亚特》对英雄与战功的歌颂是《诗经》所没有的，《诗经》中的恋土怀乡折射出不同于古希腊文明的另外一个古代世界。③ 在对中国古诗的阅读中，他还感受到中国人最深沉也是最具中国特色的忧伤是思乡与离愁。④

但我们不能完全用思乡离愁来解释梁宗岱早期诗作中天涯孤旅人的主题形象，散文诗《秋痕》记述的就不是独行，而是和父亲一起度过的羁旅夜，但仍然充满凄冷孤寂的氛围。"我"与父亲在"凄凉的月色"中，"迷惘的荒野"上行走。举目四望，唯见一座"颓废的古刹里射出一点孤灯"，刹里透出断断续续的木鱼声，树影"森森"，落叶"萧萧"，天地间一片"悄然寂然"。不同于《晚祷（一）》《晚祷（二）》里的宇宙，这里的宇宙是没有慈爱的天父进行关照的宇宙，是外在于我寂然运转的宇宙。

母亲的早逝让梁宗岱在六岁时就直面生命的无常，他一生

---

① 刘志侠、卢岚主编：《梁宗岱早期著译》，上海：华东师范大学出版社，2016 年，第 125—126 页。

② 德理文（le marquis d'Hervey-Saint-Denys，1822—1892）：1862 年出版了译集《唐诗》（*Poésies de l'époque des Thang*），他为此译集所撰长序《中国诗歌艺术和韵律学》（"L'art poétique et la prosodie chez les Chinois"）已成为法国汉学界关于中国古典诗歌研究最重要的文献之一。

③ *Poésies de l'époque des Thang*, traduites du chinois par le marquis d'Hervey-Saint-Denys, première édition, Paris：Amyot，1862，réimpression Paris：Éditions Champ Libre，1977, p. 21.

④ *Ibid.*, p. 50.

为死亡问题所困扰①，晚年皈依基督教，而在少年时期则对基督教持有若即若离的态度。中国传统文化的熏陶、五四运动的洗礼使他不可能迅速信服任何一种宗教。游子的孤独不仅来自跟故园和亲人的距离，也来自终极信仰的缺失，他如同一个不知来自何方去往何处的宇宙孤儿，"在无边的空间当中，/依稀地看见我最初的哭声荡漾，/哀悼我现在的灵魂！"②〔《散后（十八）》〕世界的本色是一片虚空："时间/是无边的黑暗的大海。/把宇宙的一切都沉没了，/却不留一些儿的痕迹。"③〔《散后（二十四）》〕人类个体身处其中，渺小卑微，毫无自由意志可言："命运是生命的沙漠上的一阵狂飙，/毫不怜悯的/把我们——不由自主的无量数的小沙——/紧紧的吹荡追迫着，/辗转降伏在他的威权里/谁能逃出他的漩涡呢？"④〔《散后（二十八）》〕

在这样的宇宙观下，忧虑、哀愁构成他的生命基调："忧虑像毛虫般/把生命的叶一张一张地蚕吃了"⑤〔《散后（二十三）》〕；"在生命的路上，/快乐时的脚迹是轻而浮的，/一刹那便模糊了。/只有忧郁时的脚印/却沉重的永远的镌着"⑥〔《散后（十五）》〕。有时不止忧愁，简直恐惧："心中不住地

---

① 参见梁宗岱在《试论直觉与表现》（1944）中的自白，《诗与真续编》，北京：中央编译出版社，2006年，第191—195页。
② 刘志侠、卢岚主编：《梁宗岱早期著译》，上海：华东师范大学出版社，2016年，第127页。
③ 同上书，第128页。
④ 同上书，第129页。
⑤ 同上书，第128页。
⑥ 同上书，第126页。

忐忑，轻烟般的恐怖已渗进稚弱的心灵了。"①（《秋痕》）即使成年之后，当深夜从"乱藤般的恶梦"中惊醒，听到夜枭的声音，也感到"凄切而恐怖"。②（《夜枭》）

两种截然不同的宇宙，前者是宗教尤其是基督教赋予的宁静安详的宇宙，在看到星空的刹那，心灵感到莫大的安慰；后者是天涯孤旅人所处的那个缺少神性、凄冷的宇宙。这两种宇宙无法共存在一个人的头脑中，可以想象少年梁宗岱的情感天平时而倾向天父，时而产生怀疑，时而彻底丧失信仰。

除了宇宙和生命，爱情也是《晚祷》的一大主题。在摆脱礼教压迫、追求个性解放的时代浪潮下，青年男女之间的爱情成为新诗最重要的表现主题之一，《晚祷》也不例外。在《晚情》这篇描述少男少女情思的诗篇中，环境背景为"晚风起——/树梢儿在纤月昏黄下/微微的摆动了"③。这样的开篇不禁让人想起"月上柳梢头，人约黄昏后"（欧阳修《生查子·元夕》）的美好意境。月亮作为中国古典诗词中寄托相思或烘托朦胧情愫的重要意象之一，在梁宗岱的笔下频频出现："月亮！谢你这皎皎的清色，每夜伴我的梦魂安静地到伊的家里去"④〔《散后（三十）》〕；"幽梦里，我和伊并肩默默的仁立，在月明如洗的园中。听蔷薇滴着香露，清月颤着银波"⑤〔《散后（三十二）》〕。虽然是新诗，我们体会到的却是一种含蓄婉转的中国古典美学意境。

---

① 刘志侠、卢岚主编：《梁宗岱早期著译》，上海：华东师范大学出版社，2016 年，第 154 页。
② 同上书，第 100 页。
③ 同上书，第 194 页。
④ 同上书，第 130 页。
⑤ 同上。

　　《晚祷》作为梁宗岱少年时期新诗创作成果的集中展示，一方面表现了他对新诗运动的拥抱，用自由诗体打破古典格律，利用西方文化资源创造新的诗歌意象，另一方面也表现了他在诗歌语言与意境上对中国古典传统的继承。将古今中西的文学资源进行融会贯通，这正是梁宗岱文化观在文学创作领域的体现。但《晚祷》中两类宇宙图景的出现也预示着梁宗岱在中西文化交流中可能遇到的一种困境：中西文化要在彼此相悖的基础上进行融合，这将对他的中西文化交流实践带来挑战，也将充分考验他的立场与才能。

第二章 诗之形体：对瓦雷里形式
诗学的接受

"夫西洋之文化，譬犹宝山，珠玉璀灿，恣我取拾，贵在审查之能精与选择之得当而已。"[①] 面对西方文化的态度应当是不盲从盲信，以精当的眼光进行"审查"与"选择"，挑出其中的精华部分为我所用。梁宗岱在二十世纪二十年代旅法五年，在这片"宝山"中，他所选中的最重要的"珠玉"显然是瓦雷里。他将瓦雷里尊为自己的文学导师，称自己之所以"敢对于诗以及其他文艺问题发表意见，都不得不感谢"[②] 瓦雷里。甚至有学者直言："梁宗岱在对这位'导帅'的跟随上，真的到了无意识地模仿的程度，即使是在对自己人生轨迹的'设计'上，也与瓦雷里不分你我。"[③] 不过，在瓦雷里面前，他并非一个虔诚狂热的信徒，而是自始至终保持着自己的"审查"与"选择"能力，对瓦雷里的诗学理念有选择性地进行吸

① 吴宓：《论新文化运动（节录）》，陈崧编：《五四前后东西文化问题论战文选》增订本，北京：中国社会科学出版社，1989 年，第 533 页。原载于《东方杂志》第 20 卷第 6 号，1923 年 3 月。
② 梁宗岱：《忆罗曼·罗兰》，《诗与真》，北京：中央编译出版社，2006 年，第 215 页。
③ 董强：《梁宗岱：穿越象征主义》，北京：文津出版社，2005 年，第 71 页。

收，其中吸收得最彻底的应属瓦雷里的形式诗学。

第一节 瓦雷里：梁宗岱在新旧之间的选择

梁宗岱是在巴黎留学期间结识了瓦雷里。这位大器晚成的诗人在"一战"期间以一首古典风格的长诗《年轻的命运女神》（1917）而名声大噪。[①] 战争期间的法国诗坛充斥着大量浅陋直陈的抗战与爱国主义宣传诗，也流行大量自十九世纪象征主义运动解放了诗体之后的自由诗，《年轻的命运女神》这首五百多行的亚历山大体鸿篇巨制以严谨的格律与深沉玄妙的意境获得文坛的极大关注。瓦雷里在 1925 年（即梁宗岱入学巴黎大学的那一年）当选法兰西学士院院士。学士院只有四十人的名额，只有当其中有人逝世，空出一个名额，才会增补新院士进去。由于永远是四十张椅子坐着四十位院士，法国人也把这四十位院士称为"不朽者"。于是，在初抵巴黎的梁宗岱眼前展现出这样一幅文坛景象：一位谨守传统格律的诗人不仅获得文坛的认可，还获得至高的官方荣誉。与之对比的是在他出国之前，中国诗坛自陈独秀、胡适等人倡导文学革命之后，尤其是胡适提出诗体解放之后，传统格律诗已经成为保守落后、精神桎梏的代名词，青年诗人纷纷写作自由体的新诗以与传统划开界限，梁宗岱正是其中一员。

瓦雷里对《年轻的命运女神》的保守性心知肚明，在全诗

---

① 瓦雷里在《年轻的命运女神》发表时已经四十六岁了，虽然他在少年时期就有诗作发表，但并未成名，《年轻的命运女神》是他在诗坛沉寂了二十多年之后的产物。

还没写完之前，他在致布勒东（André Breton，1896—1966）的一封信中吐露心声："如果这首诗能写完，如果能印刷面世，我将享有反动分子的美誉。"[1] 他知道自己不是在引领一个文学新时代，而是在为一种传统送上一曲庄重的挽歌："在乱言之海的险恶岸边，用最纯粹的词语和最高贵的形式为这门语言（法语）修筑一座也许是丧葬性质的纪念物——一座没有标注年代的小墓。"[2] "一战"期间瓦雷里因为年龄过大不能直接上战场，既然不能为法国的国土奋战，他便想到为法语而奋战。[3] 如同敌军对国土的侵犯一样，一些莫名其妙、不纯洁的用法被他视为对法语的侵犯。他不仅谨守传统格律，在词汇方面也喜欢使用古典主义时代的诗歌词汇，其中很大一部分来自寓言和神话，比如天鹅、竖琴、天使、芦苇和风等，而自从浪漫主义时代以来，古典词汇早已成为诗人们驱逐的陈腔滥调[4]。"最纯粹的词语和最高贵的形式"本可作为抵御敌军的枪炮，然而他说，这只是为了给法语修一座小小的坟墓。显然他意识到：一个时代已经落幕。

在二十世纪初的法国诗坛，象征主义已成强弩之末，各种先锋诗派纷起，从前的象征主义诗人们要么改弦更张，要么对象征主义进行改造。瓦雷里清楚地知道诗坛风向标已经变了，知道相对于时代而言，自己的诗风意味着保守乃至反动。不仅

---

[1] Lettre inédite du 21 octobre 1916, coll. particulière, cité dans Michel Jarrety, *Paul Valéry*, Paris: Fayard, 2008, p. 388.

[2] Lettre non datée（1917），in *Lettres à quelques-uns*, Paris: Gallimard, 1952, p. 1101, cité dans Michel Jarrety, *Paul Valéry*, *op. cit.*, p. 374.

[3] *Ibid.*

[4] Pierre Guiraud, *Langage et versification d'après l'œuvre de Paul Valéry*, Paris: Librairie C. Klincksieck, 1953, pp. 154 - 155.

对于现代诗，对于整个现代艺术他都感到隔阂。他不喜欢电影，认为电影是对现实的蹩脚模仿，也无法欣赏以立体主义为代表的现代绘画，认为立体主义不需要太高明的技巧即可实现。[①]在二十世纪初的法国诗坛，阿波利奈尔（Guillaume Apollinaire，1880—1918）成了最有影响力的一位，他和当时文学艺术中的一切先锋派如未来主义、立体主义以及野兽派保持着极为密切的关系。他用文字组成图形诗，以语言的自然节奏来取代标点，同时他以通俗的大众语言、率真诚朴的抒情风格使法国抒情诗重又获得了生机，内容上的蓬勃生命力与形式上的自由创新对年轻一代具有强烈的吸引力，并且在很大程度上引发了超现实主义的诞生。[②]"超现实主义"一词即来源于阿波利奈尔，他也曾是超现实主义"教父"布勒东的精神导师。布勒东在刚出道时因为瓦雷里在文学写作上神秘的缄默而崇拜并追随瓦雷里，后来在瓦雷里酝酿构思《年轻的命运女神》时，布勒东被更具创新性的阿波利奈尔所吸引，逐渐与瓦雷里疏远，改投阿波利奈尔门下。

二十世纪二十年代中后期梁宗岱旅居巴黎之时，超现实主义运动在法国文艺界正呈风起云涌之势，"超现实主义创造了一种新的文学气氛，这种气氛在 1920 年至 1930 年的十年间在诗歌方面成为统治的标志"[③]。超现实主义跟达达主义一样，以一种不亚于中国新文化运动的激烈姿态颠覆一切传统文艺范式与传统价值观。不同于达达主义之处在于，达达主义是纯粹

---

① Michel Jarrety, *Paul Valéry*, *op. cit.*, p. 382.
② 葛雷、梁栋：《现代法国诗歌美学描述》，北京：北京大学出版社，1997年，第212—218页。
③ 同上书，第234页。

的破坏而无建设，超现实主义有自己的美学纲领，产生过重要的创作成果。根据 1924 年《超现实主义宣言》对"超现实主义"这个词的定义："超现实主义，阳性名词，是指纯心理的自动主义，通过它，人们可以口头、书面或其他任何方式来表达思想的真实活动。它是对思想的记录，不受理性的任何控制，也不考虑来自美学和道德的任何约束。"[1] 超现实主义深受弗洛伊德的精神分析学启发，将绝对理性视为精神的囚笼，对梦、幻觉、想象乃至疯癫进行了礼赞，认为这些体现了人类自由与本真的状态。超现实主义者们奉行一种自动写作，用笔触来捕捉自己的意识流，让思想不受任何逻辑、伦理和美学等方面的限制，以尽可能真实全面地呈现人的思想状态。"思想的速度并不比言语更快，思想并不必然对语言或流动的笔端构成挑战"[2]，潜入精神世界的最深处并使之呈现是可能的。超现实主义体现了这样一种企图：诗人也能跟科研工作者一样，为人类精神世界的探索做出贡献。[3]

不过，对于两次大战之间的文艺界而言，虽然以超现实主义为代表的现代派在后世文学史和艺术史上占据最重要的篇幅，在二十世纪二十年代的巴黎，却是古典主义风格的瓦雷里占据诗坛权贵地位，其诗作代表着一种受到官方体制认可的诗歌范式。在他本人当选院士之后，作品立刻洛阳纸贵，就连他写给朋友的私人信件都被收信人拿去拍卖。梁宗岱选定了瓦雷里这位文学导师，不仅意味着追随他的思想，也意味着追随一

---

[1] André Breton，*Manifestes du surréalisme*，Paris：Gallimard，1994，p. 36.

[2] *Ibid.*，p. 33.

[3] *Ibid.*，p. 20.

种特定的生活方式。他称自己"常常追随左右，瞻其丰采，聆其清音"①，跟瓦雷里见面的场合常常是在上流社会的文艺沙龙里。一位法国作家记录了梁宗岱参加一次沙龙时的场景：

> 不久后，梁宗岱来了，这位年轻的中国诗人——"瓦莱里的中国人"，他是瓦莱里认为唯一能及得上自己的人。他得意洋洋，神气活现，（……）现在好像自视为在他的主子之后，他是雷惠兰府邸的第二条支柱。
>
> （……）他像磁针找回磁极那样急急忙忙要抽身离开，因为瓦莱里在邻室已经开始滔滔不绝说话，围着他的人越来越多。梁宗岱像小猫奔向母猫怀里，肩肘并用，很快钻进到他的磁极左边，然后动也不动了。他听着，表情好像在说"这个位置属于我的。"②

他也曾自述参加巴黎文艺沙龙的过往经历："我在巴黎时，每星期都在法国最有名律师家度过，（……）律师请当时在巴黎的第一二流的学者、艺术家、画家等度星期天。我是托瓦雷里之福，有幸被邀请的。"③ 这些记录表明梁宗岱完全融入了瓦雷里身后那个代表主流秩序的高雅文艺世界。文艺沙龙这一始于十七世纪初贵族时代的生活美学虽然随着贵族时代的消亡

---

① 梁宗岱：《保罗·瓦莱里先生》，《诗与真》，北京：中央编译出版社，2006 年，第 20 页。

② 刘志侠、卢岚：《青年梁宗岱》，上海：华东师范大学出版社，2014 年，第 280—281 页。原文见 Lettre du 2 février 1930, in Jean Tardieu et Jacques Heurgon, *Le ciel a eu le temps de changer: Correspondance 1922—1944*, Delphine Hautois（éd.），Saint-Germain-la-Blanche-Herbe：IMEC, 2004, p. 138。

③ 见甘少苏手抄稿，转引自同上书，第 278 页。

呈现颓势，但两次大战之间巴黎的文艺沙龙生活仍然非常活跃，出现了很多著名沙龙女主人。从前的沙龙女主人都出自贵族家庭，从十九世纪下半叶开始，富豪巨贾的太太也加入这一行列。前文提及梁宗岱在"雷惠兰府邸"参加的聚会是由雷惠兰夫人①（Noémie Révelin，1872—1953）所主持，这位夫人当时虽然只是二婚嫁给了一个知识分子，但本身继承了工业家父亲的遗产，资产颇丰。

文艺沙龙只是巴黎文艺生活的某一侧面，其优雅与秩序会让我们忘记二十世纪二十年代在史学界有"疯狂年代"（les années folles）的别称。"一战"之后，巴黎成了世界文学艺术的大熔炉，在拉丁区、蒙帕纳斯或蒙马特高地的各色咖啡馆和小酒馆里，各国流亡作家和艺术家来来往往，各类先锋艺术层出不穷。我们所熟知的英美文学巨匠海明威、庞德、菲茨杰拉德、艾略特、乔伊斯等都曾在二十年代旅居巴黎，对这段时光海明威有一段经典评述："假如你有幸年轻时在巴黎生活过，那么你此后一生中不论去到哪里她都与你同在，因为巴黎是一席流动的盛宴。"② 在海明威《流动的盛宴》这本记录二十世纪二十年代巴黎生活的回忆录里，咖啡馆是非常重要的文学场所。他自己的创作、跟友人的相聚往往都发生在咖啡馆里。咖啡馆同时也是超现实主义运动成员最重要的聚集地。对于他们而言：

　　　　咖啡馆既是他们的总部，也是一个特别的沙龙，他们

---

① 她与第一任丈夫生下的女儿是罗兰·巴特的母亲。
② 海明威：《流动的盛宴》，汤永宽译，上海：上海译文出版社，2009年，第1页。

在这里相聚，也在这里找到与世界的联系。经常会面使超现实主义者保持了一种小组精神和长久的积极性。在两次大战之间的年代里，超现实主义者们每天中午或黄昏都泡在咖啡馆里。有时，他们甚至在城堡路或枫丹路待到深夜。①

在咖啡馆的喧嚣声中年轻人们热情地交换对万事万物的看法，分享打破旧秩序、呼唤新世界的渴望。咖啡馆是生命力涌动的场所："在一片如疾风骤雨般的嘈杂声中，涌动着埋藏在世间所有低级咖啡馆深处的希望和失望，有人在拥抱，有人在找碴儿，有时还会有人打架：没有比这更诱人，更愉快的场面了。"② 而在梁宗岱的回忆文字里，我们几乎见不到跟咖啡馆相关的论述。他是否喜欢去咖啡馆已无从考证，但可以肯定的是，至少对于他的文学道路而言，咖啡馆及其代表的文艺先锋派所发挥的影响力远远小于上流社会的文艺沙龙。梁宗岱对先锋艺术不能说一无所知，就诗歌领域而言，"后起的诗派如'都会主义'，'达达主义'，'超现实主义'"③ 他都有所了解，但他从未撰写专文介绍也从未翻译过这些先锋派的作品。

　　梁宗岱清楚地认识到瓦雷里在诗歌领域的保守性："梵乐希是遵守那最谨严最束缚的古典诗律的；其实就说他比马拉美守旧，亦无不可。因为他底老师虽采取旧诗底格律，同时却要

---

① 乔治·塞巴格：《超现实主义》，杨玉平译，天津：天津人民出版社，2008年，第12页。

② André Breton, *Les vases communicants*, Paris: Gallimard, 1970, pp. 113 - 114. 转引自同上书，第13页。

③ 梁宗岱：《韩波》，《诗与真》，北京：中央编译出版社，2006年，第203页。

创造一种新的文字——这尝试是遭了一部分的失败的。他则连文字也是最纯粹最古典的法文。"[1] 不过瓦雷里的高明之处在于那种古典法文"一经他底使用，便另有新的音和义"[2]。可惜，如何让旧词产生新意这一关键问题，梁宗岱却语焉不详。事实上，"新的音"并不是说瓦雷里让词语产生不同于标准法语的发音，而是在旧的格律里灵活变换节奏。通过自然节奏与格律之间的应和或相撞，创造或低缓或激越的情感效果。至于新的"义"，在于他使用多种手段对词义进行拓展，充分挖掘词语的潜在多义性。在句法层面，他用各种形式造就大量隐喻，拓展词语的表现力。比如，他所喜爱并反复运用的"手臂"（bras）这一词语（据统计在他诗作中出现 33 次之多），至少存在四个层面的含义：树枝、天赋与温柔、软弱无力、昏睡与晦暗[3]。另一种重要手段在于使用词语的词源义。这一手段自马拉美以来成为象征主义诗人的惯用手段，虽然有矫揉造作之嫌，但确实开拓了词语的表现空间。通过对词源的追寻和激活，将词语从现行惯义中解放出来，赋予其更多含义。他在创作的时候拉丁语词典不离案头，总是试图挖掘一个词语的最大潜能，让它表现出最多重的含义。比如：La moindre âme dans l'air vous fait toute frémir [4]一句中的 âme 就兼有"灵魂"

---

[1] 梁宗岱：《保罗·梵乐希先生》，《诗与真》，北京：中央编译出版社，2006 年，第 27 页。原载于《小说月报》第 20 卷第 1 号，1928 年，原题《保罗哇莱荔评传》，后收入《水仙辞》（中华书局 1930 年版），更题《保罗梵乐希评传》，《诗与真》结集时改用今题。

[2] 同上。

[3] Pierre Guiraud, *Langage et versification d'après l'œuvre de Paul Valéry*, *op. cit.*, p. 177.

[4] 此句梁宗岱译为"空中纤毫的魂便足令你浑身抖颤"（《水仙底断片》）。

与词源义"风"这两种含义。通过对古典遗产的继承与发扬，瓦雷里最终成为一个集大成者而非一个崭新诗风的开创者。

梁宗岱一向不满于新文化运动对古典遗产的否定态度，但他也知道复古不再可能，瓦雷里似乎向他提供了一种可能性——创造性地继承古典遗产。在两次大战之间的法国文艺界，梁宗岱出于自身的古典主义趣味选择了瓦雷里，或者说瓦雷里激活了他原本的古典主义情结。在此期间他撰写的论文《保罗·梵乐希先生》有着明显的诗学企图，于文末着重强调了瓦雷里对古典格律的尊重：

> 他所以采用旧诗底格律，并不是一种无意识的服从，他实在有他底新意义和更深的解释，他说："一百个泥像，无论塑得如何完美，总比不上一个差不多那么美丽的石像在我们心灵里所引起的宏伟的观感。前者比我们还要易朽；后者却比我们耐久一点。我们想象那块云石怎样底和雕刻者抵抗；怎样底不情愿脱离那固结的黑暗。（……）"没有雕刻那么缚束，因为不必要和工具奋斗，自然被剥夺了最后的完全的胜利：诗，最高的文学，遂不能不自己铸些镣铐，做它所占有的容易的代价。这些无理的格律，这些自作孽的桎梏，就是赐给那松散的文字一种抵抗性的，对于字匠，它们替代了云石底坚固，强逼他去制胜，强逼他去解脱那过于散漫的放纵的。[1]

---

[1] 梁宗岱：《保罗·梵乐希先生》，《诗与真》，北京：中央编译出版社，2006 年，第 28 页。

在自由诗体已经风行多时的中法文学界，在"新"已成为某种绝对价值的二十世纪初，选择古典格律意味着无论如何都需要自证合法性。瓦雷里对形式的思考、对格律诗的辩护无疑为梁宗岱提供了强大的思想武器。梁宗岱敏锐地捕捉到瓦雷里思考中关键的一点：遵守传统格律并非出于精神的懒惰——"无意识的服从"，而是为了证明精神的强大，格律越严苛，诗人面临的障碍与束缚也就越多，正是在克服重重困难的过程中精神充分展现了它的力量。

第二节　瓦雷里对于形式的辩护

一、穿越历史的永恒价值

瓦雷里对形式的重视首先来源于对文学价值的思考：什么才是一部作品恒久的价值？换言之，什么样的特性能保证一部作品的持久存在？

> 这种持久性的原则、这种特殊的品质究竟是什么？是什么让作品免于销声匿迹的命运，让其拥有如金子般的价值？因为，凭借这种品质，它们以一种奇妙的不可腐蚀性来抵御时间的侵蚀。①

---

① Paul Valéry，« Victor Hugo créateur par la forme »，in Œuvres I，op. cit.，p. 584.

作品会被时间腐蚀：在遗忘中消失。持久性即意味着抵抗时间，"时间只是一种抽象化的说法。时间意味着一连串的人、事件、品位、时尚和观念"[1]。如果作品将其价值根系于时代"精神"，曾显赫一时的往往在历史中烟消云散。

新变成旧；**新奇的**被模仿，被超越；**激情**变换表达；**观念**得到流传，**风俗**发生转变；仅仅只是**新**，只是充满**激情**，只是**反映了某些观念**的作品可能也应该要消亡。[2]

历史视野赋予了瓦雷里某种意义上的价值相对主义。西方自十九世纪进入工业文明以来，科学虽取得了绝对话语权，但不能填补宗教与形而上学式微导致的意义真空，神的消失意味着绝对意义的退场，各种理论、学说轮番登场——层出不穷的文学宣言与流派正是这种价值相对主义在文学领域的体现，这些意义体系彼此鞭挞，相互讨伐，过多相互矛盾的意义体系会导致任何意义的解体，即价值虚无，最终，共识只能在最低的形式层面达成。瓦雷里正是在价值相对主义中成长的一代人。他描述一个 1886 年的中学生（以他自己为模板）所接触到的思想资源时，这样说道：

作品来源于观念，当时的流行观念并不比书本更具吸引力，更能向他提供富有活力的精神食粮。无论是风靡一时的纯粹批判主义，还是经自然主义流派接受并用于小说

---

① Paul Valéry, « Victor Hugo créateur par la forme », in *Œuvres Ⅰ*, *op. cit.*, p. 585.

② *Ibid.*, p. 585.

的进化论形而上学，无论是独断论哲学还是各种遭受实证主义、决定论、哲学猛烈攻击的明确信仰，所有这些都无法吸引他。（……）他对比所有学说，在每一种学说里，他只看到用来反对其他学说的论点力量。对他而言，所有这些学说加起来等于零。[1]

因此，诗的持久性之秘密不在于诗所体现的观念或意义，这些都是相对而非绝对的，因时代而起因时代而灭，必须寻找另外更为持久的元素。也就是说，作品必须建筑在一个稳固的基石上才能代代流传。对瓦雷里而言，这个基石就是"人性中持久的一面"，是"人体的结构与机能"，是"存在本身"。[2]只有这样才能战胜一切不稳固之物："印象的多样性、观念的不可靠性、精神本质上的流动性"[3]。最终他认为"答案就在于，让我借用米斯特拉的一句精彩的话：'唯有形式'，这位普罗旺斯的大诗人如是说，'唯有形式能保存精神劳动的成果'"[4]。对瓦雷里而言，一切不以形式为依据对作品进行的判断都存在着"价值混乱"[5]，只有形式才能保证作品在历史中的持久存在，而历史也给出了证明。

原始文学没有文字记载，这种口头文学正是通过形式——节奏、韵脚、音步等——来抵抗一切可能让自身瓦解的东西，包括注意力分散与遗忘。历史上一切著名诗人几乎都是格律诗

---

[1] Paul Valéry，« Existence du symbolisme »，in *Œuvres I*，*op. cit.*，pp. 697 - 698.

[2] *Ibid.*

[3] *Ibid.*

[4] Paul Valéry，« Victor Hugo créateur par la forme »，in *ibid.*，p. 584.

[5] *Ibid.*，p. 585.

人。如果像自由体诗人贬斥的那样，格律只是对精神的束缚，为什么那些诗人都愿意作茧自缚？因此形式一定有其重要价值。伟大的诗人雨果之所以伟大，也是因为当大多数浪漫主义诗人直抒胸臆而忽视形式的雕琢之时，他苦心经营，将诗歌的形式不断发展与完善，从而成就自己的不朽地位。

> 在雨果身上，形式具有主人般的权威。他全身心投入到形式工作中去。在某种程度上而言，形式统治着他，比他更强大，他如同被诗歌语言附体。通过一种奇怪而有益的职能颠倒，被我们称作"思想"的东西于他而言成了表达的手段而非目的。①

在今天，瓦雷里对雨果的评价很容易被驳倒。雨果更多是作为《巴黎圣母院》《悲惨世界》等小说的作者而被全世界人民所熟知，诗人雨果被掩映在小说家雨果的声名之下。我们喜爱他的小说也并不仅仅因为小说结构之精致，更多是因为小说塑造了一种独特的氛围、一批血肉丰满的人物。但在当时的历史条件下，面对自由体诗人对古典格律的极度贬低，瓦雷里必须捍卫形式的价值，在他的语境下，诗歌形式几乎等同于古典格律。他将历史作为形式合法性的重要来源，认为是形式赋予作品恒久存在的保证，那些已经在历史中流传下来的作品便是明证。

---

① Paul Valéry, « Victor Hugo créateur par la forme », in Œuvres I, op. cit., p. 589.

二、 形式与精神自由

源于历史的辩护仍不够充分。在个人主义彰显、自由成为绝对价值的二十世纪初，古典格律最大的罪名在于妨碍个性表达，损害个人自由。历经十九世纪末象征主义"诗体解放"的洗礼，"一战"后的诗坛"有多少诗人就有多少种韵律"[1]，自创韵律、自由表达成为一种占领道德高地的创作伦理。严格来说，瓦雷里虽然有着强烈的古典主义趣味，但他并非文化复古主义者，也并不决然反对自由体诗歌：

> 自由如此具有诱惑力；对诗人来说尤其如此。它为诗人的天马行空提供许多似是而非的理由，其中大部分也很有道理。它恰如其分地用智慧和新奇来装点自己，集各种优势于一身，光芒万丈，毫无遮掩，它迫使我们重新审视古老的律条，去发现其荒谬之处，古老的律条要求我们的只不过是遵守灵魂与听觉的天然法则，而我们很容易认为法则与自由是相抵触的。自由向我们指出存在着大量水平极低、极容易制作的格律诗，我们是否也可以回复这位魅惑者[2]，说它危险地助长了漫不经心？何况在自由诗里也存在着同样多粗制滥造的诗歌。这种指控在两大阵营间穿梭，一方的坚定论调对另一方缺少说服力。二者本相近，奈何成为泾渭分明的两个阵营，这简直不可理喻。[3]

---

[1] Paul Valéry，« Au sujet d'Adonis »，in *Œuvres* Ⅰ，*op. cit.*，p. 478.

[2] 指"自由"。

[3] Paul Valéry，« Au sujet d'Adonis »，in *Œuvres* Ⅰ，*op. cit.*，p. 477.

在这段文字里，我们又见到了熟悉的瓦雷里相对主义论调。自由体也好，格律也罢，各有各的长处和短处，"因此要判定是否存在绝对的必然性是很困难的。就我自己而言，我觉得谁都有道理，每个人应该想怎样就怎样"①。自由诗滥觞于十九世纪末的象征主义运动，甚至是运动中最重要的议题之一。当瓦雷里回顾那一时期自由诗的创造时，言辞中不乏认可乃至溢美之词。自由诗的提倡者以基于轻重音分布的英语诗歌韵律为范本，以十九世纪末一系列科学发现为基础，尤其是语音学和当时风靡一时的心理生理学，用物理学手段来研究感觉，对节奏的能量进行分析等等，试图创造全新的法语韵律诗。在此之前，诗学没有可靠的理论基础，充斥着模糊主观的观念，象征主义诗人借助于科学研究成果试图给予诗学更为精确的理论基础，对此，瓦雷里评论道，这种尝试"也许是早熟的、虚幻的，但我承认，我从中了解到的让我很感兴趣，我感兴趣的不是它们的实际内容，而是它们所代表的趋势，这些尝试与那些充满先验（a priori）的体系，与那些辩证美学的空洞论证形成鲜明对比"②。此言非虚，瓦雷里对一切空泛模糊的理论探讨保持警惕，而对科学始终很关注。如果说自由诗体派试图用科学研究来创造法语诗的新节奏，瓦雷里同样也用科学成果来捍卫格律的尊严。他将格律视为"灵魂与听觉的天然法则"，视为"生理节奏"的能量体现跟当时的科学研究不乏关联。试举一例以管中窥豹：二十世纪二十年代出版的《格律与节奏》一书认为之所以亚历山大体是法语诗歌的主流格律——

① Paul Valéry, « Au sujet d'Adonis », in *Œuvres* Ⅰ, *op. cit.*, p. 477.
② Paul Valéry, « Existence du symbolisme », in *ibid.*, p. 703.

约占四分之三，这有着心理生理学基础。人的注意力曲线维持在三秒钟或四下心跳左右，十二音节的亚历山大体每行诗的阅读时间大约也在三秒钟，其四个音步对应着人体的四次心跳，因此亚历山大体完美契合人的注意力曲线，即契合一个完整的心理单位。不仅如此，人的精神或智力活动也跟生理基础密切相关，典型的句法结构组成——主谓宾补（定）也符合由四下心跳构成的注意力曲线。[①]

纯粹的相对主义立场是不可能的，尽管瓦雷里表示自由诗也有自由诗存在的道理，他更多是为古典格律进行辩护。然而无论"天然法则"也好，"生理节奏"也罢，都不能成为阻碍自由的理由。人的尊严与伟大难道不正体现在对自然的征服吗？自由始终是瓦雷里无法绕开、必须直面的问题。现代诗人所信奉的自由在他看来不是一种真自由，而是自由意志的丧失："在关于'诗'的诸多定义中，我们都能见到以下词汇：无意识或潜意识。这些词语的意思是：我们一无所知之物。用这种空虚来定义某件事物是很冒失的。"[②] 结合当时超现实主义崛起的背景，这段话显然有的放矢。在超现实主义者看来，让无意识或潜意识冲破理性的藩篱，让生命的原始冲动得到释放就是自由的体现。在超现实主义的自动写作中，人处于半梦半醒的状态，几乎放弃个人意志，所做的不过是对意识流的捕捉与记录，这与瓦雷里对诗人的工作有着截然不同的理解，他

---

① E. Lévy, *Métrique et rythmique*, cité dans Pierre Guiraud, *Langage et versification d'après l'œuvre de Paul Valéry*, *op. cit.*, pp. 28 - 29.

② La *réponse de Paul Valéry* à l'*Enquête sur l'anti-poésie*, menée par *les Cahiers idéalistes*, nouvelle série, revue de littérature, d'art et de sociologie, paraissant trimestriellement, sous la direction d'Edouard Dujardin, n°14, juin 1926, in *Œuvres I*, *op. cit.*, p. 1834.

说："成为一名真正的诗人的真正的条件，与置身梦境相去甚远。（……）即使是那些想要描写梦境的人也要保持无穷的清醒。（……）精确与风格处于梦幻的对立面；作品中的精确与风格意味着作者付出了巨大的努力，投入了巨大的精力以克服思想不断消散这一挑战。"[①] 瓦雷里是笛卡尔的信徒，"我思故我在"强调人的思考之重要，只有人的思维能力才能确保人的尊严，而诗人在形式束缚下的艰难创造正是思维力量的体现。他将一首诗的诞生过程比作金银珠宝的获取，语言原料如同大自然的矿床，仅仅拥有原材料是不够的，必须运用人的精神，付出人的努力进行提取、淬炼、组合、改装等一系列工作，才能将黯淡的原材料转变为光芒四射的成品。[②]

一方面瓦雷里用意志、精神来否定现代诗人的所谓自由，另一方面他也提出自己对自由的看法。为什么格律与自由可以并行不悖？在他看来，格律最重要的功能在于将诗歌语言与日常语言区分开来，如果说它限制自由，限制的只是日常语言的自由，即限制日常语言进入诗歌世界。而对于真正进入诗歌世界的人而言，不但不感到自由受限，反而感觉获得了一种自由："如果说我所使用的形式每时每刻都在提示我的言语不属于现实事物的范畴，那么听众或读者就可以期待和承认从自己精神中产生的一切奇幻之物。"[③] 诗歌语言及其背后的诗歌世界代表着不受现实束缚的自由，日常语言及其背后的现实世界代表着对精神的束缚，格律是拦截日常语言的工具，通过这种论证方式，瓦雷里将格律视为精神自由的保证。

---

① Paul Valéry, « Au sujet d'Adonis », in *Œuvres* I, *op. cit.*, p. 476.

② Paul Valéry, « Poésie et pensée abstraite », in *ibid.*, pp. 1334 – 1335.

③ Paul Valéry, « Existence du symbolisme », in *ibid.*, p. 702.

三、 形式创造精神贵族

瓦雷里的形式观跟语言观紧密相连，他对诗歌语言和日常语言做出区分，这是他跟马拉美的重大分歧之一。马拉美认为语言只有一种，将诗歌与日常话语区分开来的只是语言的功能。瓦雷里将诗歌语言与日常语言视为两种语言，诗歌语言高于日常语言。"世俗语及其词汇的形式是不纯的"①，对他而言，存在着美的、纯洁的、完美的形式，正如古典建筑一样，静止的完美的形式可以抵御时间的侵袭，实现永恒。

通过与日常语言拉开距离，诗歌语言成为语言中的贵族，这不仅是一个美学问题，更是一个伦理问题。瓦雷里曾表示，所谓的象征主义诗人并没有一个统一的美学观念，"美学（l'esthétique）让他们四分五裂；伦理（l'éthique）将他们团结在一起"②。他口中的这个伦理即："拒绝大众投票。"③ 象征主义诗人的共同点在于与大众拉开距离，他们不屑于获得市场销量，不屑于取得主流批评家的认可。对他们而言，大众不具有评判作品价值的能力。在"当代世界的丑陋"④ 中，他们筑造出一块高贵纯美的精神高地："（我们这个时代的艺术）拒绝多数人，它的最精妙表达是少数人才能享有的奢侈，这又有什么

① Paul Valéry, « Langage », *Cahiers*, t. Ⅰ, Paris: Gallimard, 1973, p. 426.
② Paul Valéry, « Existence du symbolisme », in *Œuvres* Ⅰ, *op. cit.*, p. 694.
③ *Ibid.*, p. 691.
④ Paul Valéry, « Conférence pour l'Association languedocienne à la mairie de Montpellier », in *ibid.*, p. 1754.

关系呢！只要在这个神圣王国里，少数一些人能够让它抵达最辉煌与最纯粹的境地！"[1] 瓦雷里头脑里显然还没有当今社会的"政治正确"，他对以平等为特征的现代民主心存犹疑。对他而言，词语存在高低等级，正如人的感受力与思考力存在高下之分。虽然瓦雷里极力称赞雨果在形式上的成就，但他对于诗歌语言的立场与雨果截然不同。雨果在《答一份起诉书》（"Réponse à un acte d'accusation"）（见《静观集》）中称："八九年以前语言就是国家，词语出身有种姓贵贱之分，（……）我让一股革命之风刮起来，我给老朽的词典戴上红帽[2]。再也没有词语中的参议员，再也没有词语中的老百姓！（……）宣布众词平等、自由且重要！""众词平等"意味着日常词汇也有进入诗歌世界的权利，意味着大众是诗歌的合法读者，这跟瓦雷里的诗歌贵族化倾向截然不同。他感到在大众文化繁荣的时代，美与永恒丧失价值，取而代之的是新或惊奇这样的现代价值。他将现代派视为感官刺激分子："惊奇：现代艺术的唯一法则"[3]，"对新的崇拜与对形式的关注势不两立"[4]。在为形式如此辩护的时候，他似乎已经忘了四十年前当他还是个少年时，曾这样热烈地呼喊："在有着千百年内部分析和文学生产的古老社会，需要不断创造一些更激烈的新乐趣！"[5]

---

[1] Paul Valéry, « Sur la technique littéraire », in Œuvres Ⅰ, op. cit., p. 1833.

[2] 红帽（bonnet rouge）：法国大革命时期革命者佩戴的弗里吉亚无边软帽，颜色是红色的，因此也成为自由与革命的象征。

[3] Paul Valéry, « Rhumbs », in Œuvres Ⅱ, Paris: Gallimard, 1960, p. 617.

[4] Paul Valéry, « Littérature », in ibid., p. 554.

[5] Paul Valéry, « Sur la technique littéraire », in Œuvres Ⅰ, op. cit., p. 1832.

瓦雷里虽然有着强烈的古典主义趣味，但他对时代有着清醒的认知。他一再为古典格律进行辩护，认为它是贯穿人类历史的文化遗产，有着符合生理学规律的科学基础，如石块召唤雕刻工那样能召唤诗人的精神能量，但说到底，历史已经发生了转向，一个急剧前进的工业化时代不再需要精工细作的手工业精神，可随心所欲支配的水泥取代坚固顽强的石料，"最后一批知道怎样精确雕刻石头的工匠已经死去"①，以娱乐消遣为目的的大众消费市场也不再需要精心雕琢的艺术作品，"我们缺少的不是艺术家，艺术家从来都不会缺少！但得有人需要艺术家才行"②。在瓦雷里眼中，艺术家与工匠一样，在这个工业化、民主化的现代世界失去生存的土壤。他自己所看重的诗歌包含的精神价值，归根结底，很可能只是一种私人层面的价值：

> 事实上，诗人拥有一种特殊的精神能量，这种能量在他身上表现出来，在某些时刻彰显出无穷价值。对他而言的无穷价值……我之所以说对他而言的无穷价值，是因为经验告诉我们，那些我们以为具有普遍价值的时刻，唉，有时注定是没有未来的，最终我们不得不思考这句判词：若只对一人有价值则毫无价值。这是文学的铁律。③

---

① Robert Brasillach，*Notre Avant-Guerre*，Paris：Godefroy de Bouillon，1998（1941），p. 114.
② *Ibid*.，p. 113.
③ Paul Valéry，« Poésie et pensée abstraite »，in *Œuvres I*，*op. cit*.，p. 1335.

　　对个人而言的"无穷价值"也许对他人、社会或历史而言
"毫无价值"。与四十年前的少年不同，在晚年，他不再坚持诗
的价值可以由一个懂诗的小圈子所决定，在为法兰西公学院开
设的诗学课程第一课（1937）里，他对作品的生产与作品价值
的生产做了明确区分，认为是消费者（consommateur）创造了
作品及作者的价值，而作者只是创造了作品而已。[①]"消费者"
一词表明他已走出象牙塔，对文学与社会的关系有了更深层的
思考。作为一名诗人，他是作品而非作品价值的创造者，他只
能从诗这个词的词源义——poïein（诗）即 faire（做）——去
分享一种个人经验：诗是如何被写出来的。

　　瓦雷里对形式及古典格律的辩护是以他的价值相对主义立
场为背景，为个人创作风格进行的辩护，虽然言辞中对现代诗
的自由倾向多有针砭，但并没有为文坛立法的宏观企图。

第三节　梁宗岱形式观念的形成

一、　旅法期间作品中的形式意识

　　瓦雷里关于形式的思考给梁宗岱带来极大启发和深刻影
响，这是因为当梁宗岱接触瓦雷里思想之时，中国的新诗运动
正走向中衰，他的个人创作也遭遇瓶颈期，而困难正来自自由
诗的泛滥与形式的缺失。

---

① 　Paul Valéry, « Première leçon du cours de poétique », in *Œuvres I*, *op. cit.*,
　　pp. 1347 - 1348.

形式问题并不简单只是个文学问题，在新诗运动的领军人物胡适眼中，形式与内容、与人的精神密不可分，"形式上的束缚，使精神不能自由发展，使良好的内容不能充分表现。若想有一种新内容和新精神，不能不先打破那些束缚精神的枷锁镣铐"①。古典格律成为精神"枷锁"和"镣铐"的象征，因此诗的革命始于诗体的解放。在新诗运动初期，破坏大于建设，自由诗体导致诗的散文化，诗的存在已成问题。朱自清在《现代诗歌导论》（1935）中回顾新诗运动早期状况时称："名为诗而实是散文的却多。"②

1917年到1921年是中国新诗的萌芽期，诗人和作品都比较少。到了1922年前后，一方面受到周作人翻译的日本短歌和俳句的影响，另一方面受到泰戈尔《飞鸟集》的影响，小诗全面兴起，大批的诗人开始涌现。一时间，小诗成为中国文学的时尚。"中国的新诗在各方面都受欧洲的影响，独有小诗仿佛是在例外，因为他的来源是在东方的：这里边又有两种潮流，便是印度与日本，在思想上是冥想与享乐。"③ 小诗之所以风靡一时，除了外来影响外，也跟中国诗歌传统的内在呼应相关，因小诗在中国"古已有之"④，从《诗经》、汉魏乐府中的短歌到唐宋以来的绝句、词曲中的小令以至民歌，小诗延绵不绝，是中国传统诗歌的重要品种。梁宗岱的新诗写作集中于

---

① 胡适：《谈新诗》，夏晓虹编：《胡适论文学》，合肥：安徽教育出版社，2006年，第97页。
② 朱自清：《现代诗歌导论》，蔡元培、胡适等：《中国新文学大系导论集》，长沙：岳麓书社，2011年，第310页。
③ 周作人：《论小诗》，《周作人早期散文选》，上海：上海文艺出版社，1984年，第276页。
④ 同上书，第275页。

二十世纪二十年代早期，那也正是印度诗圣泰戈尔在中国诗坛影响力达到巅峰的时期。"泰戈尔在中国，不仅已得普遍的知名，竟是受普遍的景仰。问他爱念谁的英文诗，十余岁的小学生，就自信不疑地答说泰戈尔。在新诗界中，除了几位最有名神形毕肖的泰戈尔的私淑弟子以外，十首作品里至少有八九首是受他直接或见接的影响的。这是可惊的状况，一个外国的诗人，能有这样普及的引力。"① 在这股泰戈尔热中，梁宗岱不仅翻译泰戈尔的作品，如散文诗《他为什么不回来呢》［《园丁集（三十六）》］、剧作《隐士》（原题《大自然的报复》），在创作中也深受泰戈尔影响。1924 年 1 月，梁宗岱在《小说月报》（第 15 卷第 1 号）上发表《絮语》（50 首）②，这 50 首小诗从形式上看受泰戈尔《飞鸟集》影响，2—6 行即成诗，记录即刻的思绪。即使《晚祷》中其他较长的诗篇，也以爱、自然、宇宙这些泰戈尔式的主题为主。小诗的盛行造就诗坛充斥大量说教式的哲理诗和没有诗形的即兴断篇，这些诗徒有短小的形式，却并没有凝练的诗意，简陋直陈，无法令人回味。根据朱自清的判断，到了 1923 年宗白华的《流云》出后，小诗渐渐完事，新诗也跟着中衰。在二十年后的回忆文字中，梁宗岱对于少作极尽贬抑之词：

> 在这短短的几年间——或许是我底诗的生活最热烈的
> 时期——一切诗的意象都那么容易，那么随时随地形成

① 徐志摩：《泰戈尔来华》，孙宜芳编：《诗人的精神——泰戈尔在中国》，南昌：江西高校出版社，2009 年，第 221 页。原载于《小说月报》第 14 卷第 9 号，1923 年 9 月 10 日。
② 《絮语》中的 32 首更题为《散后》收入《晚祷》（1924）。

（……）但是，严格地说，当时这许多像春草般乱生的意象，除了极少数的例外，能算完成的诗么？它们不只是一些零碎的意象，一些有待于工程师之挥使和调整的资料么？（……）所以在赴欧前一年，我毅然停止了一切写作的尝试。到欧后又刚好遇见梵乐希，他那显赫的榜样更坚定了我底信念①。

瓦雷里提供的榜样是一种严谨的格律诗的榜样，梁宗岱是否立即忠实追随于他，真实情况也许比他事后回忆的更为复杂。事实上，梁宗岱对泰戈尔，对包含小诗在内的自由诗之热情并未随着瓦雷里的出现而突然终止。梁宗岱纪念室的藏书中含有泰戈尔《卡比尔的诗》《游思集》《新月集》《诗人的宗教》法文译本，这些书均于 1922—1924 年间在巴黎出版，应该是他旅法期间或旅法归来之后购得。

他将早期创作的大多数诗篇比作"一些不成形的浅薄生涩的果"②，"极少数的例外"是他 1927—1931 年间在法国自译成法语或英语发表的作品，包括《途遇》《晚祷（二）》《暮》《白莲》《晚晴》。这些诗原本就是自由体，译成法语或英语后，依然保持自由体的形式。梁宗岱在这几首诗中通过精彩的断句与音韵和谐，营造出一种富有感染力的情绪节奏，以《途遇》为例，这首作于 1922 年的诗在 1927 年被他自己译成法语在巴黎《欧洲》（*Europe*）杂志第 60 期上发表，后来他又将英译发表在 1936 年的英文杂志《天下》月刊（*Tien Hsia Monthly*）

---

① 梁宗岱：《试论直觉与表现》，《诗与真续编》，北京：中央编译出版社，2006 年，第 223 页。
② 同上。

第 2 卷第 1 期上，可见他对于这首诗的认可与喜爱。

途 遇

我不能忘记那一天。

夕阳在山，轻风微漾，

幽竹在暮霭里掩映着。

黄蝉花的香气在梦境般的

黄昏的沉默里浸着。

独自徜徉在夹道上。

伊珊珊的走过来。

竹影萧疏中，

我们互相认识了。

伊低头赧然微笑地走过；

我也低头赧然微笑地走过。

一再回顾的——去了。

在那一刹那里——

直到如今犹觉着——

心弦感着了如梦的

沉默，羞怯，与微笑的颤动。①

第一句"我不能忘记那一天"在后来的法译与英译中被删

---

① 刘志侠、卢岚主编：《梁宗岱早期著译》，上海：华东师范大学出版社，
2016 年，第 152—153 页。

去，以直接写景切入，烘托氛围。"夕阳在山，轻风微漾"两
个短小对仗的分句如同画框一般勾勒出整体环境。"幽竹在暮
霭里掩映着。/黄蝉花的香气在梦境般的/黄昏的沉默里浸着。"
句子渐长，节奏和缓。"梦境般的""黄昏的"两个定语让句式
缠绵婉转，仿佛花香缭绕。"伊低头赧然微笑地走过；/我也低
头赧然微笑地走过。/一再回顾的——去了。""依"与"我"
以相同的姿态走向对方，擦肩而过，"一再回顾的"恋恋不舍
于对方的身影，此时一个破折号惊起，短促的"去了"二字，
完美再现伊人从视野突然消失的瞬间"我"内心的感觉。最后
一句"心弦感着了如梦的/沉默，羞怯，与微笑的颤动"，"沉
默""羞怯""微笑"这三个连续的双音节词仿佛琴弦的三下轻
微颤动。诗人情绪与诗歌节奏的完美结合再加上用词古典优
美，使这首诗读起来有无穷韵味。

再来看他在 1927 年的法文自译：

Souvenir

Le soleil couchant s'attarde sur la montagne,

La brise de mai souffle doucement,

Les bambous s'obscurcissent

Se balancent dans le crépuscule.

Et le senteur des cigales en fleurs

Se répand au silence songeur du soir.

Je me promène seul le long de la haie.

Lentement et gracieusement

Elle vient de l'autre bout de l'allée,

Parmi l'ombre qu'éparpillant les bambous vacillants
Nous reconnaissons l'un et l'autre.

Baissant ses yeux, d'un pas indécis,
Elle passe, rougissant
Avec un sourire sur ses lèvres；
Tandis que, moi de même,
Rougissant et baissant mes yeux,
Je passe d'un pas indécis avec un sourire...

Rien-
Que dans cet instant du soir d'été,
La corde du cœur,
Ainsi qu'en un songe,
Vibre de sourire, de rougeur et de silence.①

　　梁宗岱将中文诗原先的标题《途遇》在法文版中改成《回忆》（"Souvenir"），"夕阳在山，轻风微漾"变成法文中的 Le soleil couchant s'attarde sur la montagne, /La brise de mai souffle doucement（夕阳迟迟不肯下山，五月的微风轻轻吹拂），对于这种改动，音韵层面的考虑很可能多于意义层面的考虑：在第一段短短的 6 行诗中反复出现 17 个 "s" 音，跟标题 "souvenir"（回忆）的第一个音 "s" 进行呼应，使整首诗

---

① 刘志侠、卢岚主编：《梁宗岱早期著译》，上海：华东师范大学出版社，2016 年，第 230—231 页。

沉浸在一种回忆的氛围中。"伊低头赧然微笑地走过；/我也低头赧然微笑地走过"，中文里的重复并列式变成法文中的交错式——"Baissant ses yeux, d'un pas indécis, /Elle passe, rougissant/Avec un sourire sur ses lèvres；/Tandis que, moi de même, /Rougissant et baissant mes yeux, /Je passe d'un pas indécis avec un sourire"，这是因为中文比法文更能容纳词语和句式的重复。此外，中文诗里的"去了"在法译中消失，其节奏功能由"rien-"（无）来承担，在一段悠长绵缓的依恋之后，"rien"乍起，虽然在句法层面跟上文无关，主要用来强调下文心弦的颤动，但"rien"与"que"分行而立，似乎"rien"承接上文，暗示人的突然消失。

再看英文自译：

Souvenir

The setting sun is still on the mountain,

The light breeze of May blows mildly,

The darkening bamboos waver in the twilight,

And the fragrance of the yellow cicada-flowers

Pervades the silence of a dream-like evening.

I pace alone along the hedged lane.

Bowing her head, with hesitating steps,

She passes smiling, with a blush,

While I, blushing and bowing my head,

Pass smiling with hesitating steps

Slowly and gracefully

She comes from the other end of the alley.

Amidst the dark，scattered shade of the wavering bamboos，

We recognize each other.

Only this：—

One moment of the summer evening，

The chord of the heart，

As if in a dream，

Vibrates with blushes and smiles and silence.[①]

  英译本首段缺少法译本大量 s 叠音造就的音韵效果，但仍保留法译本的一些形式处理手段。此外，英译本存在一点突出的改动：I pace alone along the hedged lane（独自徜徉在夹道上）独行成段，有"前不见古人，后不见来者"之效，突出"我"彼时的孤独状态，为下文的偶遇进行了最大程度的气氛渲染。通过对《途遇》这首诗的中英法版本对比，我们会发现梁宗岱虽然创作和翻译的是自由体诗歌，但他对于形式有着强烈关注，从中文到法文和英文的译本，根据每种语言的特点进行形式上的创新。

  除了几首上文提到的旧作新译外，梁宗岱还创作了两首法语散文诗 "L'Instant entre la nuit et le jour"（《夜与昼之交》，

---

① 刘志侠、卢岚主编：《梁宗岱早期著译》，上海：华东师范大学出版社，2016 年，第 232—233 页。

1930）、"La boîte magique"（《魔盒》，1931）和一首格律诗"Nostalgie—A Frances Valensi"（《怀念——呈弗朗西斯·瓦朗西》，1929）。《夜与昼之交》与《魔盒》几乎是同一主题的两种写法。首先来看《夜与昼之交》：

> 我微微惊骇地偷睨着一个黑衣女人轻步蹑过我底床沿，她在床底尽头站住了。忽然，通体透明起来，把累累的珍珠洒在我底脚上——化作一团灿白的鸽儿。
>
> 我突然惊醒了。
>
> 窗外，晨光泄着……①

对比《魔盒》：

> 梦里你给我一个魔盒。
>
> 手指一碰，盒子颤动，奏出轻快微妙的乐音，像五月节日早晨教堂的悦耳钟声。
>
> 我高兴地屏息谛听，直至光线太强，魔法像葡萄那样突然爆裂。
>
> 我睁大眼睛，发现沉浸在金色的晨曦里，白雀千鸟在齐鸣。②

　　这两首散文诗都描写了从晨梦惊醒，睁眼瞬间看到晨光乍

---

① 法文原作载于 1930 年 5—7 月号《欧洲评论》（*La Revue Européenne*），中文译文载于《水星月刊》1935 年 2 月第 1 卷第 5 期第 555 页。引自刘志侠、卢岚主编：《梁宗岱早期著译》，上海：华东师范大学出版社，2016 年，第 308 页。

② 法文原作载于 1931 年 1 月号《欧洲评论》，此处译文引自同上书，第 312 页。

泄的情景。散文体给予诗人充分的空间来对这个过程进行细致入微的描写，《夜与昼之交》侧重色彩与光线的描绘，是晨光走进诗人的梦里，像白鸽一样唤醒了他；而《魔盒》换了一个角度，从声音入手，让百鸟歌声化作魔盒音乐走进梦里。两首诗都以梦醒时分这一神奇的时刻作为创作主题，将似梦非梦，似醒非醒，梦与现实水乳交融的状态描写得极为传神，展现出诗人细腻的感受力与自由奔放的想象力。

梁宗岱在旅欧期间只创作了唯一一首格律诗①（1929）：

Nostalgie

—A Frances Valensi

Ce soir, la lune verse une triste pâleur

A l'herbe fine que caresse le zéphire.

Au pourpre de l'étang qui frisonne, se mire

Fier, au flot argenté le frais pêcher en fleurs.

Le silence tremblait, limpide et diaphane,

Ainsi qu'un nénuphar dans l'ombre se bleuit...

Un parfum virginal murmure, évanoui...

Des bambous la rosée en scintillant se fane...

Mais au lac enchanté de ton cher souvenir

Où s'assombrit l'eau calme et plaintive, mon âme

Cygne las du long vol, languit à revenir

Et dans l'ombre d'oubli pensive, pour périr

---

① 初刊于法国《鼓》（*Tambour*）1929 年 2 月第 1 期，原文和译文引自刘志侠、卢岚主编：《梁宗岱早期著译》，上海：华东师范大学出版社，2016 年，第 245—246 页。中文译本没有体现原诗的格律，供参考字面意义。

Pieuse，au crépuscule du mensonge se pâme...

怀念
——呈弗朗西斯·瓦郎西

今夜，月亮把凄凉苍白的光线

洒在和风抚弄的小青草上。

在涟漪颤动池塘的紫色里

盛开的桃树对着银波自得地顾盼

静在战栗，清澈，半透明

还有阴影中的睡莲发出蓝光⋯⋯

一股贞洁的幽香喁喁细语，消失无踪⋯⋯

晶莹的竹叶露水正在失去光芒⋯⋯

但在你心爱回忆的奇妙湖泊中

沉静的水在呜咽，变暗，

我的灵魂像倦于远飞的天鹅焦急回还

为求虔诚死去，在遗忘暗影中凝思的佳人

面对谎言的黄昏晕厥地上⋯⋯（卢岚译）

　　这是一首严谨的亚历山大体十四行诗，采取 abba cddc efe fef 的押韵方式。梁宗岱创作这首诗时已经译完并在国内发表瓦雷里的《水仙辞（少年作）》，同时他已着手翻译陶渊明的诗，我们能看到这两位诗人对他施加的影响。Lune[①]（月）、herbe[②]

───────────

[①] Et la **lune** perfide élève son miroir/Jusque dans les secrets de la fontaine éteinte.（VV. 8 - 9）所引诗句来自瓦雷里的《纳喀索斯之语》（"Narcisse parle"），以下注释同引此诗。

[②] J'entends l'**herbe** d'argent grandir dans l'ombre sainte，（V. 7）

（草）、eau calme①（静水）、ombre②（阴影）、évanoui③（消散）、parfum④（香气）、rosée⑤（露珠）、languit⑥（愁思）、crépuscule⑦（黄昏）等词语让人迅速遁入《水仙辞》幽婉迷离的意境。Le silence tremblait，limpide et diaphane（"静在战栗，清澈，半透明"），梁宗岱在这句诗里对"静"进行了描写，瓦雷里《水仙辞》中也有以"静"为叙述主体的诗句：un grand calme m'écoute, où j'écoute l'espoir⑧（梁译为"无边的静倾听着我，我向希望倾听"）。在梁宗岱这里，他不仅倾听到了"静"，还观察到"静"的形态与质感。对"静"所做的描写与"谎言的黄昏"一样，都属于十分西化的诗歌意象。不过，将灵魂比作意欲归返的倦鸟（段三）——尽管这只鸟是天鹅——显然化用了陶渊明"鸟倦飞而知还"。段一的"桃花"多少带有《桃花源记》的影子。此外，"竹叶"也是典型的中国古典诗歌元素。纵观全诗，这是一首掺杂中国文化元素的法语诗歌，格律谨严，颇注重音乐性（比如最后一段大量 p 音的运用），但没有创造出个性化的意象与诗境。

通过对梁宗岱旅法期间发表作品——含自译作品与新创作

---

① Tiens ce baiser qui brise un **calme d'eau** fatal! (V. 51)

② Aux calices pleins d'**ombre** et de sommeils légers. (V. 37)

③ **Evanouissez**-vous，divinité troublée! (V. 56)

④ Narcisse... ce nom même est un tendre **parfum** (V. 31)

⑤ Voici dans l'eau ma chair de **lune** et de **rosée**, (V. 24)

⑥ O frères! Tristes lys, je **languis** de beauté (V. 1)；Je **languis**, ô saphir, par ma triste beauté! (V. 11)

⑦ Adieu, Narcisse... Meurs! Voici le **crépuscule**. (V. 45)

⑧ 这句同时出现在少作《纳喀索斯之语》与晚期作《纳喀索斯断片》（"Fragments du Narcisse"）第一片段里。梁宗岱分别于 1929 年 1 月和 1931 年 1 月发表两篇诗作的译文，题为《水仙辞（少年作）》与《水仙辞（晚年作之一）》。

作品——的分析，我们发现他并没有像后来回忆中所说的那样，立刻毅然决然以瓦雷里（及他所倡导的格律诗）为榜样，而是自由诗与格律诗并存，甚至可以说，自由诗不仅在数量上超过格律诗，也比格律诗展现出更多的个性色彩，因为在自由诗里，梁宗岱不仅创造了一些崭新的意象，也真实再现了内在的情绪节奏。

二、 形式观念的形成

1931 年，梁宗岱在致徐志摩的信中吐露心声："我从前是极端反对打破了旧镣铐又自制新镣铐的，现在却两样了。我想，镣铐也是一桩好事（其实行文底规律与语法又何尝不是镣铐），尤其是你自己情愿带上，只要你能在镣铐内自由活动。"[①] 之所以有如此重大的改变，跟瓦雷里的谆谆教诲有关，因瓦雷里曾对他说：

> 制作底时候，最好为你自己设立某种条件，这条件是足以使你每次搁笔后，无论作品底成败，都自觉更坚强，更自信和更能自立的。这样，无论作品底外在命运如何，作家自己总不致感到整个的失望。[②]

对瓦雷里的这番论调我们不会感到陌生（参见本章"瓦雷里对于形式的辩护"一节）。对瓦雷里而言，相较于自由诗，

---

① 梁宗岱：《论诗》，《诗与真》，北京：中央编译出版社，2006 年，第 39 页。原载于《诗刊》1931 年第 2 期。
② 同上书，第 39—40 页。

格律诗需要诗人付出更多努力，让精神得到更多历练，因此无论作品是否被人接受，是否能青史留名，诗人本身因完成了一项艰难挑战，都能得到某种成功的满足。在这个意义上而言，格律的核心价值是一种对于诗人自身而言的主观价值，与作品的命运乃至作品的好坏没有必然关系。但梁宗岱显然并不打算把格律作为一种诗人的私人选择，而是作为诗的黄金律条进行提倡。第一，他将历史作为验证真理的手段：

> 形式是一切文艺品永生的原理，只有形式能够保存精神底经营，因为只有形式能够抵抗时间底侵蚀。想明白这道理，我们只要观察上古时代传下来的文献，在那还没有物质的符号作记载的时代，一切要保存而且值得保存的必然地是容纳在节奏分明，音腔铿锵的语言里的。①

除了上古时代，各国有史以来的大诗人创造的几乎都是格律诗。近代西方声势浩大的自由诗运动，在文学史上留下声名的仅极少数而已，历史已经证明自由诗仅是西方诗体演变史上"一个极渺小的波浪"，占据"一个极微末的位置"。② 将形式作为文学作品永久性的保证，将历史作为形式合法性的来源，这一思想也直接源自瓦雷里。这种论证方式显然不合进化论者的胃口，历史上的存在不代表未来就应该存在，而且形式在历史上并非一成不变的，按照胡适的观点，中国诗体有史以来历

---

① 梁宗岱：《新诗底分歧路口》，《诗与真》，北京：中央编译出版社，2006年，第178页。原为1935年11月《大公报·文艺·诗特刊》创刊号发刊辞，原题为《新诗底十字路口》。
② 同上书，第177页。

经三次解放：从《诗经》的风谣体到南方的骚赋文学，从骚赋体到五七言古诗，从诗变成词。新诗运动作为历史的延续，是最彻底的一次解放，符合历史演进规律。①

梁宗岱的第二种论点即精神劳动价值论，这同样取法于瓦雷里：

> 这种种形式底原素，这些束缚心灵的镣铐，这些限制思想的桎梏，真正的艺术家在它们里面只看见一个增加那松散的文字底坚固和弹力的方法，一个磨练自己的好身手的机会，一个激发我们最内在的精力和最高贵的权能，强逼我们去出奇制胜的对象。（……）没有一首自由诗，无论本身怎样完美，能够和一个同样完美的有规律的诗在我们心灵里唤起同样宏伟的观感，同样强烈的反应的。②

最后一句几乎是瓦雷里"一百个泥像，无论塑得如何完美，总比不上一个差不多那么美丽的石像在我们心灵里所引起的宏伟的观感"③一句的改写。诗人在写作格律诗时付出的精神劳动使作品具有比自由诗更多的价值，但这一论点其实也很容易被推翻，因为自由诗并不绝对意味着作者精神上的散漫与放纵，以梁宗岱早期创作为例，他在其中投入的精力并不亚于格律诗的创作。

---

① 胡适：《谈新诗》，夏晓虹编：《胡适论文学》，合肥：安徽教育出版社，2006年，第100—101页。
② 梁宗岱：《新诗底分歧路口》，《诗与真》，北京：中央编译出版社，2006年，第178页。
③ 梁宗岱：《保罗·梵乐希先生》，同上书，第28页，原文出自瓦雷里《关于阿多尼斯》（"Au sujet d'Adonis"）。

无论如何，梁宗岱 1931 年——也就是他回国的那一年——致徐志摩的信《论诗》在《诗刊》第 2 期上的发表表明他正式加入了自二十世纪二十年代中期开始的新诗形式运动，而他在法国接受瓦雷里的教诲正是促成这一转变的关键因素。二十年代的形式运动的关键事件是 1926 年 4 月 1 日北京《晨报副刊·诗镌》之问世，这份诗刊由闻一多、徐志摩等人主办，当年 6 月 10 日终刊，虽然只出了十一期，但给诗坛带来极大影响，掀起一股做格律诗的热潮。《晨报副刊·诗镌》的作者们以闻一多的理论贡献最大，他提出新诗应具有音乐（音节）美、绘画（辞藻）美、建筑（章句）美，主张"节的匀称"和"句的均齐"，主张"音尺"、重音和韵脚的运用①。在胡适倡导诗体解放，自由诗流行数年之后，这样的形式运动被视为"打破了旧镣铐又自制新镣铐"。当形式等同于"束缚精神的枷锁镣铐"②，任何一个试图给诗歌赋予形式束缚的人似乎都背负着道德原罪，形式运动的参与者们必须自证合法性。比如邵洵美的话语策略："我绝不想介绍一个新桎梏，我是要发现一种新秩序。"③ 用秩序来替换桎梏，将自由置换为无政府主义式的失序，从而为形式——主要是格律——来争取话语权。而梁宗岱之所以被瓦雷里的形式诗学深深吸引，并导致自己创作趣味的转变，也正是因为瓦雷里从人的精神维度或人的尊严本身来捍卫形式的价值，从而洗刷了形式在新文化运动语

---

① 朱自清：《现代诗歌导论》，蔡元培、胡适等：《中国新文学大系导论集》，长沙：岳麓书社，2011 年，第 313 页。

② 胡适：《谈新诗》（1919），夏晓虹编：《胡适论文学》，合肥：安徽教育出版社，2006 年，第 97 页。

③ 邵洵美：《诗二十五首》，上海：上海时代图书公司，1936 年，第 3 页。

境下的道德污点，自由诗不再占据道德高地："我们底诗坛仍然充塞着浅薄的内容配上紊乱的形体（或者简直无形体）的自由诗；我们底意志和毅力是那么容易被我们天性中的懒惰与柔懦征服的！"① 真正的自由不是自我放纵、趋易避难，而是如瓦雷里所教导的："最严的规律是最高的自由"②，因为"规律如金钱，对于一般人是重累，对于善用的却是助他飞腾的翅膀！"③ 格律不是应不应该的问题，而是能不能的问题，对于才华横溢的诗人，格律非但不是负担，反而是促成优秀诗篇产生的有利条件。

在为格律正名之后，新文化运动的领袖、以《尝试集》成为第一个新诗诗人的胡适俨然成为形式运动的众矢之的。"胡适的新诗既没有创造新形式，也没有创造新意象，因此他'只是新文化的领袖而不是新文学的元首'"④，这是彻底否定了胡适新诗的文学价值。梁宗岱虽然没有点名道姓，但也把新诗的提倡者视为完全不懂诗的"反诗"之人：

> 和一切历史上的文艺运动一样，我们新诗底提倡者把这运动看作一种革命。就是说，一种玉石俱焚的破坏，一种解体。所以新诗底发动和当时底理论或口号，——所谓"建设明了的通俗的社会文学"，所谓"有什么话说什么话"，——不仅是反旧诗的，简直是反诗的；不仅是对于

---

① 梁宗岱：《新诗底分歧路口》，《诗与真》，北京：中央编译出版社，2006年，第 177 页。
② 梁宗岱：《按语和跋》，同上书，第 185 页。
③ 同上。
④ 邵洵美：《诗二十五首》，上海：上海时代图书公司，1936 年，第 4 页。

旧诗和旧诗体底流弊之洗刷和革除，简直是把一切纯粹永久的诗底真元全盘误解与抹煞了。[①]

"建设明了的通俗的社会文学"出自陈独秀《文学革命论》，"有什么话说什么话"语出胡适《建设的文学革命论》，而梁宗岱把革命视为"一种玉石俱焚的破坏"与"解体"。形式运动正是要从这种毁灭性的破坏中探索出一条新诗建设之路。二十世纪二十年代中后期在闻一多的形式理论影响下，诗人们追求句与节的齐整导致"方块诗"和"豆腐干块"的流行，梁实秋曾批评道："现在的新诗之最令人不满者即是读起来不顺口。现在有人能把诗写得很整齐，例如十个字一行，八个字一行，但是读时仍无相当的抑扬顿挫。这不能不说是一大缺点。"[②] 此外他还指出闻一多、徐志摩等人诗的观念是外国式的——主要取法英国近代诗，所试验的是"用中文来创造外国诗的格律来装进外国式的诗意"[③]。如何创造属于新诗自己的新音节与新格律成为二十年代形式运动未能彻底解决的遗留问题。当梁宗岱于1935年主编天津《大公报·文艺·诗特刊》时，他在创刊词里提出的努力路径有三条：创作、理论和翻译。我们将从这三方面来检视梁宗岱的贡献。

在理论方面，很难说梁宗岱是一名优秀的理论家。他只是在宏观立意上借用瓦雷里的思想提出形式的重要性，并没有提出任何具体的形式理论。但他对同时代人提出的理论一直保持

---

① 梁宗岱：《新诗底分歧路口》，《诗与真》，北京：中央编译出版社，2006年，第175页。
② 梁实秋：《新诗的格调及其他》，《诗刊》，1931年第1期，第85页。
③ 同上书，第84页。

关注，按照自己的判断力给出有针对性的批评或建议，而非亦步亦趋地跟随。在"创造新音节"方面，他对当时两种重要学说发表看法。首先是以闻一多、罗念生为代表的轻重音说，这种学说受到英语、德语诗律的启发，认为也应该让白话文的轻重音作为新诗音律的基础，否认传统格律中的平仄对于新诗音律建设的作用。对此梁宗岱并不认同："我亦只知道中国底字有平仄清浊之别，却分辨不出，除了白话底少数虚字，那个轻那个重来。因为中国文是单音字，差不多每个字都有它底独立的，同样重要的音底价值。"[1] 对于作为闻一多轻重音理论实践产物的名句——"老头儿和担子摔了一交，/满地下是白杏儿红樱桃"（《罪过》），所谓每行十字三重音，梁宗岱并不认可，在他看来，每个字的轻重只能"勉强分出"，而且重音并非像闻一多所说的那样是三个，而是四个[2]。他认为白话文的轻重并不如英语或德语那样明显，"中国文底音乐性，在这一层，似乎较近法文些"[3]，也就是说应像法文诗那样注重音节的"数"、韵和谐音，而不应把注意力放在轻重音上。

相较于轻重音说，他更赞成孙大雨的音组说。孙大雨将声音分成四种因素：音长、音高、音势和音色，也就是声音的长短、高低、重轻和纯驳。在这四个元素中，他认为是音长对韵文的节奏起到关键作用，因为只有音长代表语言在时间上的持续，而诗歌是一种时间艺术。[4]

---

[1] 梁宗岱：《论诗》，《诗与真》，北京：中央编译出版社，2006年，第47页。
[2] 同上。
[3] 同上书，第48页。
[4] 孙大雨：《论音组——莎译导言之一》，孙近仁编：《孙大雨诗文集》，石家庄：河北教育出版社，1996年，第71—75页。

　　我们运用音组——一些在时间上相等或近乎相等的单位的规则性的进行，去具体地体现以及感觉到节奏。同时必须作这样的声名：这所谓相等或近乎相等乃是心理上的感觉，往往没有并且也不必有物理上的精确性，因为如果有了反而会显得机械和单调。这些单位这般进行时对我们所生的印象韵文学名之曰节奏，而每一个这样的单位则可以叫做音步、音节或音段。可以分成这些规则地进行着的、时常相同或相似的构成单位，便是韵文在形式上异于散文的基本条件。①

　　也就是说，音步（或音节、音段）在时间上有规律性地进行就是音组。孙大雨认为旧诗里的平仄代表的是声音四种元素之一的音高，不能构成新诗韵文节奏的基础，也批驳轻重音说关注音势，但音势不具有时间上的持续性，不能形成节奏，因而"直接而且严重地妨碍我们发现新诗的韵文节奏"②。梁宗岱基本认同孙大雨的音组说，并指出自己从前在致徐志摩的信中提到的"停顿"与孙大雨的理论暗合。梁宗岱在信中说：

　　　　我只知道中国诗一句中有若干停顿（现在找不出更好的字）如

　　　　春花——秋月——何时了

　　　　往事——知——多少

　　　　小楼——昨夜——又东风

---

① 孙大雨：《诗歌的格律》，孙近仁编：《孙大雨诗文集》，石家庄：河北教育出版社，1996年，第114页。
② 同上书，第117页。

故国——不堪回首——月明中①

　　这就是《论诗》那封信中梁宗岱关于"停顿"的全部论述了，跟孙大雨洋洋十万言基于逻辑分析的理论著述②自然不可同日而语。梁宗岱本也无意于当一名理论家。在他看来，对于诗歌的问题，"理论与批评至多不过处建议和推进的地位，基本的答案，还得靠诗人们自己试验出来"③。他对理论的批评便是基于自己作为诗人的创作经验，比如，孙大雨和罗念生都认为节拍整齐的诗体不必追求字数划一，因为从理论上而言，跟时间发生关系的是节拍而非字数，梁宗岱却从自己的经验出发，认为节拍整齐的诗体字数也必须要整齐。

　　通过对瓦雷里诗学思想的吸收与跟国内诗坛的互动，梁宗岱形成了自己对诗歌形式的看法，概括说来有以下几点：第一，不绝对反对自由诗的创作，毕竟自由诗也能起到洗练白话文的作用，但只有格律诗才能达到诗歌的最高水准；第二，重视新诗的节奏，认可孙大雨的"音组/字组"说，但不赞成所有的新诗都必须保持每行节拍一致，应根据不同的诗体灵活安排每行的节拍；第三，若选择每行节拍整齐划一的诗体，则应保持每行字数相等；第四，旧诗体除了缺少跨句外，其他没有

---

① 梁宗岱：《论诗》，《诗与真》，北京：中央编译出版社，2006年，第47页。
② 孙大雨于1934年开始按照他的音组原理用五音组无韵体翻译莎士比亚悲剧《黎琊王》（即《李尔王》，剧本至1948年才由商务印书馆出版）。他在原来的译本序中详述他的音组理论，长达十万言，后来在香港被焚毁。此后他又根据原先材料写成八万字左右的《诗歌的格律》。参见罗念生：《格律诗谈》，《罗念生文集》第10卷，上海：上海人民出版社，2015年，第612页。
③ 梁宗岱：《按语和跋》，《诗与真》，北京：中央编译出版社，2006年，第182页。

什么缺点，平仄、用韵等都不应抛弃，这些旧诗的作诗法对于新诗建设具有参考价值。梁宗岱在三十年代的诗歌创作与翻译正是基于这些形式观念进行的。

第四节　梁宗岱三四十年代的形式探索

一、商籁体创作

梁宗岱在三十年代的诗歌创作集中于 1933—1939 年间的六首商籁。[①] 商籁这种诗体对应的意大利文为 sonetto，在英文与法文中都叫作 sonnet，西班牙文为 soneto，德文为 sonett。"商籁"是这种西方诗体的音译，现在的通译名为"十四行诗"。顾名思义，这种诗体最显著的特征是一首诗有十四行诗句——虽然也存在例外。十四行诗原先是中世纪欧洲流行的一种抒情短诗，在文艺复兴时期由意大利诗人彼得拉克发扬光大。文艺复兴对于欧洲各地产生巨大影响，这种诗体也随之传到法国、英国、西班牙等国，并产生不同变体。绝大多数十四行诗都有韵体，韵脚排列方式分成意大利式与英国式两种。意大利式的基本特征是前八行分成两组，每组四行，使用抱韵，即 abba abba 或 abba bccb 或 abba cddc。英国式也即莎士比亚体，前十二行分成三组，每组四行，最后一组是两行诗。三个四行组使用交韵，最后一个两行组使用偶句，即 abab cdcd efef

---

① 这六首商籁收录在广西华胥社于 1944 年印行的新旧体诗词集《芦笛风》里。

gg。除了格律方面的规定外，典型的十四行诗还讲究语义层面的起承转合，无论是 4433 式还是 4442 式，都要求思想或情感按照"起""承""转""合"的发展规律进行组织。"十四行诗必须把诗人所要表达的思想感情及其发展变化纳入这种严谨的格式中来加以表现，这就向作者提出了作品必须凝练、精致、思想浓缩和语言俭省的要求。（……）一首有严格的格律规范的十四行的短诗，往往能够包含深邃的思想和浓烈的感情，往往能体现出饱满的诗美，这不能不说也与形式对内容所起的反作用有关。"[1] 在中国古典格律被抛弃之后，西方十四行诗成为寻求新格律的新诗诗人们喜爱的诗体。

中国第一首十四行诗很可能是 1920 年 8 月 15 日发表在《少年中国》第 2 卷第 2 期上的《赠台湾的朋友》，署名"东山"（经考证为郑伯奇），但这首诗没有严格按照西方十四行诗的格律进行创作[2]。孙大雨于 1926 年 4 月 10 日在北京《晨报副刊·诗镌》上发表的新诗《爱》是第一首严格按照意大利体商籁格律进行创作的中国十四行诗，这也是中国新诗史上第一首格律诗。孙大雨对商籁体的试验引起不少诗人的呼应，这种西方诗体成为"钩寻中国语言的柔韧性乃至探检语体文的浑成、致密，以及别一种单纯的'字的音乐'（Word-music）的可能性的较为方便的一条路"[3]。梁宗岱投身于这场诗体试验的成果，一方面是他创作的六首商籁，另一方面则是他所翻译的《莎士比亚十四行诗》。他选择意式而非英式进行创作，很

---

[1]　屠岸：《十四行诗形式札记》，钱光培编：《中国十四行诗选：1920—1987》，北京：中国文联出版公司，1990 年，第 370 页。

[2]　钱光培：《中国十四行诗的昨天与今天》，同上书，第 1—2 页。

[3]　徐志摩：《徐志摩论十四行诗》，同上。原载于《诗刊》1931 年第 2 期前言。

可能出于一种诗人的自负，要对最严苛的格律发起挑战，因为在他看来，"莎士比亚所采用并奠定的英国式显然是一种无可奈何的变通办法"，英式"不独缺乏意大利式商籁的谨严，并且，从严格的诗学家看来，失掉商籁体的存在理由的"。①

从梁宗岱所认可的"音组"理论来看，六首商籁其中有五首每行十二音五个音组，一首（第五首）每行十音四个音组。梁宗岱反对限定音组的字数，但基本以每组两至三字为主，偶尔四字：

> 来，/我底/幸福，/让我们，/胸贴着胸，
> 静看/白昼底/蓝花/徐徐地/谢去；
> 任那/无边的/黑暗，/流泉/和夜风②

当时有一种意见，认为每行的音组字数分配一致才能产生和谐的节奏，如十二字诗第一行四个音组，字数分别为3441，那么接下来各行也应该是3441，梁宗岱这三行的字数分配为12234 13232 23223，这种灵活多变的排列方式得到罗念生的称赞："梁宗岱先生的十二字诗行和林先生（林庚）的十二字诗行的分别便在这个地方，结果梁先生的诗行比林先生的诗行活泼得多。"③

梁宗岱的六首商籁谨守意大利式前八行 abbaabba 的抱韵

---

① 梁宗岱：《莎士比亚的商籁》，《莎士比亚十四行诗》，上海：华东师范大学出版社，2016年，第5页。

② 梁宗岱：《商籁》，《诗与真续编》，北京：中央编译出版社，2006年，第328页。

③ 罗念生：《论新诗的音节兼论"宝马"》，《从芙蓉城到希腊》，上海：上海人民出版社，2016年，第525页。原载于《中央日报》1937年7月17日。

押韵方式，但他曾对抱韵表达过不满。对于孙大雨商籁体的代表作《诀绝》：

> 天地竟然老朽得这么不**堪**！
> 我怕世界就要吐出他最后
> 一口气息。无怪老天要破旧，
> 唉，白云收尽了向来的灿**烂**。
> (…………)①

梁宗岱评论道："'堪'和'灿烂'相隔三十余字，根本已失去了应和底功能，怎么还能够在我们底心泉里激起层出不穷的涟漪？"② 然而在他自己的商籁体创作中，抱韵的运用也使得韵脚的应和功能较弱，以商籁第一首第一段为例：

> 幸福来了又去：像传说的仙**人**，
> 他有时扮作肮脏褴褛的乞丐，
> 瘦骨嶙峋，向求仙者俯伏叩拜，——
> 看凡眼能否从卑贱认出真**身**；③

"人"和"身"中间相隔 35 字，比之《诀绝》有过之而无不及。对于熟悉中国古典诗词的读者而言，抱韵这种西方诗歌的押韵方式似乎无法契合阅读时的心理期待，"在中国人的耳朵

---

① 梁宗岱：《论诗》，《诗与真》，北京：中央编译出版社，2006 年，第 44 页。
② 同上。
③ 梁宗岱：《商籁》，《诗与真续编》，北京：中央编译出版社，2006 年，第 327 页。

里不和谐（更不要提悦耳）"[1]。

此外，鉴于他对中国古典诗词的诊断——缺乏跨句是唯一的缺点，他在自己的创作中有意识地大量运用跨句乃至跨段的手法，如第一首的第三、四两段：

> 但今天，你这般自然，这般妩媚，
> 来到我底身边，我光艳的女郎，
> **从你那清晨一般澄朗的眸光，**
>
> **和那嘹亮的欢笑，我毫不犹豫**
> 认出他底灵光，我惭愧又惊惶，——
> 看，我眼中已涌出感恩的热泪！[2]

跨段的运用让第三、四两段连为一体，一气呵成，但有时跨句的效果并不好，比如商籁第二首第一段：

> 多少次，我底幸福，你曾经显现
> **给我，**灵幻飘渺像天边的彩云，——
> 又像幻果高悬在危涯上，鲜明
> **照眼，**却又闪烁不定，似近还远[3]

两次跨句让整段诗显得支离破碎。梁宗岱在评论跨句这种手法时

---

① 柳村：《汉语诗歌的形式》，开封：河南大学出版社，1990年，第163页。
② 梁宗岱：《商籁》，《诗与真续编》，北京：中央编译出版社，2006年，第327页。
③ 同上书，第328页。

曾说：跨句的存在是"适应音乐上一种迫切的（imperious）内在的需要"①。他曾以一首新诗为例：

> ……儿啊，那秋秋的是乳燕
>
> 在飞；一年，一年望着它们在梁间
>
> 兜圈子，娘不是不知道思念你那一啼……②

说明不是出于迫切需要，而是为了押韵方便进行的跨句不能造就一首好诗。反观前引的商籁第二首，"给我"与"照眼"似乎也并无跨句的必要。

对于这段商籁体的创作经历，日后他不无遗憾地说："那严密而又复杂的意大利式的商籁之尝试也往往证实是吃力不讨好的工作"，之所以吃力不讨好，很大原因在于这种诗体"几乎与中国文字底音乐性不相投合"。③ 意式商籁体试验的失败——或他自认为的失败——为他后来转向填词埋下了伏笔。

二、 翻译中对西方诗体的移植

梁宗岱在三十年代开始翻译《莎士比亚十四行诗》，虽然因战乱、时局等，单行本要到 1978 年才由人民文学出版社印

---

① 梁宗岱：《论诗》，《诗与真》，北京：中央编译出版社，2006 年，第 43 页。
② 同上。
③ 梁宗岱：《试论直觉与表现》，《诗与真续编》，北京：中央编译出版社，2006 年，第 185 页。

行，但 1942 年前后就已基本完成全译①。以 1937 年最先发表
的两首莎士比亚十四行诗为例②，相较于他自己创作的六首意
大利式商籁，英式诗体译文显得更加和谐流畅。

> 多少次我曾看见灿烂的朝**阳**
> 用他底至尊的眼媚悦着山顶，
> 金色的脸**庞**吻着青碧的草**场**，
> 把黯淡的溪水镀成一片**黄金**；
>
> 然后蓦地任那最卑贱的云彩
> 带着黑影驰过他圣洁的霁颜，
> 把它从这凄**凉**的世界**藏**起来，
> 偷移向西**方**去沉埋他底污玷；
> 同样，我底太**阳**曾在一个清朝
> 带着辉**煌**的**光**华临照我前额；
> 但是唉！他只一刻是我底荣耀，
> 下界的乌云已把他和我遮隔。
>
> 我的爱却并不因此把他鄙视，
> 既然天上的太**阳**也不免瑕疵。③

---

① 关于梁译《莎士比亚十四行诗》的翻译和出版经过，参见梁宗岱：《莎士比亚十四行诗》，刘志侠校注，上海：华东师范大学出版社，2016 年，第 1—2 页的"编辑说明"。
② 梁宗岱：《莎士比亚十四行诗二首》，《文学杂志》1937 年第 1 卷第 2 期，第 49—52 页。
③ 这两首诗个别诗句的译法梁宗岱后来有改动，此处以 1937 年发表的初译为准。

这是《莎士比亚十四行诗》的第三十三首，梁宗岱将原诗的每行十个音节扩展到十二个汉字，不过译文忠实再现了原诗 abab cdcd efef gg 的押韵方式。第三行"庞"与韵脚"阳"相呼应，中间只间隔16字，且"庞"与"场"行内押韵，ang 韵在第 7、8、9、10、14 行频繁出现，再加上"灿烂""黯淡""辉煌""遮隔"等双声叠韵的使用，使整首诗读起来朗朗上口。这首译诗初发表时，主编朱光潜认为他未将末行原文的意思全部译出，加了一条附注："末行原文为 Suns of the world may stain when heaven's sun staineth。译文省去前半，如将后二句译为：我底爱却并不因此向他白眼，/人间太阳会失色，天日还长暗。似与原文语气较合。"[1] 1963 年香港《文汇报》发表这首诗时，梁宗岱将译文改为："我的爱却并不因此把他鄙贱，/天上的太阳有瑕疵，何况人间！"根据莎士比亚体十四行诗，末两行要使用随韵，形成偶句。无论初译还是后来改动的版本，梁宗岱的译文都比朱光潜的译文读起来更有音乐感，这也许是因为梁宗岱吸取古典诗词作诗法，讲究平仄。朱译句末"眼""暗"为仄仄相对，而梁译为平仄相对，读起来更抑扬顿挫。且无论"鄙视"还是"鄙贱"，都比"白眼"更贴合书面语，更符合梁宗岱一贯的典雅译风，因此梁宗岱虽然接受朱光潜修改译文的建议，但并没有直接采用朱光潜的译法。

1937 年《文学杂志》上发表的第二首是《莎士比亚十四行诗》的第六十五首：

---

[1] 梁宗岱：《莎士比亚十四行诗二首》，《文学杂志》1937 年第 1 卷第 2 期，第 50 页。

既然铜，或石，或地，或无边大海，

没有不屈服于那赫赫的无常，

美，她底力量比一朵花还柔脆，

怎能和他那肃杀的严威抵抗？

啊，夏天温馨的呼息怎能支持

残暴的日子刻刻猛烈的轰炸，

当岩石，无论怎样险固，或钢扉，

无论多坚强，都要被时光腐化？

啊，骇人的思想！时光底珍饰，唉，

怎能够不被收进时光底宝箱？

谁能把他轻快的步履挽回来，

或者谁能禁止他把美丽掠抢？

啊，没有谁，除非这奇迹有力量：

我底爱在翰墨里永久放光芒。①

　　可以看出，梁宗岱的韵脚安排不够严格，"海""脆"与
"持""扉"本来应该是 aa 与 bb 的关系，但同押一个比较贫瘦
的 i 韵。不过这首诗因忠实再现了原诗鲜明的节奏特点，读起
来依然具有较好的音乐感：频繁的断句与单音节语气词让整首
诗在多处以碎片化形式呈现，从而造成一种激烈的情绪氛围。

---

① 梁宗岱：《莎士比亚十四行诗二首》，《文学杂志》1937 年第 1 卷第 2 期，
　第 51—52 页。

第三行"美，她底力量比一朵花还柔脆"（How with this rage shall beauty hold a plea）让"美"独立出来，可见梁宗岱不是无意识地逐字逐句翻译，而是在对原作节奏有着清醒认知的情况下力图在中文中再现乃至加强这种节奏，且"美"与"脆"首尾呼应，让诗句的音乐感更强。

除了《莎士比亚十四行诗》之外，梁宗岱还翻译了法语、德语和其他英语诗作，这些诗作集结成译诗集《一切的峰顶》，于1936年由上海时代公司印行，1937年商务印书馆出版了这本诗集的增订版。梁宗岱在译者序中说："这里面的诗差不多没有一首不是他（译者本人）反复吟咏，百读不厌的每位大诗人底登峰造极之作。"① 从他所选译诗歌的形式来看，既有严谨的格律诗，也有自由诗，乃至诗化散文。在1937年增订版收录的法文译诗中，梁宗岱一共翻译了雨果、波德莱尔、魏尔仑、瓦雷里四位诗人的十二首诗，几乎试遍了法文格律诗的所有类型：四音节诗、六音节诗、八音节诗、十音节诗、十二音节诗。具体分布如下：

诗人	诗作	音节数
雨果	《播种季——傍晚》	8
波特莱尔 （波德莱尔）	《祝福》	12
	《契合》	12②
	《露台》	12
	《秋歌》	12

---

① 歌德等：《一切的峰顶》，梁宗岱译，何家炜校注，上海：华东师范大学出版社，2016年，第4页。

② 梁译为每行10个字。

诗人	诗作	音节数
魏尔仑	《月光曲》	10
	《感伤的对话》	10
	《白色的月》	4
	《泪流在我心里》	6
	《狱中》	8/4
梵乐希 （瓦雷里）	《水仙辞》	12
	《水仙底断片》	12

这十二首诗原诗均为格律诗，但几乎没有哪两首的形式是一模一样的，其中雨果的《播种季——傍晚》是1937年商务版新添进去的一首，也是诗集中唯一的一首雨果诗。在1936年上海时代公司版中没有纯粹的八音节诗，《播种季——傍晚》的出现弥补了这一空白。瓦雷里的《水仙辞》是二十年代的旧译，将这首译诗跟三十年代的新译作相比，会发现他进入三十年代以后形式意识的增强。《水仙辞》没有严格遵守原诗的格律规范，而是灵活多变地创造出译诗自己的音乐性。以第一节为例：

> 哥呵，惨淡的白莲，我愁思着美艳，
>
> oo ooo oo/oooo oo
>
> 把我赤裸裸地浸在你溶溶的清泉。
>
> oo oooo oo/oooo oo
>
> 而向着你，女神，女神，水的女神呵，
>
> oooo oo oo/ooooo
>
> 我来这百静中呈献我无端的泪点。
>
> ooo ooo oo/oooo oo

O frères! triste lys, je languis de beauté

ooo ooo/ooo ooo

Pour m'être désiré dans votre nudité，

o ooooo/o ooooo

Et vers vous，Nymphe，Nymphe，ô Nymphe des fontaines

ooo oo o/o oo ooo

Je viens au pur silence offrir mes larmes vaines.

oo oooo/oo oooo

原诗采取 aabb 式押韵，每行十二音节。梁宗岱采取 aaba
式，四行诗的字数分别为 13、14、13、14，与原文并不一致，
第一行的 frères（兄弟们）为复数，到中文"哥呵"变成单数，
且第二行的意思也与原文存在较大出入（原句意为"因我曾在
你们的赤裸中渴望自己"），但作为瓦雷里诗学的信徒，他知
道对于一首诗而言，意义是次要的，形式才是一首诗的生命。
梁宗岱认为"平仄、双声、叠韵、节奏和韵"以及"意象"是
中国诗形式的主要元素。[1]

从节奏来看，法语每个单词的重音在最后一个音节上，如
果是在句中，单词的重音消失，只有最后一个单词的最后一个
音节有重音，因而诗句读起来极为平顺，汉语则因为存在四
声，读起来有一种天然的抑扬顿挫，不易形成法语式的连贯。

---

[1] 梁宗岱：《试论直觉与表现》，《诗与真续编》，北京：中央编译出版社，
2006 年，第 234 页。

通过对译诗与原作节奏的对比，我们发现译诗的音组基本保持每行五组，要多于原诗的四组。原诗每行在停顿（césure）前后，两个半句（hémistiche）的节奏严格保持对称，而在译诗中很难完全再现这种节奏。瓦雷里运用腰韵的手法，如行 2 Pour m'être désiré/dans votre nudité 在停顿处与句末押韵，加强了诗句的节奏感。梁宗岱虽然没有在这一行的译文中加以体现，但在行 1 和行 4［莲/艳（行 1），献/点（行 4）］进行了运用。此外，an 韵作为主韵脚贯穿整个诗节："莲""艳""泉""献""端""点"，如一根金线将所有意象串联起来，形成一个听觉上的有机整体。"惨淡""裸裸""溶溶""清泉"双声或叠韵的用法也极大增强了诗句的音乐性。从平仄来看，aa 与 ba 两组句子的句脚分别为"仄平"与"平仄"相对，"古典格律诗，出句和对句的句脚字，平仄必须对立"[1]，只有平仄对立才能让诗歌读起来朗朗上口。行 4 将 pur silence（纯粹的静）译成"百静"而非"纯静"，很可能是出于古典诗词对偶的习惯，将"百静"与"无端"相对。可见梁宗岱在用白话文翻译外国诗歌时对汉语诗歌传统有意无意地进行继承。

作为比较，同样是十二音节诗，他在三十年代翻译的四首波德莱尔诗歌全部采用原诗的押韵方式，每行字数也严格维持在十二字，表现出比《水仙辞》更为明显的格律倾向。其中《祝福》一首最长，共有 76 行，要在严苛的格律规范下既呈现原诗的意义又体现译诗的音乐性，这是对译者巨大的考验。对于自己的翻译理念，他在序言中这样交代："大体以直译为主。除了少数的例外，不独一行一行地译，并且一字一字地译，最

---

[1]　柳村：《汉语诗歌的形式》，开封：河南大学出版社，1990 年，第 216 页。

近译的有时连节奏和用韵也极力模仿原作——大抵越近依傍原作也越甚。"① 用韵模仿原作，这是显而易见的，我们将试着分析他是否再现了原诗的节奏，以《祝福》的首段为例：

当诗人奉了最高权威底谕旨

ooo oo/oo ooo oo

出现在这充满了苦闷的世间，

ooo/o ooo ooo oo

他母亲，满怀着亵渎而且惊悸，

ooo/ooo oo oo oo

向那垂怜她的上帝拘着双拳：

oo oooo oo/oo oo

Lorsque，par un décret des puissances suprêmes，

oo oooo/ooo ooo

Le poète apparaît en ce monde ennuyé，

ooo ooo/ooo ooo

Sa mère épouvantée et pleine de blasphèmes

oo oooo/oooo oo

Crispe ses poings vers Dieu，qui la prend en pitié：

oooo oo/ooo ooo

通过与原诗节奏的比较会发现，译诗每顿的前后字数无法做到均等，亚历山大体庄重稳健的节奏风格也就无从得以体

① 歌德等：《一切的峰顶》，梁宗岱译，何家炜校注，上海：华东师范大学出版社，2016年，第5页。

现。不仅如此，原诗每行四个音组也在译诗中成为五个音组。因此，梁宗岱在法国格律诗的翻译试验中，对原诗格律的再现是有限度的。不过，正如他所翻译的《莎士比亚十四行诗》那样，《一切的峰顶》中的格律诗翻译体现出梁宗岱作为诗人翻译家高超的文字驾驭能力。

吊诡的是，他曾声称"没有一首自由诗，无论本身怎样完美，能够和一个同样完美的有规律的诗在我们心灵里唤起同样宏伟的观感，同样强烈的反应的"[1]，而他在《一切的峰顶》中最爱的一首却是自由诗。他在序言中坦言："这是我底杂译外国诗集，而以其中一首底第一行命名。缘因只为那是我最癖爱的一首罢了。"[2] 这首诗便是歌德的《一切的峰顶》，梁宗岱将这首诗誉为"德国抒情诗中最深沉最伟大的"[3] 一首，这样"一首很不整齐的自由诗"[4]，"给我们心灵的震荡却不减于贝多汶一曲交响乐"[5]。他在理性上认可瓦雷里对形式的看法，充分肯定格律的价值，但情感上似乎不能完全认同。

通过翻译，梁宗岱将多样化的西方诗体引入新诗世界。他的这本译集在初版时是邵洵美所主编的"新诗库第一集第二种"，纵览"新诗库"这套丛书的其他九种，均为个人创作的

① 梁宗岱：《新诗底分歧路口》，《诗与真》，北京：中央编译出版社，2006年，第178页。

② 歌德等：《一切的峰顶》，梁宗岱译，何家炜校注，上海：华东师范大学出版社，2016年，第3页。

③ 梁宗岱：《论诗》，《诗与真》，北京：中央编译出版社，2006年，第37页。

④ 同上书，第38页。

⑤ 同上。

诗集，只有他这本是纯粹的译诗集①。可见在当时的新诗界，翻译与创作同为新诗试验的重要途径。

无论在创作还是在翻译中，梁宗岱对西方各种诗体的探索都是为了实现"在极端的谨严中创造极端的自然"② 这一野心，最终，他认为自己的探索与试验以失败而告终。使用白话文进行自由体和西方格律诗体的探索之后，剩下的似乎只有自创格律或返归古典。他自认为失败的根本原因在于信念与工具的不相容，他所说的信念是指"用文字创造一种富于色彩的圆融的音乐"③，而"白话这生涩粗糙的工具"④ 和他的信念很可能是不相容的。

三、 从白话新诗到古典诗词

梁宗岱对白话的看法集中见于 1933 年所作《文坛往那里去——"用什么话"问题》，这篇文章是应上海《文学杂志》关于大众文学所作的征文，结果未能发表，寄去付印的稿件佚失，只留存半篇原稿。1933 年正值文坛热烈讨论"文学大众化"或"大众文学"的时期，这跟左联的推动有直接关系。在左联作家眼中，经受五四文学革命的中国知识分子已经背叛了真正的革命精神，将白话文学打造成一种新的贵族文学，他们所使用的白话并非真正的口头语言，而是"中国文言文法，欧

---

① 作者和书目详见邵绡红：《我的爸爸邵洵美》，上海：上海书店出版社，2005 年，第 165—167 页。
② 梁宗岱：《试论直觉与表现》，《诗与真续编》，北京：中央编译出版社，2006 年，第 188 页。
③ 同上书，第 185 页。
④ 同上书，第 186 页。

洲文法，日本文法和现代白话以及古代白话杂凑起来的一种文字，根本是口头上读不出来的文字"[1]，已经形成了一种与普罗大众隔绝的新文言：

> 中国的绅商和所谓"智识阶级"，——举例来说——难道还需要新的文学革命么？当然不需要。他们"接受了""五四"的文学革命，"接受了"所谓白话文学的运动，而事实上，在这十三年来他们造成了一种新式的文言。这种新文言（现在的新文艺大半是用的这种新文言），仍旧是和活人口头上的白话是不相同的，读出来是不懂得的。[2]

在左联作家的语境中，中国的文化局面一方面是"绅商"与"智识阶级"的欧化，另一方面是普罗大众仍然"过着中世纪式的文化生活"[3]，以浸透封建糟粕的说书、演义、草台班的戏剧为主要精神食粮，士绅阶层有意维持这种维护吃人礼教的大众文化局面，以维持他们的特权统治。因此，新的文学革命迫在眉睫，语言上要使用真正的大众口语，创作能让大众理解的作品，以达到启蒙和教育大众的目的。

梁宗岱从两方面论证了将大众口语作为文学语言的错误性。第一，他从共时与历时的角度，论证无论古今中外都存在文言和白话，即书面语和口语的区别，只不过在中国尤为明显

---

① 瞿秋白：《大众文艺的问题》，《瞿秋白随笔》，海口：海南出版社，1996年，第192页。
② 瞿秋白：《"五四"和新的文化革命》，同上书，第183页。
③ 瞿秋白：《大众文艺的问题》，同上书，第188页。

而已。口头表达时思索的时间短，再加上情境、手势、表情等的辅助，对语言要求不高，而书面语的表达必定要经过对语言的组织、加工与润色，不可能完全跟口语等同。第二，他从语言和思想的关系进行论证，"言语（或文字）和思想是相生相长的"①，什么样的头脑产生什么样的文字，反过来，有什么样的文字也会造就什么样的思想。语言越精微，代表分辨事物的能力越高，而人类文化的发展正是基于分辨力的不断提高。因此，"硬要把这粗拙，模糊，笼统的白话，不加筛簸也不加洗炼，派作文学底工具，岂不是要开倒车把我们送到浑噩愚昧的原人，或等于原人底时代么？"② 第三，他从文艺鉴赏的角度，指出人和人的鉴赏能力存在差异，每个人的思想和艺术修养都不相同，即使使用大白话，也总还有人看不懂。因此，文艺工作者要做的不是降低工具迁就民众，而是改善民众的工具，以提高他们的程度。他引用瓦雷里的话："有些作品是被读众创造的，另一种却创造他底读众。"③ 他对瓦雷里这句话的理解显然存在偏差，瓦雷里所说的"创造他底读众"，这里的读众如同毕达哥拉斯秘密社团的成员，是一小群被选中的人，绝非普通民众。不过，梁宗岱的精英意识已显露无疑，在"德先生"占据道德高地的三十年代，可想而知，他的文章会"为了某种缘因，没有登出"④。

无论是五四时期的文学革命话语，还是三十年代的左联革

---

① 梁宗岱：《文坛往那里去——"用什么话"问题》，《诗与真》，北京：中央编译出版社，2006年，第62页。
② 同上书，第63页。
③ 同上书，第66页。
④ 同上书，第59页，注释一。

命文学话语，白话都是以活语言的面貌出现，为文学提供生生不息的发展动能，代表着自由与进步。而在梁宗岱的视域里，白话却是一种低级的、原始的、有待修正的语言："和一切未经过人类意识的修改和发展的事物一样，白话便被遗落在凌乱，松散，粗糙，贫乏，几乎没有形体的现状里。"① 与粗糙、简陋的白话相对照的是简洁而幽雅的文言，"经过了几千年文人骚士底运用和陶冶，已经由简陋生硬而达到精细纯熟的完美境界"②。不过他也承认，文言由于极端的完美而流于空洞和腐滥，几乎失去表情达意的作用了。因此作为文学工具而言，因袭的文言或未经洗练的白话均不可取。理想的局面应是合理吸收文言中的有益成分，对白话进行一番"探检，洗练，补充和改善"③，从而造就一种适合新文学的新工具。他四十年代转向填词，其初始动机并非恢复文言，而是想用"一种删掉若干不和谐的虚字的白话去写一些与歌德雪莱或魏尔仑底有名的短歌相类似的短诗"④，也就是说，他仍是为了洗练白话，仍是在走创作白话新诗的路径，只不过写成之后才发现酷似《玉楼春》的前半片，这才一发不可收拾地开始填词。正如瓦雷里在创作《年轻的命运女神》时自知别人要给他扣上"反动分子"的帽子那样，梁宗岱也深知填词意味着保守与落后，不符合他新诗诗人的身份。早在 1930 年，徐志摩就指出一些新诗诗人返归古典诗词创作的现象：

① 梁宗岱：《文坛往那里去——"用什么话"问题》，《诗与真》，北京：中央编译出版社，2006 年，第 61 页。
② 同上。
③ 同上书，第 62 页。
④ 梁宗岱：《试论直觉与表现》，《诗与真续编》，北京：中央编译出版社，2006 年，第 186 页。

现在已经有人担忧到中国文学的特性的消失。他们说："你们这种尝试固然也未始没有趣味，并且按照你们自己立下的标准竟许有颇像样的东西，但你们不想想如果一直这样子下去，与外国文学竟许可以近似，但与你们自己这份家产的一点精神不是相离日远了吗？你们也许走近了丹德歌德或是别的什么德，但你们怎样对得住你们的屈原陶潜李白？"

因此原来跟着"维新"的人，有不少都感到神明内疚，有的竟已回头去填他们的五言七言，长令短令，有的看到较生硬的欧化的语句引为讪笑的谈助，自己也就格外的往谨慎一边走。

看情形我们是像到了一个分歧的路口——你向那一边走？

但这问题容易说远了去，不久许有别的机会来作更翔实的讨论，在此不过顺便说到罢了。我个人的感觉是在文学上的革命正如在政治上透彻是第一义；最可惜亦最无聊是走了半路就顾忌到这样那样想回头，结果这场辛苦等于白费。①

徐志摩将诗坛的情形比作"一个分歧的路口"，有人折返回头，去写诗填词，徐志摩号召大家勇敢向前，与其安稳地回到岸边，不如放手一搏，在惊涛骇浪中闯出一番新天地，抵达未知的彼岸。巧合的是，几年后梁宗岱在他担任主编的《大公

---

① 徐志摩：《〈诗刊〉前言》，《西风残照中的雁阵：徐志摩谈文学创作》，天津：天津人民出版社，2013年，第111页。原载于《诗刊》1931年第2期。

报·文艺·诗特刊》（1935）发刊词中也使用了同样的表达，指出新诗到了"一个分歧的路口"，只不过他所强调的分歧是自由诗与格律诗的分歧，言辞之中对旧诗的态度要比徐志摩缓和得多。他指出，如果说旧诗是"腐滥和空洞"的，那新诗则是"贫乏和粗糙"的，无论新诗还是旧诗，都没有绝对的价值优势。[1] 但无论如何，作为新诗诗人出道的他，"走了半路"而折返终归是一件需要去辩解的事。《试论直觉与表现》这篇论文虽然探讨的是一个文艺理论问题，但完全可视为他的自辩词。他称"我国二三十年来的新文学自然是一个解放运动；但因为一切解放或革新都不免矫枉过正，所以也带来了不少的另一方面的专制"[2]。梁宗岱这番话并不夸张，以五四新文学运动起家的文人即使写作古诗词，都不愿或不敢拿出来发表，因为会背上倒退、反动和贻误青年的骂名。鲁迅曾批判刘半农无所顾忌地发表旧诗："又看见他不断地做旧体诗，弄烂古文，回想先前的交情，也往往不免长叹……我爱十年前的半农，而憎恶他的近几年。"[3] 胡适有一次发表了一首律诗，在给周作人的信中自我检讨道："胡适之做律诗，没落可想！"[4] 郑振铎

---

① 梁宗岱：《新诗底分歧路口》，《诗与真》，北京：中央编译出版社，2006年，第175页。

② 梁宗岱：《试论直觉与表现》，《诗与真续编》，北京：中央编译出版社，2006年，第188页。

③ 鲁迅：《忆刘半农君》，《鲁迅全集》第6卷，北京：人民文学出版社，1981年，第73页。转引自常丽洁：《早期新文学作家的旧体诗写作》，北京：社会科学文献出版社，2014年，第34页。

④ 胡适1931年9月26日致周作人信，《胡适全集》第23卷，合肥：安徽教育出版社，2007年，第493页。转引自同上。

也曾提醒朱自清："以'五四'起家之人不应反动。"① 梁宗岱所谓的"专制"是一种新文学占据道德高地带来的专制：新文学代表着自由、解放和进步，而旧诗词是精神桎梏、对人性束缚的象征，因而不应该有容身之地。

梁宗岱自辩的理由依然是从瓦雷里处继承来的精神劳动价值论："一般人都觉得步韵束缚性灵，窒塞情思。我底经验却相反。我以为对于内心生活丰富的人，这束缚反足增长他底自由与力量。"② 在步韵的过程中，需要由韵求意，"'置之死地而后生'，往往也可以应用到这种精神的搏斗上，而胜利后的喜悦也因而越大"③。但矛盾的是，在同一篇文章中，他称"填词（虽然它底格律那么谨严）比较作商籁对于我是轻而易举的事"④，如果按照精神搏斗的强度来评估创作的价值，岂不是商籁更值得投入？

"形式限制着内容，内容适应着形式，一作旧体诗，精神情思自然而然跟古人相近"⑤，的确如此，梁宗岱的填词以离别闺怨、伤春哀秋之作为主，虽然他有意推陈出新，在语言上尽可能将文言和白话进行有机融合，像瓦雷里那样"把旧囊盛

---

① 朱自清：《朱自清全集》第 9 卷，南京：江苏教育出版社，1998 年，第298 页。转引自常丽洁：《早期新文学作家的旧体诗写作》，北京：社会科学文献出版社，2014 年，第 35 页。

② 梁宗岱：《试论直觉与表现》，《诗与真续编》，北京：中央编译出版社，2006 年，第 203 页。

③ 同上书，第 205 页。

④ 同上书，第 187 页。

⑤ 叶圣陶：《谈佩弦的一首诗》，郭良夫编：《完美的人格——朱自清的治学和为人》，北京：清华大学出版社，2003 年，第 118 页。转引自常丽洁：《早期新文学作家的旧体诗写作》，北京：社会科学文献出版社，2014 年，第 34 页。

新酒"，但从辞藻和意境而言，给人的整体感觉因袭多于创新。对此卞之琳曾发表评论："他在抗战期间，在重庆，可又倒退到这一路尝试实践，变形为复旧，以至居然用文言填词，精彩不多，不见得有多少推陈出新的地方。"① 或许这是出自文人相轻的贬抑之词，但多少有些道理。《芦笛风》的出版给梁宗岱的新诗创作之路画上了终止符。他在中华人民共和国成立之后还陆续写作了一些歌颂社会主义新时代的律诗，继续他的形式探索之路，但他的主要兴趣已经从写诗转向制药了。

---

① 卞之琳：《纪念梁宗岱》，《卞之琳文集》中卷，合肥：安徽教育出版社，2002 年，第 174 页。

第三章 诗之"灵境"：象征主义
诗学建构

　　梁宗岱吸收瓦雷里的形式诗学，在三十年代初期响应新诗形式运动，通过创作和翻译对白话新诗的格律进行探索，与此同时，通过对法国象征主义的吸收引进，他试图为一种不同于浅近直白的诗风进行辩护与声张。象征主义作为一种文学运动，一般认为存在三种维度。第一种指的是十九世纪末实际发生的一场持续十几年的文学运动，由让·莫雷亚斯（Jean Moréas，1856—1910）在 1886 年 9 月 18 日《费加罗报》发起，旨在对以自然主义和巴那斯派为代表的文学唯物主义进行唯心主义的反击。真正参与这场运动的诗人几乎都已被后世文学史给淡忘了。第二种是各类文学史教材构建出来的广义象征主义诗歌运动，时间跨度一般起于浪漫主义之后，终于超现实主义之前，包含波德莱尔、马拉美等一些我们所熟知的现代诗人。第三种指的是 1880 年至 1914 之间一种跨学科的文学艺术思潮，并不单纯局限在诗歌领域。①

---

① Bertand Marchal，*Le symbolisme*，Paris：Armand Collin，2011，p. 15 - 16.

至于象征主义运动的精神和诗学内涵,瓦雷里作为亲历人认为没有比"象征主义"更含混的字眼,有人将象征主义等同于一种晦涩的诗学和对艺术的极致追求;有人将之等同于美学上的唯灵论,追求可见与不可见之间的契合;也有人认为象征主义代表着诗律的自由解放。[①]

梁宗岱关于象征主义的论述集中见于他的长文《象征主义》,不同于瓦雷里总是从文学史的角度去回顾这场运动,梁宗岱弱化象征主义的文学运动属性也即历史性,转而强调它的超时空属性或普遍性:"我从法国象征主义出发,通过心理学、形而上学和诗学一系列分析,达致一种普遍的象征主义(symbolisme universel),当艺术、诗歌、甚至宗教一旦达到最高形式和最纯净的表现时都是象征主义的"[②],"所谓象征主义,在无论任何国度,任何时代底文艺活动和表现里,都是一个不可缺乏的普遍和重要的原素罢了。这原素是那么重要和普遍,我可以毫不过分底说,一切最上乘的文艺品,无论是一首小诗或高耸入云的殿宇,都是象征到一个极高的程度的"[③]。

普遍性意味着在地域空间上不仅局限在法国,在时间范围上不仅局限在十九、二十世纪,也就意味着将中国文学传统纳入这一诗学体系并与西方文学展开对话的可能性。

---

① Paul Valéry, « Existence du symbolisme », in *Œuvres* I, *op. cit.*, p. 687.

② 梁宗岱:《梁宗岱致瓦莱里书信:一九三四年九月二十日》,刘志侠、卢岚主编:《梁宗岱早期著译》,上海:华东师范大学出版社,2016年,第413—414页。原信是法文,见第409页,此处对译文略有调整,将"普世"改为"普遍",以符合梁宗岱自己的汉语译法。

③ 梁宗岱:《象征主义》,《诗与真》,北京:中央编译出版社,2006年,第68页。

第一节　象征主义与中国传统美学的融合

一、诗歌的含蓄之美

　　梁宗岱一到法国就被象征主义所吸引，作为一个熟稔和热爱中国古诗词，懂得欣赏古典含蓄之美的文人，象征主义所提倡的"暗示""影射"手法于他而言毫不陌生。被象征主义诗人奉为精神领袖的马拉美曾这样解释"象征"：

　　　　巴那斯派的诗人们还在像老哲学家和老修辞学家那样对待写作主题，对事物进行直接描绘。相反，我认为应该只用隐射（allusion）。（……）巴那斯派拿取一件东西，将它整个展示出来，如此就不再有神秘了。他们剥夺了人们感觉自己在创造的这种美妙快乐。给一个事物**命名**，这就已经取消了诗歌四分之一的快感，而诗歌本应带来细细揣摩的乐趣。对它进行**暗示**（suggérer），这就是梦幻。完美运用这种神秘便构成了象征：一点点展现一个事物以揭示一种心灵状态（état d'âme），或相反，选择一个事物进行一系列解密，从中引发一种心灵状态。①

　　西方自亚里士多德的《诗学》以来，一直以"摹仿"

---

① Jules Huret，*Enquête sur l'évolution littéraire*，Paris：Bibliothèque Charpentier，1891，p. 60.

（mimesis）为诗学传统，认为艺术活动摹仿现实或生活，以表现人物的行动为中心。关于诗艺的起源，亚里士多德认为有两个原因：一是人具有摹仿的本能，二是人天生追求求知的快乐，欣赏艺术摹仿的成果能带来快感。① 诗歌中的摹仿论是古希腊哲学家主要基于史诗做出的理论思考，而史诗的前身"可能是某种以描述神和英雄们的活动和业绩为主的原始的叙事诗"②。因此，摹仿论更多强调的是对外在事物的再现（représentation），而中国传统诗论则将诗当作对情感的表现，"这是中国历代论诗者的共同信条"③。"诗者志之所之也。在心为志，发言为诗。"④ 人天生就有情感，有了情感就需要表达抒发，而诗的节奏与情感的节奏契合，因此不得不去作诗，这是中国人所认为的诗歌的缘起。

当马拉美批评巴那斯派"对事物进行直接描绘"，将事物"整个展示出来"，批评的正是基于摹仿的诗学传统。随着小说在十九世纪的兴起，诗歌在叙事、描写、议论等方面完全无法与之抗衡，马拉美深刻看到了诗歌的危机，他力图为诗歌开辟出一条新路径，在文学体裁的竞争中让诗歌获得独属于自身的竞争力。通过暗示或隐射的方式来揭示"一种心灵状态"，这是诗歌可以做到而其他文类较难获得的效果，马拉美的这种提倡在背离西方诗学传统的同时也在无意中向中国诗学传统靠拢。

---

① 亚里士多德：《诗学》，陈中梅译注，北京：商务印书馆，1996 年，第47 页。
② 同上书，"附录八"，第 246 页。
③ 朱光潜：《诗论》，北京：北京出版社，2005 年，第 6 页。
④ 《诗·大序》，转引自同上。

在梁宗岱赴法的年代，中国古典诗词在文学革命浪潮中正遭遇前所未有的合法性危机。以文学革命的干将陈独秀为例，他将旧的文学艺术和伦理道德一同视为政治革命未能彻底成功的重大原因。在他眼中，中国文学的主流是贵族文学、古典文学与山林文学，这三种文学从形式上来看，陈陈相因，铺陈堆砌，从内容来看，不外乎帝王权贵、神仙鬼怪以及个人的穷通利达，而对宇宙、人生、社会无所涉及，这三种文学与"阿谀夸张虚伪迂阔"[①] 的国民性互为因果。只有革新文学才能革新国民精神，而只有革新国民精神，才能真正革新政治。因此，他高举"文学革命军"的大旗，提出文学革命三大主义："曰，推倒雕琢的阿谀的贵族文学，建设平易的抒情的国民文学；曰，推倒陈腐的铺张的古典文学，建设新鲜的立诚的写实文学；曰，推倒迂晦的艰涩的山林文学，建设明瞭的通俗的社会文学。"[②] 一种平易、写实、通俗的新文学成为文学革命致力达成的目标。胡适将实现这一目标的手段概括为"八不主义"[③] 和"四要"[④]，其中包括"有什么话说什么话"。对此，梁宗岱加以痛斥："新诗底发动和当时底理论或口号，——所谓'建设明了的通俗的社会文学'，所谓'有什么话说什么

---

① 陈独秀：《文学革命论》，《中国现代思想史资料简编》第 1 卷，杭州：浙江人民出版社，1982 年，第 20 页。原载于《新青年》第 2 卷第 6 号，1917 年 2 月 1 日。
② 同上书，第 17 页。
③ "不做'言之无物'的文字；不做'无病呻吟'的文字；不用典；不用套语烂调；不重对偶——文须废骈，诗须废律；不做不合文法的文字；不摹仿古人；不避俗话俗字"，见胡适：《建设的文学革命论》，夏晓虹编：《胡适论文学》，合肥：安徽教育出版社，2006 年，第 14 页。
④ "要有话说，方才说话；有什么话，说什么话；话怎么说，就怎么说；要说我自己的话，别说别人的话；是什么时代的人，说什么时候的话。"引自同上。

话',——不仅是反旧诗的,简直是反诗的。"① 问题在于,为中国古典诗词正名已经不能仅仅依靠中国传统诗学话语,新文化运动让中国文化在某种程度上失去自我言说的能力。梁宗岱在此刻发现并选择象征主义,一个最重要的动机在于它跟中国传统诗学的契合。他能利用象征主义来为中国古典诗词,尤其是缺乏叙事与写实特征的这一类古典诗词提供一套合法性说辞。在他看来,象征与《诗经》里的"兴"比较接近,"依微拟义",即情景的配合,"即景生情,因情生景",并且情与景之间要达到融洽无间,即"物我合一"的程度。他总结出象征主义的两大特征:"(一)是融洽或无间;(二)是含蓄或无限。所谓融洽是指一首诗底情与景,意与象底惝恍迷离,融成一片;含蓄是指它暗示给我们的意义和兴味底丰富和隽永。"②

对于象征主义与中国古典诗学的契合,梁宗岱并不是第一个也不是唯一一个有此感受的人。早在 1926 年,周作人便在《扬鞭集序》里将中国传统诗学里的"兴"与西方诗学的"象征"对应起来:"象征是诗的最新的写法,但也是最旧,在中国也'古已有之'。"③ 也就是说,象征主义虽然是"外国的新潮流",却是"中国的旧手法"。④ 他认为文学革命导致所有作品过于"晶莹透澈,没有一点儿朦胧,因此也似乎缺少了一种

---

① 梁宗岱:《新诗底分歧路口》,《诗与真》,北京:中央编译出版社,2006年,第 175 页。

② 梁宗岱:《象征主义》,《诗与真》,北京:中央编译出版社,2006 年,第 75 页。

③ 周作人:《扬鞭集序》,刘匡汉、刘福春编:《中国现代诗论》上编,广州:花城出版社,1985 年,第 129 页。原载于《语丝》第 82 期。

④ 同上书,第 130 页。

余香与回味"①。在借鉴和摹仿西方时，应对象征主义多加关注，"新诗如往这一路去，融合便可成功，真正的中国新诗也就可以产生出来了"②。梁宗岱对象征主义的引介完全是循着周作人指出的路径进行的，即通过对象征主义的引介，来复兴中国古典诗学中的含蓄之美，不仅如此，他还将象征主义中的宗教情感与中国古代"天人合一"的思想进行融合。

二、"灵境"：东西方的泛神论与神秘主义

在启蒙运动和法国大革命摧枯拉朽地摧毁天主教信仰之后，由于人心对宗教的天然需求，十九世纪的法国迎来了宗教的复兴，但这不是回到中世纪，回到天主教，而是复兴一种宗教意识，"宗教复兴成为浪漫派的核心标志"③。以卢梭为先驱，浪漫派让人的灵魂挣脱一切教条戒律的束缚，在对自然的热爱与对无限的追求中形成一种"宇宙幻梦"（rêverie cosmique）。从此人只需要倾听内心与自然的声音，就可以获得宗教情感的满足。④ 梁宗岱藏有法国浪漫派大诗人拉马丁（Lamartine，1790—1869）的两本诗集：《沉思集》⑤ 与《诗与

---

① 周作人：《扬鞭集序》，刘匡汉、刘福春编：《中国现代诗论》上编，广州：花城出版社，1985年，第130页。
② 同上。
③ Bertrand Marchal, *La religion de Mallarmé*, Paris：José Corti, 1988, p. 12.
④ *Ibid.*, pp. 12 - 13.
⑤ Alphonse de Lamartine, *Méditations Poétiques*, Paris：Librairie Garnier Frères, 1925.

宗教和谐集》①。在《诗与宗教和谐集》的序言中,拉马丁这样写道:

> 作者意图让它们(诗集里的作品)重现自然与生活在人灵魂中造就的许多印象。这些印象本质上不同,但都有一个共同的对象,它们都消散、终结于对上帝的静观中。上帝(Dieu),像自然那样无穷无尽,像神(Divinité)那样伟大和神圣,非人力可及也。②

在拉马丁这段文字里,上帝既被比作自然,又具有神性,显然已经不再等同于天主教教义中那个创造了自然的上帝。"孤独与静观能让一些沉思的心灵不可逆转地引向无尽的意念(les idées infinies),也就是说引向宗教"③,这里的宗教(religion)也不再是天主教及其教义与仪式。在十九世纪文人的语境里,"宗教"这个词往往用来"思考人与世界(自然、宇宙)、与社会之间的关系,用来总体衡量他存在于世间纵向与横向的双重维度,或更简单点说,人性的双重维度"④。

在宗教复兴的热潮中,天主教没有得到太多好处,反倒是来自古代和东方的各种信仰获得虏获人心的机会,其中就包括东方的泛神论(panthéisme)。在十九世纪一位犹太裔法国哲学家阿道尔夫·弗朗克(Adolphe Franck,1810—1893)眼中,

---

① Alphonse de Lamartine, *Harmonies Poétiques et Religieuses*, Paris: Librairie Garnier Frères, 1925.
② Alphonse de Lamartine, *Harmonies poétiques et religieuses*, Paris: Hachette et Cie-Jouvet et Cie, 1893, p. II.
③ *Ibid.*
④ Bertrand Marchal, *La religion de Mallarmé*, *op. cit.*, p. 16.

埃及、伊朗、波斯、中国、印度等所有这些古老的东方文明有一个共同点："在它们无尽的多样化形式之下，有一个相同的内在，这就是泛神论。"① 泛神论中尤其是印度的佛教与婆罗门教在知识分子乃至普通中学教师群体中产生了广泛影响，"没有哪个中学教员不能熟练引用由科尔布鲁克②翻译的印度哲学体系"③。在十九世纪八十年代，叔本华在法国文化界风靡一时，他在法国享有一个称号："当代佛教徒"（le bouddhiste contemporain）。文坛巨擘、著名批评家、法兰西学士院院士法朗士（Anatole France，1844—1924）称："现代德国那位最强大的哲学家刚一认识佛教就受其影响建立了一门学说，这门学说的精巧与严谨，现在已经没有人再怀疑。叔本华的意志论建立在佛教哲学基础上。对此，这位著名的悲观主义者毫不否认，在他那间朴素的卧室里放有一尊金子做的佛祖。"④ 法朗士对佛教给予了热情洋溢的赞美：

> 佛教几乎不是一门宗教，它没有宇宙起源说，没有诸神，严格来说没有崇拜。它是一门伦理，而且是所有伦理学中最美好的一种。它是一种哲学，可以跟现代思想中最

① Adolphe Franck, *Le panthéisme oriental et le monothéisme hébreu*, conférence faite à la société des études juives le 19 janvier 1889, Paris: La Librairie A. Durlacher, 1889, p. 6.

② 科尔布鲁克（Henry Thomas Colebrooke, 1765—1837）：英国东方学家与数学家，被誉为"欧洲历史上第一位伟大的梵文学者"。

③ Adolphe Franck, *Le panthéisme oriental et le monothéisme hébreu*, *op. cit.*, p. 6.

④ Anatole France, *Œuvres complètes illustrées*, t. Ⅶ (*La vie littéraire*, 3ᵉ et 4ᵉ séries), Paris: Calmann-Lévy, 1926, p. 364. Cet article est paru d'abord dans le journal *Le Temps* du 4 mai 1890.

大胆的思辨协调一致。它已经征服了缅甸、尼泊尔、暹罗、柬埔寨、安南、中国和日本，这一过程没有让人流一滴血。（……）在欧洲，六十年来它的境遇不可谓不辉煌。①

对于泛神论的这种影响力，早在 1840 年托克维尔就发出感慨："泛神论在我们这个时代得到很大发展。欧洲一些国家的著作，就带有明显的泛神论色彩。德国人把它带进哲学，法国人把它带进文学。"② 托克维尔认为泛神论之所以流行，是因为社会的民主化导致个体的个性萎缩，人民取代公民，人类整体取代个体，人们喜欢寻找统一的观念，泛神论将神和宇宙简化为一个单一的整体，"一切可见和不可见的，均视为一个巨大存在的不同组成部分，而只有这个巨大存在能在其组成部分的不断变化和连续改观当中永远存在下去"③，这种思想体系能极大满足民主时代人们对整体、统一的精神需求。托克维尔的结论是："凡是坚信人类真正伟大的人，应当团结起来反对泛神论。"④

浪漫派诗歌往往带有泛神论色彩，将上帝等同于无限与万物的统一，在这种统一的视野中，自然既外在又内在于人。象征主义在某种程度上继承了浪漫派的宗教精神遗产，但在表达手段上摈弃浪漫主义的直抒胸臆（有时甚至是粗糙的直白），

---

① Anatole France, *Œuvres complètes illustrées*, t. Ⅶ (*La vie littéraire*, 3e et 4e séries), Paris: Calmann-Lévy, 1926, p. 364.
② 托克维尔：《论美国的民主》下卷，董果良译，北京：商务印书馆，1988 年，第 548 页。
③ 同上书，第 549 页。
④ 同上。

更讲究含蓄婉转。象征主义诗人语境中的"象征"脱离了这个词"用具象来指示抽象"的本意，成为一种对秘境（mystère）的暗示。梅特林克①将两种象征区分得非常仔细：

> 我认为存在两种象征：一种我们可以称作带有先见的（a priori）象征，或者说，有意设置的象征。这种象征从抽象出发，试图让人性披上这些抽象。此类象征的典型，很接近于寓言（allégorie）（……）。另一种象征更像是无意识的，由诗人在不知不觉中完成，经常不受诗人的思想所控制，溢出思想之外。这种象征诞生于人类的一切天才创作（……）。
>
> 象征是一种大自然的力量，人类的精神（esprit）无法抵抗大自然的法则。（……）诗人多多少少是强大的，但这并非因为他自己所为之事，而是出于他能利用他者，利用神秘永恒的秩序和事物的隐晦力量为之！②

在这段解释中，一股神秘主义的氛围呼之欲出。象征主义诗人心中的秘境各不相同，但他们都热衷于使用心灵（âme）、精神（esprit）、理念（idée）、本质（essence）等词汇，而且常常喜欢用大写，表明其毋庸置疑的存在性③，以此作为对自然主义与实证主义机械人生观的反抗。神秘主义基于直觉，是

① 莫里斯·梅特林克（Maurice Mæterlinck，1862—1949）：比利时剧作家、诗人、散文家，是象征派戏剧的代表作家，1911 年获得诺贝尔文学奖。
② Jules Huret，*Enquête sur l'évolution littéraire*，*op. cit.*，pp. 124-126.
③ Bertrand Marchal，*Le symbolisme*，Paris：Armand Collin，2011，p. 19.

"对真理、存在或上帝的直接观照"①。一切神秘主义流派都存在共性：第一，重视感性甚于理性；第二，认为在对真理、存在或上帝的认识上，理性是无能为力的，不仅如此，对于指导行动，理性的作用也很有限；第三，放弃自我意志，"陷入一种没有思想的静观、没有言语甚至几乎没有意识的祈祷"②。神秘主义"拒绝一切推论逻辑，想要直抵绝对（l'absolu）"③。无论在东方还是西方，无论何种宗教，神秘体验时的状态都是相似的，都是"将整个自我融入整个宇宙"④，比如禅宗的顿悟正是这样一种神秘主义体验。

瓦雷里在回忆象征主义运动时指出："在当时的文化氛围中有某种宗教性的东西。在诗人与艺术家既深刻又纯粹的信仰中，存在一种神秘主义。"⑤ 梁宗岱对象征主义的阐释也突出了神秘主义宗教意识的一面，他否定了将象征视为寓言的看法，"把抽象的观念如善恶，爱憎，美丑等穿上人底衣服"⑥不是真正的象征。"所谓象征是藉有形寓无形，藉有限表无限，藉刹那抓住永恒，使我们只在梦中或出神底瞬间瞥见的遥遥的宇宙变成近在咫尺的现实世界，正如一个蓓蕾蕴蓄着炫熳芳菲的春信，一张落叶预奏那弥天满地的秋声一样。所以它所赋形

---

① Jacques Billard, *L'éclectisme*, Paris: Presses Universitaires de France, 1997, p. 61.
② *Ibid.*, p. 62.
③ *Ibid.*, p. 67.
④ Minoru Yamaguchi, *The intuition of Zen and Bergson*, Tokyo: Herder Agency, Enderle Bookstore, 1969, p. 198.
⑤ Frédéric Lefèvre, *Entretiens avec Paul Valéry*, Paris: Le Livre, 1926, p. 127.
⑥ 梁宗岱：《象征主义》，《诗与真》，北京：中央编译出版社，2006年，第70页。

的，蕴藏的，不是兴味索然的抽象观念，而是丰富，复杂，深邃，真实的灵境。"① 所谓灵境即能够感知"宇宙底大灵"的境界，这宇宙大灵"是生底一种重要的的原动力"。② 抵达灵境，即意味着将自己从"生活地尘土里辗转挣扎"③ 中解脱出来，获得"宇宙地普遍完整的景象"④，"我们在宇宙里，宇宙也在我们里：宇宙和我们底自我只合成一体"⑤，达到意识与无意识的临界点，"在那里我们不独与万化冥合，并且体会或意识到我们与万化冥合"⑥。

二十世纪二十年代早期，中国知识分子介绍象征主义时，就已注意到象征主义的神秘倾向。周无在介绍法国近代文学趋势时称："'象征主义'专爱描写心理上的人神交感主义或是类如宗教的渺茫荒诞的迹象"⑦，来满足"神秘要求者的信仰心"⑧，助他们逃脱科学达不到的"僻境"或"奥秘之处"⑨。谢六逸在《文学上的表象主义是什么?》一文中指出，象征"全系根基于神秘的倾向"⑩，以为"人目所见的世界与人目未

---

① 梁宗岱：《象征主义》，《诗与真》，北京：中央编译出版社，2006 年，第 75 页。

② 同上书，第 80 页。

③ 同上。

④ 同上。

⑤ 同上书，第 82 页。

⑥ 同上书，第 83 页。

⑦ 周无：《法兰西近世文学的趋势》，《少年中国》（法兰西号）1920 年第 2 卷第 4 期。转引自黄晖：《西方现代主义诗学在中国》，北京：中国社会科学出版社，2008 年，第 213 页。

⑧ 同上。

⑨ 同上。

⑩ 谢六逸：《文学上的表象主义是什么?》，《小说月报》第 11 卷第 5 期。转引自同上。

见的世界、物质界与灵界、有限世界之间,是相通相应的"[①],因此,非用暗示的手法不能"沟通万象而暗示神秘无限的世界"[②]。梁宗岱对前人的推进之处在于他将中国传统美学也纳入这一神秘主义宗教意识的阐释框架里。在描述自我与宇宙融合的这一过程时,他所使用的词汇如"陶然忘机""空虚的境界""神游物表""与万化冥合"都来自道家或禅宗思想。他将"采菊东篱下,悠然见南山"句、屈原《山鬼》、"疏影横斜水清浅,暗香浮动月黄昏"句都视为象征主义的杰作,认为这些作品体现了人与自然的融合,能让人达到"物我合一"的境界。

三、 象征主义作为一种普遍的诗学标准

梁宗岱在象征主义的阐释中所体现的泛神论与神秘主义将人与宇宙融为一体,洋溢着他所谓的"宇宙意识"。他认为中国人比较缺乏宇宙意识:"朱光潜先生有一次在巴黎和我闲谈——不知光潜还记得否?——说起中国人底思想太狭隘,太逃不出实际生活底牢笼,所以不容易找到具有宇宙精神或宇宙观的诗(Cosmic poetry)。"[③] 宇宙观往往涉及一个人的宗教、哲学或科学观,梁朱二人显然是在宗教和哲学的意义上来谈论的。关于这个问题,回国后两人的论述不尽相同。

---

① 谢六逸:《文学上的表象主义是什么?》,《小说月报》第 11 卷第 5 期。转引自黄晖:《西方现代主义诗学在中国》,北京:中国社会科学出版社,2008 年,第 213 页。

② 同上。

③ 梁宗岱:《说"逝者如斯夫"》,《诗与真》,北京:中央编译出版社,2006 年,第 142 页。

在朱光潜看来，中国"哲学思想的平易和宗教情操的淡薄"[①] 导致中国诗缺少深厚肥沃的思想土壤，在格调的"深广伟大"上无法比肩西方诗歌。儒家最注重人情世故，即便老庄，也缺少对宇宙本源和思想本质这类问题的深刻研究，重妙悟轻思辨的特点使得老庄本人深邃的思想沦为后世肤浅的道家学说，对诗歌的影响主要体现在游仙一类的诗。屈原、阮籍、李白的游仙诗体现了诗人厌世而求超世，超世不得转而玩世，玩世仍不得解脱的痛苦境地。朱光潜认为痛苦的根源就在于中国文化缺乏深厚的哲学与宗教根基，人心难以得到安置。至于对中国文化影响也很大的佛教，朱光潜认为中国诗人只追求"禅趣"而忽视对"佛理"的研究，"有意'参禅'，却无心'证佛'，要在佛理中求消遣，并不要信奉佛教求彻底了悟，彻底解脱"[②]，"佛教只扩大了中国诗的情趣的根底，并没有扩大它的哲理的根底"[③]。归根到底，这是由中国人"好信教不求甚解"的习性与"马虎妥协的精神"导致的。[④] 将哲学与宗教特点归因于国民特性，朱光潜并不是唯一的一位，比如我们能在一位日本学者出版于 1969 年的著作《禅宗与柏格森的直觉》里见到这样的论述："对于这种断裂性，各种神秘主义流派都有体验，但唯有禅宗无比强调'顿悟'，一个很重要的原因也许跟中国人非理性和实用的性情倾向有关，中国人不喜欢凭借复杂的学习与复杂的方法来逐步实现直觉。"[⑤] 由于缺乏哲理

---

① 朱光潜：《诗论》，北京：北京出版社，2005 年，第 91 页。
② 同上书，第 100 页。
③ 同上。
④ 同上书，第 101 页。
⑤ Minoru Yamaguchi，*The intuition of Zen and Bergson*，*op. cit.*，p. 171.

与宗教的深厚滋养，同样是面对自然，中国诗人只能在自然中见到自然，人与自然景物之间达到一种情趣上的默契，不像西方泛神论诗人那样，能从自然景物中见到神秘的力量。即便如"采菊东篱下，悠然见南山"这样的千古名句，朱光潜也认为无法与西方的自然诗人相比，他以华兹华斯为例，说明华氏"这种彻悟和这种神秘主义和中国诗人与自然默契相安的态度显然不同"①，西方诗人面对自然达到的境界"中国诗人很少有达到"② 的。

梁宗岱基本认同朱光潜对于中国哲学和宗教根基贫瘠的判断：

> 我们哲学底研究对象始终没有离开人，或者，严格地说，没有离开人底行为；如果涉及心性，也永远胶着在善恶问题上；对于我们身外的宇宙以及身内那更精微的精神活动——思想底法则——却几乎等于熟视无睹。（……）所以我国哲学底最重要贡献是伦理学。[法国十八世纪思想家朱尔伯（Joubert）曾说，"除却犹太人没有宗教，除却中国人没有伦理学"。这话虽似过分，但也足以证明我国伦理学底特殊造就。] 而本体论和认识论等形而上部分却惊人底片段和零碎，虽然不至于全付阙如。③

哲学思想偏重人事伦理而忽视形而上方面的思考，这就造

---

① 朱光潜：《诗论》，北京：北京出版社，2005 年，第 91 页。
② 同上书，第 90 页。
③ 梁宗岱：《非古复古与科学精神》，《诗与真续编》，北京：中央编译出版社，2006 年，第 151 页。

成中国人功利主义的性情特征，思考事物难于摆脱常识，缺乏对真理的钻研精神，"不流于浅薄的怀疑主义，便流于盲目的迷信"①。而在宗教方面，一般人可以同时信仰几个不同的宗教，"希望同时得到各种神底祝福，避免任何神癨底谴责，把狡兔三窟的兽智应用到宗教上：正是缺乏信仰的明证"②。

不过，基于跟朱光潜同样的前提，梁宗岱却没有得出相同的结论，虽然他也认为中国诗人"大多数眼光和思想都逃不出人生底狭的笼"③，但他并不赞同西方诗人因为拥有泛神论的宗教意识，就一定在诗歌创作方面比中国诗人表现得更出色，反而认为"他们底宇宙意识往往只是片段的，狭隘的，或间接的"④。无论东西方，能够呈现直接与完整的宇宙意识的诗人都是凤毛麟角，歌德与李白分别是西方与中国的代表。中国文化虽然缺少西方那样完美缜密的哲学系统，但是凭借"诗人底直觉"与"庄子底瑰丽灿烁的想象"⑤，李白也能够像歌德那样在笔下"展示出一个旷邈，深宏，而又单纯，亲切的华严宇宙"⑥。在某种程度上，梁宗岱将庄子的思想进行了泛神论的阐释，把"道"视为"一种普遍的永久的基本原理"，"宇宙间一种不息的动底普遍原则"⑦。宇宙统一与和谐的原则体现于

---

① 梁宗岱：《非古复古与科学精神》，《诗与真续编》，北京：中央编译出版社，2006年，第165页。
② 同上书，第165—166页。
③ 梁宗岱：《李白与歌德》，《诗与真》，北京：中央编译出版社，2006年，第120页。
④ 同上。
⑤ 同上书，第121页。
⑥ 同上。
⑦ 梁宗岱：《说"逝者如斯夫"》，《诗与真》，北京：中央编译出版社，2006年，第143页。

万事万物中，不仅体现在春花流泉、日月星辰那些美好的事物上，也体现在卑微乃至猥亵的事物里：

> 这大宇宙底亲挚的呼声，又不单是在春花底炫熳，流泉底欢笑，彩虹底灵幻，日月星辰底光华，或云雀底喜歌与夜莺底哀曲里可以听见。即一口断井，一只田鼠，一堆腐草，一片碎瓦……一切最渺小，最卑微，最颓废甚至最猥亵的事物，倘若你有清澈的心耳去谛听，玲珑的心机去细认，无不随在合奏着钧天的妙乐，透露给你一个深微的宇宙消息。①

这段话很容易让人联想到《庄子》中的一个典故：当东郭子问庄子“道”在何处，庄子回答说“道”“无所不在”，在“蝼蚁”，在“稊稗”，在“瓦甓”，甚至在“屎溺”。② 梁宗岱认为中国古代的一流诗人，如屈原、陶渊明等通过诗歌中的美好意象，正如西方但丁的《神曲》或波德莱尔的《恶之花》通过丑陋乃至恐怖的意象，透露出“深微的宇宙消息”。

无论古今中外，一首伟大的诗歌都需要诗人的宇宙精神来浇灌，但具有宇宙精神不代表就能写出伟大的诗歌，诗人的宇宙精神最终在其中得以充分体现的诗歌，才是伟大的诗歌，也正是象征主义。对于梁宗岱而言，象征主义是诗歌的最高境界，也是衡量古今中外诗歌价值的最高标准。

然而无论波德莱尔、马拉美还是瓦雷里（他自称的师承脉

① 梁宗岱：《象征主义》，《诗与真》，北京：中央编译出版社，2006年，第86页。

② 庄子：《庄子》，方勇译注，北京：中华书局，2010年，第369页。

络），他们之所以能在文学史上留下光彩夺目的篇章，并非因为他们展现了一个自然和谐的宇宙，相反，正是在对这一和谐的颠覆中，他们超越了大多数被后世遗忘的象征主义诗人，实现了从浪漫主义向现代诗人的跨越。

第二节　梁宗岱对波德莱尔与马拉美的接受

一、　对波德莱尔的过滤式解读

对于象征主义的发展脉络，梁宗岱采用瓦雷里的说法，视波德莱尔为开创者，波德莱尔的三种倾向分别由魏尔仑、马拉美和兰波所继承："魏尔仑继续那亲密的感觉以及那神秘的情绪和肉感的热忱底模糊的混合；马拉美追寻诗底形式和技巧上的绝对的纯粹与完美；而韩波（即兰波）却陶醉着那出发底狂热，那给宇宙所激起的烦躁的运动，和那对于各种感觉和感觉之间的和谐的呼应。"[①] 从梁宗岱藏书来看，他不仅收藏有波德莱尔作品全集，还藏有法朗士、蒂博代（Albert Thibaudet）、朗松（Gustave Lanson）等批评家或文学史专家关于波德莱尔的评论书籍。这些评论能够反映梁宗岱所能获取的法国文坛对波德莱尔的看法，概括起来有以下几种。

第一种是心理方面的解读。在 1926 年出版的法朗士四卷

---

① 梁宗岱：《韩波》，《诗与真》，北京：中央编译出版社，2006 年，第 199 页。瓦雷里原文见 « Situation de Baudelaire »，in Œuvres Ⅰ，op. cit.，pp. 612 - 613.

本《文学生活》中，有一篇题为《波德莱尔》的文章（初次发表于 1889 年）[1]，在这篇文章中，法朗士称波德莱尔是一个从渎神中获取快感的诗人。他的思维方式完全是基督徒的思维，将肉身视为原罪的来源，"原罪论在《恶之花》中实现了最后的诗意表达"[2]。他在冒犯上帝与天使的过程中汲取快乐，如果跟妓女的肉体欢愉不涉及原罪，他也许根本就不会对女人感兴趣。这种解读将波德莱尔置于自萨德侯爵以来的渎神文学传统中。十九、二十世纪之交法国最著名的文学史专家古斯塔夫·朗松在其名作《法国文学史》中则将波德莱尔描述成一个有着死亡情结的人："波德莱尔唯一的念头是关于死亡的念头；波德莱尔唯一的情感是对死亡的情感。"[3] 他认为波德莱尔无论在感性还是理性方面都比较平庸，只有在处理死亡这一主题时才显得出类拔萃。

第二种是对波德莱尔都市诗人的定位。著名文学批评家蒂博代指出波德莱尔是第一位描述法国现代都市生活的诗人。"波德莱尔，这位巴黎诗人的独特之处在于创造了一种城市诗歌、大都市诗歌，极大撼动了在他之前既定的诗歌观念，这也部分解释了为何外省对他充满敌意。"[4] 相较于田园生活，"城

---

[1] Anatole France, *Œuvres complètes illustrées*, t. Ⅶ (*La vie littéraire*, 3e et 4e séries), *op. cit.*, pp. 32 – 39. Cet article est paru d'abord dans le journal *Le Temps* du 14 avril 1889.

[2] *Ibid.*, p. 34.

[3] Gustave Lanson, *Histoire de la littérature française*, Paris: Librairie Hachette et Cie, 1895, p. 1035.

[4] Albert Thibaudet, « Préface », in *Intérieurs: Baudelaire, Fromentin-Amiel*, Paris: Librairie Plon, 1924, p. Ⅷ.

市生活既是崭新而特殊的，也可称为人工的与腐败的"①。本雅明在三十年代末对波德莱尔的阐述即借鉴了蒂博代的这一观点，指出"《恶之花》是第一本在抒情诗里不但使用散文化日常语言而且还使用城市用语的诗作"②。油灯（quinquet）、车厢（wagon）、公共马车（omnibus）、道路网（voirie）等现代城市生活词汇是波德莱尔之前的抒情诗里从未出现过的。③ 波德莱尔不仅描绘城市的景观，更描写生活在城市里的人，如本雅明所指出的"波希米亚人""闲逛者"等现代都市人的典型。

第三种是对波德莱尔写作技巧的肯定。无论《恶之花》道德趣味如何，无论诗歌意象多么卑微乃至龌龊，评论者都无一例外地肯定波德莱尔在诗歌创作技巧方面的才能。朗松称"作为艺术家，他是强大的"，"他偏爱的形式是短小精悍的象征诗歌，有时，从一个极为平庸的观念出发，通过大胆全新的象征手段，他能创作出一首出人意料的诗歌"。④ 瓦雷里则指出波德莱尔在爱伦·坡的影响下，以全新的现代诗歌理念，颠覆了一切既定的诗歌写作范式，在他的诗里，"一切都充满了魅力、音乐性与强大而抽象的感性"⑤。

除了这些来自法国的文学批评，在梁宗岱写作《象征主义》的年代，国内已经形成某种对波德莱尔的批评倾向，将他视为"恶魔诗人"与"颓废诗人"的代表。如李思纯关注波德

---

① Albert Thibaudet，« Préface »，in *Intérieurs*：*Baudelaire*，*Fromentin-Amiel*，Paris：Librairie Plon，1924，p. 9.
② 瓦尔特·本雅明：《波德莱尔：发达资本主义时代的抒情诗人》，王涌译，南京：译林出版社，2012 年，第 102 页。
③ 同上书，第 103 页。
④ Gustave Lanson，*Histoire de la littérature française*，*op. cit.*，p. 1035.
⑤ Paul Valéry，« Situation de Baudelaire »，in *Œuvres* Ⅰ，*op. cit.*，p. 610.

莱尔对社会之恶的揭露[1]，田汉关注他对自然之恶的描写，闻天通过翻译史笃姆的《波特莱尔研究》[2] 展现波德莱尔诗作中的人性之恶。怪异、丑恶、黑暗题材成为评论者关注的焦点，在这种批评浪潮下，《死尸》（"Une Charogne"）成为译者偏爱的诗篇也就不足为怪了，仅在 1924—1925 年间先后就有徐志摩、金满成、张人权、李思纯等人的不同译本出现[3]。值得注意的是，徐志摩对波德莱尔不做任何道德伦理或现实主义的解读，而是进行了神秘主义的阐释："诗的真妙处不在他的字义里，却在他的不可捉摸的音节里；他刺戟着也不是你的皮肤（那本来就太粗太厚了！）却是你自己一样不可捉摸的魂灵。（……）我直认我是一个甘脆的 Mistic。为什么不？我深信宇宙的底质，人生的底质，一切有形的事物与无形的思想的底质——只是音乐，绝妙的音乐。（……）——庄周说的天籁地籁人籁。"[4] 在这种阐释中，他将波德莱尔与庄子联系在一起，认为《死尸》体现的宇宙本质与人生真谛跟庄子的精神世界遥遥相通。

　　基于中法学界业已形成的对于波德莱尔的批评，梁宗岱对

---

① 李思纯：《仙河集》，《学衡》1925 年第 11 期。转引自耿顺顺：《波德莱尔在中国的四种形象研究》，兰州大学硕士学位论文，2017 年，第19 页。

② 史笃姆：《波特来耳研究》，闻天译，《小说月报》1924 年第 15 期（号外）。转引自同上。

③ 徐志摩译《死尸》（1924 年 12 月），金满成译《死尸》（1924 年 12 月），张人权译《腐尸》（1924 年 12 月），李思纯译《腐烂之女尸》（1925 年11 月）。转引自同上。

④ 徐志摩翻译《死尸》附的序文，《语丝》1924 年 12 月第 3 期。转引自金丝燕：《文化接受与文化过滤——中国对法国象征主义诗歌的接受》，北京：中国人民大学出版社，1994 年，第114—115 页。

于波德莱尔的阐述有着鲜明的特点，那就是承袭徐志摩的阐释路径，突出波德莱尔的神秘主义，强调他跟中国传统思想，尤其是庄子思想的共通之处。他引用波德莱尔《人工乐园》（*Les Paradis artificiels*）中的一段话来加强自己的论点：

> 有时候自我消失了，那泛神派诗人所特有的客观性在你里面发展到那么反常的程度，你对于外物的凝视竟使你忘记了你自己底存在，并且立刻和它们混合起来了。你底眼凝望着一株在风中摇曳的树；转瞬间，那在诗人脑里只是一个极自然的比喻在你脑里竟变成现实了。最初你把你底热情，欲望或忧郁加在树身上，它底呻吟和摇曳变成你底，不久你便是树了。同样，在蓝天深处翱翔着的鸟儿最先只代表那翱翔于人间种种事物之上的永生的愿望；但是立刻你已经是鸟儿自己了。①

这段描写引自波德莱尔《人工乐园》中《大麻之诗》这一章。从书名"人工乐园"就可以看出，在这本书中，和谐圆满的境界并不存在于宇宙或自然秩序中，而是人工创造出来的。事实上，这本书围绕着鸦片与大麻的吸食经验进行，在原文中，上述引文之后紧接着的一句是："Je vous suppose assis et fumant（我猜你正坐着吸食大麻）。"② 但梁宗岱强调象征的灵

---

① 梁宗岱：《象征主义》，《诗与真》，北京：中央编译出版社，2006 年，第 83 页。

② Baudelaire，« Le poème du hachisch »，in *Les paradis artificiels*，Paris：Le Livre de Poche，2000，p. 123.

境并非"幻觉或错觉"①,心灵达到的状态"是更大的清明而不是迷惘"②,对《人工乐园》的引用止于"我猜你正坐着吸食大麻"之前。

除此之外,在梁宗岱眼中,《契合》("Correspondance")这首诗也是人的心灵在"陶然忘机"的顷刻抵达宇宙大和谐的证明。这首诗的第一段为:

> 自然是座大神殿,在那里
>
> (La Nature est un temple où de vivants piliers)
>
> 活柱有时发出模糊的话;
>
> (Laissent parfois sortir de confuses paroles;)
>
> 行人经过象征底森林下,
>
> (L'homme y passe à travers des forêts de symboles)
>
> 接受着它们亲密的注视。
>
> (Qui l'observe avec des regards familiers.)③

在原文中,人与自然的关系不能说是极为密切的,因为人只是"经过"(y passe)这些森林,森林"注视"(l'observe)着人,二者之间没有互动。在梁宗岱的译文中,这一互动得到加强,从森林亲密地注视着人,变成人"接受着"森林亲密的注视。这首诗原本强调的是不同感官之间的"联觉"(synesthésie),是一种横向的契合,而在梁宗岱的阐释中,更强调纵向的契

---

① 梁宗岱:《象征主义》,《诗与真》,北京:中央编译出版社,2006年,第81—82页。

② 同上书,第83页。

③ 同上书,第77—79页。

合，即人与自然或宇宙之间的契合。他认为波德莱尔带来的"近代美学地福音"正在于此并展开评论：

> 这首小诗不独在我们灵魂底眼前展开一片浩荡无边的景色——一片非人间的，却比我们所习见的都鲜明的景色；并且启示给我们一个玄学上的深沉的基本真理，由这真理波特莱尔与十七世纪一位大哲学家莱宾尼滋（Leibniz）遥遥握手，即："生存不过是一片大和谐"。宇宙间一切事物和现象，（……）只是一座大神殿里的活柱或象征底森林，里面不时喧奏着浩瀚或幽微的歌吟与回声；（……）因为这大千世界不过是宇宙底大灵底化身：生机到处，它便幻化和表现为万千的气象与华严的色相——表现，我们知道，原是生底一种重要的原动力的。[1]

如果说这首诗确实反映了人与自然的契合，那也是浪漫主义的遗产，并非波德莱尔的美学创造。有评论认为，这首诗之所以被放置在《恶之花》诗集的开端部分，表明了诗人将人与自然的契合作为自己诗学征程的起点，即离开之所[2]。（狭义的）象征主义运动将波德莱尔作为象征主义的开端，这是因为他们忘记了世纪初的浪漫主义诗人，事实上，对于这个充满象征与契合的世界，波德莱尔的"现代性主要体现在他加速了这

---

[1] 梁宗岱：《象征主义》，《诗与真》，北京：中央编译出版社，2006年，第80页。

[2] Régine Foloppe, *Baudelaire et la vérité poétique*, Paris：l'Harmattan, 2019，p. 93.

一世界的终结，让它崩溃于不和谐之中"①。

波德莱尔对自然的态度与浪漫主义诗人截然不同，如果说浪漫主义描绘了人在大自然中的心灵状态，波德莱尔描绘的则是一颗大都市里的灵魂。浪漫主义诗人普遍持泛神论立场，将自然与人一样视为宇宙精神的表达载体，波德莱尔对这种宇宙观或者说"新宗教"感到"震惊"：

> 亲爱的德努瓦耶，您想让我为您的小书写几行关于自然的诗，是不是？写一写树林、橡树、绿茵、昆虫，也许还有太阳？但您是知道的，我很难对植物产生亲密的情感，我的灵魂对这奇怪的新宗教感到抗拒，在这种新宗教里，一切都具有灵性（spirituel），对此我总是感到莫名的震惊（shocking）。我永远都无法相信上帝的灵魂寄居于植物里，即使有，我也不太关心，我认为自己的灵魂比那些神圣化的植物的灵魂要有价值得多。②

在上述这封致友人的信里，波德莱尔表达了自己对于浪漫派泛神论宇宙观的看法，显然他与之保持距离。在波德莱尔心中，物与我不可能等同，人拥有宇宙间最高贵的灵魂。《恶之花》（1868 年版）中有一首诗名为《浪漫派的夕阳》（"Le coucher du soleil romantique"）：

---

① Michel Jarrety（dir.），*La poésie française du moyen âge au XXᵉ siècle*，Paris：Presses Universitaires de France，2017，p. 395.

② Baudelaire，« Lettre à Fernand Desnoyers »（fin 1853 ou début 1854），*Correspondance*，Paris：Gallimard，p. 85，cité dans Régine Foloppe，*Baudelaire et la vérité poétique*，Paris：l'Harmattan，2019，p. 93.

Que le soleil est beau quand tout frais il se lève,

Comme une explosion nous lançant son bonjour!

—Bien heureux celui-là qui peut avec amour

Saluer son coucher plus glorieux qu'un rêve!

Je me souviens!... J'ai vu tout, fleur, source, sillon,

Se pâmer sous son œil comme un cœur qui palpite...

—Courons vers l'horizon, il est tard, courons vite,

Pour attraper au moins un oblique rayon!

Mais je poursuis en vain le Dieu qui se retire;

L'irrésistible Nuit établit son empire,

Noire, humide, funeste et pleine de frissons;

Une odeur de tombeau dans les ténèbres nage,

Et mon pied peureux froisse, au bord du marécage,

Des crapauds imprévus et de froids limaçons.[①]

初升的太阳是何等辉煌，

如一声爆炸，给我们送来问候

那些人真是幸福，他们能够

满怀着爱，问候比梦还美的夕阳！

我在回忆！……我看见花朵、泉水和村庄

---

① Baudelaire, *Les Fleurs du Mal*, Paris: Le Livre de Poche, 1999, p. 207.

像一颗蹦跳的心在它眼皮下晕倒……

让我们奔向天际，天已不早，

快跑，至少要抓住一抹斜阳！

可我无法追上隐退的上帝，

黑夜建立了王国，势不可当，

黑暗、潮湿、阴森，令人不寒而栗；

黑暗中洋溢着一股坟墓的恶臭，

我战战兢兢的脚，在沼泽旁，

踩伤受惊的蟾蜍和寒冷的蜗牛。①

　　在这首诗中，浪漫派从初升的朝阳变成夕阳，虽依然辉煌，毕竟即将落幕。拥抱浪漫派夕阳的"那些人真是幸福"，但波德莱尔显然不属于"那些人"之列，他也曾跟"那些人"一样，见证过太阳下的"花朵、泉水和村庄"，但现在，他无法追上太阳这个"隐退的上帝"，等待他的是"黑夜""坟墓""恶臭""沼泽"，以及沼泽旁卑微的"蟾蜍"和"蜗牛"。上帝隐退意味着和谐的宇宙秩序一去不复返，在失去上帝的世界里，人感到"不寒而栗"。在这首诗里，波德莱尔与浪漫派的决裂姿态跃然纸上。

　　梁宗岱在论述象征主义时，有意选取波德莱尔诗学中具有浪漫主义精神的一面，强调宇宙的和谐秩序，人与物的归一，

---

① 胡小跃编：《波德莱尔诗全集》，胡小跃译，杭州：浙江文艺出版社，1996 年，第 243 页。

而忽视波德莱尔对现代生活与现代人心灵的反映。因此我们看到，在三十年代出版的梁宗岱译诗选集《一切的峰顶》中，所选的四首波德莱尔诗几乎都不带有时代印记。这四首分别是讲述诗人命运的《祝福》（"Bénédiction"）、以大自然为主题的《契合》、爱情诗《露台》（"Le balcon"）和伤秋之作《秋歌》（"Chant d'automne"）。《契合》在上文已经分析过，《祝福》讲述了诗人悲惨的人间命运：被母亲憎恶，"我宁可生一团蜿蜒的毒蛇，/也不情愿养一个这样的妖相"①；被妻子诅咒，"我将从他胸内挖出这颗红心，/像一只颤栗而且跳动的小鸟；/我将带着轻蔑把它往地下扔/让我那宠爱的畜牲吃一顿饱！"② 但是诗人坚信上帝已经为他在圣徒中间留了一个位置，让他佩戴璀璨辉煌的"神秘冠冕"③ 去参加永恒的盛宴。《露台》是一首情感充沛的抒情诗："那熊熊的炉火照耀着的黄昏，/露台上的黄昏，蒙着薄红的雾，/你底心多么甜，你底胸多么温！"诗人回忆跟爱侣共同度过的情意绵绵的黄昏，并且相信她也"将永远记得那迷人的黄昏，/那温暖的火炉和缠绵的爱抚"。过去、现在、将来，不同时态交织在一起。露台作为连接室内与室外的中介，让诗歌空间无比开阔，诗人不禁感叹："宇宙又多么深！"④（Que l'espace est profond!）时间与空间的绵延无尽、情侣之间的爱意流淌使得整首诗呈现出和谐圆满的氛围。至于《秋歌》，这是中国古典诗词最常见的主题。

---

① 梁宗岱译《祝福》，见歌德等：《一切的峰顶》，梁宗岱译，何家炜校注，上海：华东师范大学出版社，2016年，第57页。
② 同上书，第61—62页。
③ 同上书，第63页。
④ 梁宗岱译《露台》，同上书，第69页。

残枝倾坠的声音在诗人听来如同钉棺材板的声音,即便如此,诗歌仍然给出温暖的安慰,那就是情人的爱:"请赐我,情人或妹妹呵,/那晚霞或光荣的秋天底瞬息的温存。"① 虽然坟墓在贪婪地等待着,但毕竟,诗人可以将额头放在爱人的膝上,"细细尝着这晚秋黄色的柔光!"② 诗集《一切的峰顶》所收入的这四首诗共同营造出来的诗人波德莱尔显然有别于二十年代的"恶魔诗人"或"颓废诗人"形象,却完全符合梁宗岱在中文语境下对波德莱尔的介绍:

> 在波特莱尔每首诗后面,我们所发见的已经不是偶然或刹那的灵境,而是整个破裂的受苦的灵魂带着它底对于永恒的迫切呼唤,并且正凭借着这呼唤底结晶而飞升到那万籁皆天乐,呼吸皆清和的创造底宇宙:在那里,臭腐化为神奇了;卑微变为崇高了;矛盾的,一致了;枯涩的,调协了;不美满的,完成了;不可言喻的,实行了。③

梁宗岱认为波德莱尔的每首诗无论题材如何都体现了对永恒与和谐的追求,但他终究没有选择那些写凶手、老妪乃至死尸的诗,而是以《祝福》《契合》《露台》《秋歌》这四首作为他心目中的波德莱尔代表作,在这些诗中,波德莱尔沿袭古今中外诗人反复吟咏的题材:炉火旁的爱情、凄切的秋声……

---

① 梁宗岱译《秋歌》,见歌德等:《一切的峰顶》,梁宗岱译,何家炜校注,上海:华东师范大学出版社,2016年,第77页。
② 梁宗岱译《秋歌》,同上。
③ 梁宗岱:《象征主义》,《诗与真》,北京:中央编译出版社,2006年,第89页。

二、 对马拉美的接受与偏离

    梁宗岱视马拉美为自己的"名誉祖师"[①]，但他从未翻译过马拉美的诗，也从未撰写过专文来评述马拉美的创作。他对马拉美的介绍主要通过翻译瓦雷里的《骰子底一掷》进行。原文最先以《骰子的一掷：致〈边缘〉杂志主编的一封信》为题发表在 1920 年 2 月 15 日《边缘》（*Les Marges*）杂志上，文章的开头部分交代了写这篇文章的缘由。一位朋友向瓦雷里指出最新一期《边缘》杂志的一篇文章里有这样的话："马拉美选择了一位可靠的艺术家作为他的遗嘱执行人，如果亡者还能看到的话，他应该能看到这位他选中的诗人再现了卢梭的功绩。"这位选中的诗人即瓦雷里，但瓦雷里完全不认可这样的评价，否认自己是"可靠的艺术家"，否认马拉美指定了什么"遗嘱继承人"，也否认自己与卢梭有任何关系。在朋友的鼓动下，瓦雷里给杂志主编致信，谈了谈马拉美最后一首诗《骰子的一掷永不能破除侥幸》。

    1929 年，《文艺杂谈第二辑》（*Variété Ⅱ*）收入这篇文章时，删去了以上关于写作背景的介绍。梁宗岱的翻译正是基于《文艺杂谈第二辑》的版本，开篇为：

        我深信我是看见这非常的作品的第一个人。刚写完，

---

① 梁宗岱：《黄君璧的画》，《诗与真续编》，北京：中央编译出版社，2006 年，第 244 页。

马拉美便请我到他家去；他把我带到他那罗马街底书房
里，在那里，在一张古旧的壁锦后面，贮藏着许多笔记底
包裹，他那未完成的杰作底秘密的材料，一直到他底死，
那由他发出的它们底毁灭底信号。他把这诗底手写本放在
他那弯腿的黝黑方桌上；他开始用一种低沉，平匀，没有
丝毫造作，几乎是对自己发的声音诵读。①

虽然瓦雷里极力否认自己是所谓马拉美的"遗嘱执行人"，
但在这段描述中，他用文字营造了一种近似于立遗嘱的现场。
"我是看见这非常的作品的第一个人"，突出了自己和马拉美非
同寻常的私人关系。对马拉美罗马街的书房的描写，烘托出一
种私密乃至神秘的气氛："古旧的壁锦""秘密的材料""毁灭
底信号"。"他底死""手写本"与"低沉"的音调，让人如临
立遗嘱现场。译文直接从这一段切入，能迅速让中文读者产生
瓦雷里是马拉美"遗嘱执行人"的印象，也让梁宗岱具有了某
种象征主义嫡传弟子的身份。

在这篇文章中，瓦雷里强调指出马拉美在诗学方面的创造
性，将"思想底形态第一次安置在完美底空间里"②。一向创
作谨严格律诗的马拉美，在这首奇特的作品里，以自由诗形式
创造性地赋予诗篇以空间性：从字体、字号、页面布局等方面
模拟思想的运动：

---

① 瓦雷里：《骰子底一掷》，梁宗岱译，梁宗岱：《诗与真》，北京：中央编
译出版社，2006 年，第 204 页。
② 同上书，第 205 页。

C'ÉTAIT
issu stellaire

LE NOMBRE

EXISTÂT-IL
autrement qu'hallucination éparse d'agonie

COMMENÇÂT-IL ET CESSÂT-IL
sourdant que nié et clos quand apparu
enfin
par quelque profusion répandue en rareté
SE CHIFFRÂT-IL

évidence de la somme pour peu qu'une
ILLUMINÂT-IL

CE SERAIT
pire
non
davantage ni moins
indifféremment mais autant **LE HASARD**

*Choit
la plume
rythmique suspens du sinistre
s'ensevelir
aux écumes originelles
naguères d'où sursauta son délire jusqu'à une cime
flétrie*

《骰子的一掷永不能消除偶然》页面布局①

马拉美本人在诗歌前言中将自己的创作动机解释得很清楚："赤裸裸地对思想进行运用，对于那些愿意大声朗诵的读者而言，思想的退缩、延迟、逃离或者说思想的布局会形成一种乐谱。"② 在这种布局当中，"页"取代"行"成为诗歌欣赏的单位，纸页上的空白处跟印刷处具有同等重要的地位，因为空白意味着静默，是思想运动中不可或缺的环节："在这里，面积的确在说话，沉思，产生一些物质的形体。期待，怀疑，和集中是些可睹的实物。我底目光接触着一些现身的静默。"③

---

① 图片来源：Stéphane Mallarmé，*Igitur/Divagations/Un coup de dés*，édition de Bertrand Marchal，Paris：Gallimard，2003，pp. 436 - 437。

② Stéphane Mallarmé，« Préface »，*Un coup de dés jamais n'abolira le hasard*，Paris：Éditions de la Nouvelle Revue Française，1914. 这本书没有设置页码。

③ 瓦雷里：《骰子底一掷》，梁宗岱译，梁宗岱：《诗与真》，北京：中央编译出版社，2006 年，第 205 页。

因此，瓦雷里称马拉美"引进一种平面阅读，把它和线性阅读联系在一起，这是为文学领域增添了一种新维度（Il introduit une lecture superficielle，qu'il enchaîne à la lecture linéaire；c'était enrichir le domaine littéraire d'une deuxième dimension）"①。对于这句话，梁宗岱翻译成："他输入一种肤浅的阅读，把它和那文学上的阅读联系起来；这简直是为文学国度增加了一个第二的方向。"② 出现如此误译很可能是因为梁宗岱将 linéaire（线性的）错看为 littéraire（文学的），对整句话的理解出现很大偏差。这句误译说明梁宗岱并没有领会或至少没有特别看重马拉美"将思想形态安置在空间里"这一诗学上的创新。

整篇译文梁宗岱只在一处添加了评述性的注解③，那是瓦雷里描述一天夜晚，马拉美陪他去车站，他走在星空下的心理感受：

> 我觉得现在简直被网罗在静默的宇宙诗篇内：一篇完全是光明和谜语的诗篇：照你所想象的那么悲惨，那么淡漠；由无数的意义所织就；它聚拢了秩序和混乱；它同样有力地否认和宣扬上帝底存在；它包含着，在它那不可思议的整体里，一切的时代，每时代都系着一个遥遥的天体；它令你记起人们最决定，最明显，最不容置辨的成功，他们底预期底完成，——直到第七位小数；又摧毁这

---

① Paul Valéry，« Le coup de dés »，in *Variété Ⅱ*，Paris：Librairie Gallimard，1929，pp. 199 – 200.
② 瓦雷里：《骰子底一掷》，梁宗岱译，梁宗岱：《诗与真》，北京：中央编译出版社，2006 年，第 208 页。
③ 其余三处注解均为作品名和地名的说明。

作证的生物，这敏锐的静观者，在这胜利底徒劳下……①

瓦雷里之所以做出这段关于星空的描述，是为了间接渲染马拉美《骰子的一掷》这首诗给他带来的阅读体验。页面的空白宛若天空，那些或大或小的字体，或松或紧的排列，如同星座、星云。一首诗成为一个宇宙。马拉美仿佛创世主那般创造了一种全新的诗歌语言。瓦雷里称这首诗是"一件具有宇宙性的事件（un événement de l'ordre universel）"，是"'语言底创造'底理想景象（le spectacle idéal de la Création du Langage）"②，称马拉美"试去把一页书高举到和星空底权力（puissance）相等了"③。

对于这段描述，梁宗岱评论道："这段话显然是记起和为了回答巴士卡尔这有名的思想：'这无穷的空间底永恒的静使我惊栗'而写的。法国现代哲学家彭士微克（Brunschvig）以为梵乐希这段沉思，同时由'生命本能'底语言和'理性智慧'底语言构成的，很奇妙地说明哲学史上本能与理性两种展望底错综的混乱。"④ 关于马拉美，瓦雷里写了很多文章来纪念或评述，梁宗岱唯独选了这一篇，而在全篇中唯独对这段描写特别关注，这与梁宗岱在三十年代的中国文坛反复强调宇宙意识的重要性息息相关，至于马拉美在诗学上的创新与贡献反而显得像是次要的了。

---

① 瓦雷里：《骰子底一掷》，梁宗岱译，梁宗岱：《诗与真》，北京：中央编译出版社，2006 年，第 206 页。
② 同上书，第 205 页。
③ 同上书，第 208 页。
④ 同上书，第 206 页，注释二。

除了翻译瓦雷里所撰《骰子底一掷》外，梁宗岱也在自己的一些文章中零星提及马拉美，主要强调马拉美诗歌文字的音乐性，称他是"最精微，最丰富，最新颖，最复杂的字的音乐底创造者"①，"差不多每首诗都是用字来铸成一颗不朽的金刚钻，每个字都经过他像琴簧般敲过它底轻重清浊的"②。基于对马拉美的理解，他做出如下判断：

> 马拉美酷似我国底姜白石。他们底诗学，同是趋难避易（姜白石曾说，"难处见作者"，马拉美也有"不难的就等于零"一语）；他们底诗艺，同是注重格调和音乐；他们底诗境，同是空明澄澈，令人有高处不胜寒之感；尤奇的，连他们癖爱的字眼如"清"、"苦"、"寒"、"冷"等也相同。③

对于这番比较，学者张亘认为梁宗岱可能没有对马拉美的作品进行过文本细读，他的论断流于表面印象，是一种中国文人式的主观臆断。④ 他甚至怀疑梁宗岱"是否研读过马拉美的诗论原文"⑤。梁宗岱藏有马拉美作品全集，没有研读过马拉美诗论原文的可能性较小，但确实，他对马拉美诗学的理解没有触及根本。张亘指出梁宗岱对于诗的理解与马拉美相去甚

---

① 梁宗岱：《保罗·梵乐希先生》，《诗与真》，北京：中央编译出版社，2006 年，第 22 页。
② 梁宗岱：《论诗》，同上书，第 38 页。
③ 梁宗岱：《谈诗》，《诗与真》，北京：中央编译出版社，2006 年，第 97—98 页。
④ 张亘：《马拉美与"五四"后的中国新诗》，《国外文学》，2011 年第 2 期，第 49 页。
⑤ 同上书，第 48 页。

远，两人分别有一个以花进行的著名比喻。梁宗岱把诗的三重境界比喻成纸花、瓶花和生花，只有生花才是好诗的境界：

> 一株元气浑全的生花，所谓"出水芙蓉"，我们只看见它底枝叶在风中招展，它底颜色在太阳中辉耀，而看不出栽者底心机与手迹。①

一首好诗如同一朵充满元气、生气勃勃的花，充盈着作者的生命力。作者的写作技巧出神入化，让作品看上去如同自然天成一般。也就是说，诗跟诗人、跟宇宙万物是一体的。这样的作品不仅不显得晦涩，反而在人眼中颜色鲜艳、轮廓分明。而在马拉美的诗学观中，诗脱离诗人与外在事物，具有了自主性：

> 我说：花！我的声音将任何轮廓放逐于遗忘，在遗忘之外，某种音乐性的东西升起，不同于一切已知的花萼，这是美妙的理念本身，是一切花束的缺席。②

"不同于一切已知的花萼"是指诗歌语言无须指涉现实。在马拉美看来，日常语言将词语视为流通硬币（pièce de monnaie），都如同报刊新闻那样是"普遍性的报道"（universel reportage），目的是传递信息或意义，词语丧失了自身价值，成为一种缄默黯淡的流通媒介。只有文学能恢复词语自身的价

---

① 梁宗岱：《论诗》，《诗与真》，北京：中央编译出版社，2006年，第30页。
② Stéphane Mallarmé, « Crise de vers », *Œuvres complètes*, texte établi et annoté par Henri Mondor et G. Jean-Aubry, Paris：Gallimard，1945，p. 368.

值、它的物质性，即它的形与音在文学作品中重新获得存在。一个词不是以其意义，而是以其肉身吸引马拉美的关注，除此之外，还有词语中所包含的"奥秘"（mystère），因为词与义的关联是偶然的，词语中隐含着被岁月掩盖的远古人类或者说人类历史的集体无意识。"一切花束的缺席（absence）"即现实的缺席，诗歌应当是一门"有关虚构的艺术"（un art consacré aux fictions）①。虚构取代"叙述、教学乃至描写"（narrer，enseigner，même décrire)②，不再以传递思想和反映现实为目标，由此，诗人获得创造的自由，成为语言的立法者。马拉美的作品，不仅诗歌以晦涩著称，即便是散文，句式的离散、大量的省略和插入语的运用也给阅读制造了障碍。如此，读者的目光与精神被迫滞留于文字，直面文字本身，让文字获得彰显自身存在的机会。

　　梁宗岱的生花仍然是以大自然中的花为参照物，而马拉美的花与自然界的任何一朵花都脱离了关系，成为一种如音乐般升起的纯粹观念。张㫰评论说梁宗岱没有脱离中国"诗言志"的传统，事实上，梁宗岱曾经对"诗言志"进行过批评，称"近人论词，每多扬北宋而抑南宋。（……）推其原因，不外囿于我国从前'诗言志'说，或欧洲近代随着浪漫文学盛行的'感伤主义'等成见，而不能体会诗底绝对独立的世界——'纯诗'底存在"③。"诗底绝对独立的世界"意味着梁宗岱对

---

① Stéphane Mallarmé, « Crise de vers », *Œuvres complètes*, texte établi et annoté par Henri Mondor et G. Jean-Aubry, Paris: Gallimard, 1945, p. 368.
② *Ibid.*
③ 梁宗岱：《谈诗》，《诗与真》，北京：中央编译出版社，2006年，第99页。

马拉美所提出的诗歌语言的自主性有着深刻领会，但他终究不能像马拉美那样纯粹，在纯诗的道路上走得那么远，因此提出"这并非说诗中没有情绪和观念；诗人在这方面的修养且得比平常深一层。因为它得化炼到与音韵色彩不能分辨的程度"[1]，即回到"生花"的境界，用诗人的整个生命去浇灌一朵诗之花。可以说梁宗岱仍在延续"诗言志"的传统，认为"诗是我们底自我最高的表现，是我们全人格最纯粹的结晶"[2]，这一传统与"纯诗"从根本上而言存在着矛盾：既然基于诗人的人格，诗歌就不可能达到"绝对独立的世界"。在马拉美的诗论中，诗人让位于语言，是语言暗含的神秘力量（le mystère dans les lettres），而非诗人的情绪或观念造就了诗。我们认为梁宗岱是有意跟马拉美保持距离，因为他清楚马拉美的道路是走不通的，他说马拉美"要创造一种新的文字——这尝试是遭了一部分的失败的"[3]。

在梁宗岱旅法的年代，以马拉美为精神领袖的象征主义已经式微。普鲁斯特早在 1896 年就旗帜鲜明地以《反对晦涩》为题发表文章反对马拉美的创作倾向，提出"诗人们应当更多地从大自然（la Nature）中获取灵感，如果说自然中一切事物的基底是同一且晦暗的，一切事物的形式却都是个性化且明朗的"[4]，日月星辰、风霜雨雪昭然显示给所有人，大自然"在经过大地

---

[1] 梁宗岱：《谈诗》，《诗与真》，北京：中央编译出版社，2006 年，第 100 页。
[2] 梁宗岱：《论诗》，同上书，第 32 页。
[3] 梁宗岱：《保罗·梵乐希先生》，同上书，第 27 页。
[4] Marcel Proust, « Contre l'obscurité », *La Revue blanche*, 1896, cité dans Jean-Nicolas Illouz, *Le symbolisme*, Paris：Le Livre de Poche, 2014, p. 74.

时,对每个人都以明朗的方式表达着生与死最深刻的奥秘"[1]。而纪德这位马拉美曾经的弟子,从十九世纪九十年代开始也逐渐远离象征主义,并在二十世纪二十年代做出如下批判:"所有人(指象征主义者)都是悲观主义者、逃兵、逆来顺受的人,如拉佛格(Laforgue)所言,'单调而不配享有的'祖国(我的意思是:大地)成了他们眼中一所悲凄的收容院,他们对这座收容院感到疲倦。诗歌成了他们的避难所,成了逃避丑陋现实的唯一脱身之计。大家都带着一股绝望的狂热投身其中。"[2] 他提出应该让文学"重新触摸大地,简简单单将一只赤脚放在地上"[3]。梁宗岱熟习法国二十世纪初的文坛动向,再加上中国传统诗学的向心力,他对马拉美持保留态度也就在情理之中了。

第三节 梁宗岱与瓦雷里的对话

一、 纯诗:瓦雷里背后的神父先生

回归自然、回归生命成为后马拉美时代文坛的一种重要呼声,瓦雷里对导师马拉美保留了某种程度的忠诚,他从未像纪

---

[1] Marcel Proust, « Contre l'obscurité », *La Revue blanche*, 1896, cité dans Jean-Nicolas Illouz, *Le symbolisme*, Paris: Le Livre de Poche, 2014, p. 74.

[2] André Gide, *Le Journal des faux-monnayeurs*, cité dans Jean-Nicolas Illouz, *Le symbolisme*, *op. cit.*, p. 76.

[3] *Ibid.*

德那样发表过针对马拉美本人或象征主义运动的批判之词。尽管他也承认马拉美对纯粹和绝对的追求是不可能达成的目标，但他在各种场合始终称颂马拉美在诗学上的探索精神，在创作实践中也延续了马拉美对精神世界的关注、对于语言音乐性的钻研。梁宗岱看到了从马拉美到瓦雷里之间的延续性，认为瓦雷里代表了一种后期象征主义运动，称"这纯诗运动，其实就是象征主义底后身，滥觞于法国底波特莱尔，奠基于马拉美，到梵乐希而造极"①。关于纯诗的这段阐述早已成为梁宗岱诗论研究中的著名片段：

> 所谓纯诗，便是摒除一切客观的写景，叙事，说理以至感伤的情调，而纯粹凭藉那构成它底形体的原素——音乐和色彩——产生一种符咒似的暗示力，以唤起我们感官与想像底感应，而超度我们底灵魂到一种神游物表的光明极乐的境域。像音乐一样，它自己成为一个绝对独立，绝对自由，比现世更纯粹，更不朽的宇宙；它本身底音韵和色彩底密切混合便是它底固有的存在理由。（……）只有散文不能表达的成分才可以入诗——才有化为诗体之必要。即使这些情绪或观念偶然在散文中出现，也仿佛是还未完成的诗，在期待着诗底音乐与图画的衣裳。②

董强在其专著《梁宗岱：穿越象征主义》的"纯诗"一节中对"纯诗"进行了追本溯源的概念厘清，指出梁宗岱的纯诗

---

① 梁宗岱：《谈诗》，《诗与真》，北京：中央编译出版社，2006 年，第 100 页。
② 同上。

概念汲取了波德莱尔的"契合"观、马拉美的暗示（音乐性）以及瓦雷里的"纯净化"。

在梁宗岱的这段定义中，诗与散文截然对立。董强指出，梁宗岱关于诗与散文的区分是对波德莱尔和马拉美的背离。确实，无论波德莱尔还是马拉美都对散文没有偏见，无论散文体还是诗体都可以呈现诗意或文学性，马拉美称："事实上，并不存在什么散文（prose），只存在字母表以及疏密程度不一的诗句（vers）。只要有风格上的努力，就有诗歌的格律（versification）。"① 从创作上而言，马拉美虽然主要创作格律诗，但《骰子的一掷永不能消除偶然》这首名作是以自由体写就的。波德莱尔的《小散文诗》更是"法国文学史上最早进行的散文诗尝试之一"②。事实上，梁宗岱是从瓦雷里处接受了诗与散文应严格区分的观念。不同于波德莱尔和马拉美，瓦雷里坚持严格意义上的作为文体的诗与散文之区分，纯诗在瓦雷里眼中是作为散文的对立面来定义的。在为吕西安·法布尔《认识女神》（*La connaissance de la déesse*）所撰序言（1920）中，瓦雷里首次提出"纯诗"的说法③，这个词在二十年代中期引起文坛热烈讨论。在 1926 年的一段采访中，他以高度凝练的方式表述了自己对于纯诗的看法，鉴于这段采访目前国内尚无译文，现完整翻译如下：

---

① Stéphane Mallarmé, *Œuvres complètes*, *op. cit.*, p. 867，董强译，见董强：《梁宗岱：穿越象征主义》，北京：文津出版社，2005 年，第 52 页。

② 董强：《梁宗岱：穿越象征主义》，北京：文津出版社，2005 年，第 53 页。

③ « ... à l'horizon, toujours, la poésie pure... Là le péril；là, précisément, notre perte；et là même, le but. » 参见 Paul Valéry, « Avant-propos à la Connaissance de la déesse », in *Œuvres Ⅰ*, *op. cit.*, p. 1275.

　　我不幸在这篇序言中写了"纯诗"（poésie pure）这个词，这个词取得了不少影响。随意扔出来的一个表达居然在口口相传中获得极高价值，这让人感觉很奇怪。一个人只是按照习惯表达法写了一个词，结果这个词看起来就像指示一种特定现实，人人想方设法要对它进行定义。

　　我的本意不过是用来暗示一种诗（poésie），这种诗通过逐渐消除一首诗（poème）中的散文因素，通过一种**穷举法**（exhaustion）获得。所谓散文因素，指的是一切可以用散文写出来且保持**无损**状态的东西；无论历史、传说、逸事、道德，甚至哲学，所有这些都无须借助诗歌而自主存在。不通过推理，经验会告诉我们，在这种意义上理解的纯诗应该被视为一种可以趋向的极限，但在任何一首超过一行长度的诗里，它几乎是难以达成的目标。

　　此外，毫无例外，很容易在任何诗人的作品里找到纯诗因素。这些纯诗因素脱离整部作品，能保持独立。我们会有一种欲望，希望只发现这种性质的美。自然而然的，我们致力于使用最珍贵的因素来作诗。

　　简而言之，对于"纯"这个字眼，我是在化学家谈论纯净物时赋予它的简单意义上来使用的。纯诗观念可能会跟精致的品味相关，接下来我会用一个比喻来说明。只需要想象在音乐厅观赏演出时，突然听到某种物体或人发出的声音。在那一刻我们会感觉两个世界或人体感官的两套法则之间产生强烈的反差。音（le son）与声（le bruit）互相排斥。所有的音组成某种封闭和完整的系统。一把椅子摔倒、一位女士大声说话，会扰乱我们的状态，打破某种我说不上来的东西。同样，在一首诗中，比如说一些史实（有时是一个日期）的出现，看上去跟诗歌言语者为自己规定的目标是相悖的。[1]

瓦雷里的纯诗观体现了一种意图：确立诗歌的本质属性。即，什么才是只属于诗歌，不与散文共享的东西？瓦雷里没有直接对诗进行定义，而是采取 A 是非 B 的思考方式，即诗等于非散文。瓦雷里认为，如同对自然事物的研究导致自然科学的不断分化，文学走向分化也是大势所趋，文学也要求"一种劳动分工"（une sorte de division du travail）[2]，诗应当"从一切非诗的实质中"[3] 分离出来。在瓦雷里对文学史的回溯中，从爱伦·坡到波德莱尔及至象征主义，体现了诗人们对于实现纯诗孜孜不倦的努力，这其中最重要的方法是从音乐当中汲取灵感，让语言产生如同音乐一样的魔力。在《认识女神》序言中，他指出纯诗如同绝对真空或绝对零度那样，只能无限接近而无法抵达。在 1926 年的采访中，他同样强调纯诗的不可获得性，但说法略有缓和：纯诗无处不在，在任何一位诗人的作品中都能发现纯诗，然而纯诗状态很难维持在超过一行诗的长度。

梁宗岱吸收瓦雷里的理念，将纯诗置于散文的对立面，要求"摒除一切客观的写景，叙事，说理以至感伤的情调"这些散文因素而纯粹凭借语言的"音乐和色彩"来作诗。但语言毕

---

[1]　Frédéric Lefèvre, *Entretiens avec Paul Valéry*, Paris：Le Livre, 1926, pp. 65 - 67.

[2]　Paul Valéry, « Avant-propos à la Connaissance de la déesse », in *Œuvres I*, *op. cit.*, p. 1270.

[3]　*Ibid.*

竟不同于音乐和绘画，它跟意义有着无法分割的关系，只要开口言语，必然涉及意义，即使意义晦涩不清，也是以扭曲或否定的方式来承认意义的存在。语言天生是不"纯"的。纯诗的理想如此难以企及，梁宗岱本人在回国之后几乎中断诗歌写作，跟他的纯诗观不无关系。

除了上述相同点之外，梁宗岱与瓦雷里关于纯诗的论述存在一个显著区别，瓦雷里对于纯诗是一种纯粹物质性的描述，他的纯诗并不通向一个彼岸世界。为了方便读者理解，他借鉴自然科学的概念，先是用数学的穷举法，一一排除那些属于散文的因素，剩下无法归入散文的部分才能成为纯诗，然后采用化学家纯净物这一观念，指出不掺杂散文因素的诗才是纯诗。他强调只是赋予了纯诗的"纯"一种简单的含义，即纯粹物质层面而非形而上学，遑论神秘主义的意义。梁宗岱的纯诗观则起于语言的物质层面——音乐和色彩，通向一种彼岸世界：语言产生"符咒"般的暗示力，"超度"人的灵魂到一种神游物表的光明境地。之所以产生这种分歧，很大程度上是因为二十年代法国文坛的纯诗讨论已经远离瓦雷里本人的看法，走向一种神秘主义，而其中的关键人物是跟瓦雷里同为法兰西学士院院士的布雷蒙神父（Henri Bremond，1865—1933）。布雷蒙神父在 1925 年的一次公开演讲中对瓦雷里的"纯诗"进行了阐释，强调了纯诗的不可言说性："一切诗歌之所以拥有只属于诗的特征，是因为存在着一种神秘现实，它闪耀着，让万物转化与统一，我们把这一神秘现实称作纯诗。"[1] 不同于瓦雷里

---

[1]　Henri Bremond, *La poésie pure avec « un débat sur la poésie »* par *Robert de Souza*, Paris：Grasset，1926，p. 16.

强调纯诗的音乐属性，布雷蒙认为音乐不能概括纯诗的本质，纯诗也不以音乐为目标，一切艺术凭借各自的工具——音符、文字、色彩等，最终都"试图与祈祷会合"[1]，以暗示那种神秘现实。除了《纯诗》（*La poésie pure*，1926）之外，布雷蒙还在同一年出版了著作《祈祷与诗歌》（*Prière et poésie*，1926）。瓦雷里在致布雷蒙的悼词（1934）中特意就"纯诗"观念澄清他与布雷蒙的区别，再三强调关于"纯诗"，自己只是从最简单的意义上来谈论这个词，"纯诗"是一种艺术理想，是一种努力的方向，而布雷蒙对这个观念赋予了一种超验价值，这是由于他的知识是由"神学、神秘主义这些古老学问加上一些最现代、最敏锐的心理学研究"[2] 构成的。

　　在梁宗岱抵达法国的二十世纪二十年代中期，正是文坛热烈讨论"纯诗"的时候。在一些文人的回忆录中，纯诗是当时最重要的文学争论之一。"诗歌包含理性吗？诗歌能完全独立于理性吗？"[3] 此类问题甚至成为中学生的作业课题。董强的分析指出，梁宗岱的纯诗观接近于布雷蒙神父的观念，他很可能读过布雷蒙神父的著作。确实，梁宗岱个人藏书里有一本布雷蒙神父的《纯诗》[4]。

---

[1]　Henri Bremond, *La poésie pure avec « un débat sur la poésie » par Robert de Souza*, Paris：Grasset, 1926, p. 27.

[2]　Paul Valéry, « Discours sur Henri Bremond », in *Œuvres I*, *op. cit.*, p. 767.

[3]　Robert Brasillach, *Notre avant-guerre*, Paris：Godefroy de Bouillon, 1998（1941）, p. 42.

[4]　Henri Bremond, *La poésie pure avec « un débat sur la poésie » par Robert de Souza*, Paris：Grasset, 1926.

二、 梁宗岱与瓦雷里对待理性的不同态度

在瓦雷里的形而下与布雷蒙的形而上之间，梁宗岱进行了综合。他既强调纯诗独立自主的语言空间，又指出纯诗所导向的"光明极乐的境域"，诗人要"藉最鲜明最具体的意象"表现"最幽玄最缥渺的灵境"①。对于瓦雷里的诗学立场，他并非由于无知而产生误解，而是有意识地进行了偏离。试看他对瓦雷里的评价用语："那专以理智底集中来探索我们灵魂或思想底空间的梵乐希"②，或"主张古典诗式最有力的唯理主义者梵乐希"③，又或者"象征主义底感觉（或气质），古典主义底形式（或方法），再加上深刻的唯理主义底头脑，你便有梵乐希一切作品底定义"④。毫无疑问，他看到了瓦雷里的理性思维特征，而他自己的纯诗观带有一种非理性维度。对帕斯卡尔与歌德的评价集中体现了梁宗岱与瓦雷里在理性方面的分歧。

瓦雷里在 1923 年帕斯卡尔诞辰三百周年之际就帕斯卡尔的下述名言写了一篇文章——《关于一个"思想"的杂谈》（"Variation sur une « Pensée »"）：

Le silence éternel de ces espaces infinis m'effraie.

---

① 梁宗岱：《谈诗》，《诗与真》，北京：中央编译出版社，2006 年，第 96 页。
② 梁宗岱：《韩波》，同上书，第 199 页。
③ 梁宗岱：《说"逝者如斯夫"》，同上书，第 141 页。
④ 梁宗岱：《从滥用名词说起》，《诗与真续编》，北京：中央编译出版社，2006 年，第 52 页。

这无穷的空间底永恒的静使我悚栗！①

对于这一名句，瓦雷里评价道："我们所见到的最早熟、最精确、最深刻的头脑（指帕斯卡尔），其精神活动的必然结果是一种几乎动物式的焦虑。"② 这种夜空下的惊惧之情让瓦雷里不由自主想到"对着月亮狂吠的狗"③。如此批判不可谓不尖锐——甚至尖刻。瓦雷里承认，无穷的宇宙和渺小的自身形成强烈对比，确实容易让人在片刻之间失了方寸，"一只无法穿过玻璃的苍蝇就是我们的写照"④，然而人与动物不同，"我们不可能停在这一死结上"⑤。人类有两种应对方式，一种自然生发（spontané），一种人为制造（élaboré）。前者出自内心（cœur），后者源自精神（esprit）。人的内心总是试图寻找一个强大的存在、一个造物主、一个神，总而言之，一个比宇宙更强势的东西来抵抗宇宙，而这个东西最好是人格化的神，跟人类具有某种相似性或相关度，以此求得安慰。内心的目标是要"找到"，即必须给自己一个确切稳妥的答案。精神跟内心不同，精神旨在"寻找"，并不贪求在一时一地就获得答案。"内心与精神存在鲜明的对比：内心是迅捷、不耐烦与焦灼的"，而精神并不着急，它带着希望仔细地进行审视与批判，它"不考虑时间，也不去考虑一个人一生的存续"。⑥ 在精神

---

① 梁宗岱：《说"逝者如斯夫"》，《诗与真》，北京：中央编译出版社，2006 年，第 141 页。

② Paul Valéry, « Variation », in *Œuvres I*, *op. cit.*, p. 464.

③ *Ibid.*, p. 463.

④ *Ibid.*, p. 470.

⑤ *Ibid.*

⑥ *Ibid.*, p. 471.

的运作下：

> 我们注意到只有将宇宙当成一种与我们自身彻底分
> 离、与我们的意识截然相对的**事物**（objet），才可能对宇
> 宙展开思考。然后我们能将宇宙视为一系列可以描述、定
> 义、测量、试验的小系统。我们将把整体当作部分来对
> 待。我们会为它配备一门逻辑，根据这一逻辑我们能预见
> 它的演变或限定它的范围。①

前一种借助于内心的应对方式带来宗教信仰，后一种借助
于精神的应对方式推动科学研究，而惊惧是一种低级的、近似
动物性的直接反应。梁宗岱指出，瓦雷里痛批帕斯卡尔的思想
"无论真正的宗教家或纯粹的科学家都不会有"，但他话锋一
转，称瓦雷里也不得不承认"这无穷的空间底永恒的静使我悚
栗"是一句完美的诗。梁宗岱所故意忽略的，是瓦雷里接下来
对"完美的诗"的批判。一个彻底陷入绝望的头脑不可能有心
机来创作一句完美的诗，诗的完美技巧恰恰说明创作者与他所
渲染的情感保持距离。瓦雷里认为帕斯卡尔动机不纯，借助于
完美的诗歌技巧，刻意渲染一种绝望、消极、空虚的情感：

> 当我们不断向其他人重复他们什么都不是、生命是虚
> 无的、自然是我们的敌人、知识是虚幻的，我们究竟能告
> 诉他们什么？人是虚无，那么一再烦扰这虚无，或者说一

---

① Paul Valéry, « Variation », in *Œuvres* Ⅰ, *op. cit.*, p. 471.

再重复他们已知的东西又有何用?[1]

星空下的惊惧，或称之为"帕斯卡尔的反应"（la réaction de Pascal）是人面对无边宇宙产生的一种原始情感，与惊惧相对的是宗教信仰导致的狂热情感，瓦雷里认为，这两种情感在二十世纪已经变得罕有，因为科学研究让认识宇宙具有一定的可能性，人可以信赖自己的理性，宇宙不再是完全超越人力的神秘莫测之物而具有了一定的辨识度，这些都有助于人在星空下保持平静。在瓦雷里的视域中，思想与情感不是截然分开的，理性促进认知，而认知不仅改变人们的观念，也会影响人们的情感。他称："可以命名为'帕斯卡尔的反应'的这种感觉也许会成为一种稀有之物，成为心理学家眼中的古董。"[2]梁宗岱却把思想与情感截然分开，对于帕斯卡尔的反应，他认为：

> 这思想即使在客观的真理上不能成立，如果对于作者当时的感觉不真切，或者这感觉不具有相当的普遍性，它决不能在读者心灵里唤起那么深沉的回响。[3]

梁宗岱以肯定帕斯卡尔反应"普遍性"的方式对瓦雷里进行了批驳。他始终认为："永恒的宇宙与柔脆的我对立，这种

---

[1] Paul Valéry, « Variation », in *Œuvres* I, *op. cit.*, p. 463.

[2] *Ibid.*, p. 473.

[3] 梁宗岱：《说"逝者如斯夫"》，《诗与真》，北京：中央编译出版社，2006 年，第 142 页。

感觉是极普遍极自然的。"① 他举了一些中国古代诗人的例子，如陈子昂的《登幽州台歌》、屈原的《远游》、陶渊明的《饮酒》等来证明这种感觉的普遍性。这些诗句浸透着一种人在宇宙面前深感渺小与生命短暂的悲凄之情，帕斯卡尔的"悚栗"变成陈子昂的"怆然而涕下"。梁宗岱用"伟大"来形容陈子昂的《登幽州台歌》，很大程度上是因为诗中的情感能在他内心激起深沉的回响，对他而言，宇宙"雍穆沉着的歌声"中仍带着"一缕光明的凄意"。② 但如果按照瓦雷里的逻辑，这些诗人都是前科学时代的诗人，对宇宙完全缺乏了解，很难说他们的情感不带有时代性。

瓦雷里还评述过帕斯卡尔的另一沉思，即"精微头脑"（esprit de finesse）与"几何学头脑"（esprit de géométrie）的区别。③ 瓦雷里批评帕斯卡尔作为第一个将精微（finesse）与几何学（géométrie）对立起来的人，给法国人的一般思想乃至社会生活带来了不好的影响。他本人无法认可这种区分，因为在他眼中，"不知道还有什么能比数学家的一些辨别或推理更敏锐的东西"④。即，拥有几何学头脑的数学家同样也有着精微的头脑。公众普遍认为在一个人身上，几何学天赋与诗歌天赋无法共存，这是受到帕斯卡尔思考方式的影响。瓦雷里本人

---

① 梁宗岱：《谈诗》，《诗与真》，北京：中央编译出版社，2006 年，第 110 页。
② 同上书，第 111 页。
③ 梁宗岱：《巴士卡尔〈随想录〉译著》，《诗与真续编》，北京：中央编译出版社，2006 年，第 27—31 页。原载于《大公报》，1935 年 10 月 6 日。
④ Paul Valéry, *Le Cas Servient*, à la suite de Pius Servien, *Orient*, Paris: Gallimard, 1942, pp. 85 - 87, cité dans « Notes. Variation sur une Pensée», in *Œuvres* I, *op. cit.*, p. 1738.

是几何学爱好者,笔者在法国国家图书馆所藏瓦雷里《笔记》(*Cahiers*)① 上见到大量几何学练习,对他而言,几何与诗歌都是精神运作的手段:"一些科学研究成果,尤其是数学研究成果,其结构如此明澈,似乎不出自任何人之手。它们具有某种**非人性**的特征。"② 这种特征导致一般人认为科学跟艺术工作存在很大的差异性,由不同的思维运作而成。然而瓦雷里认为:"科学和艺术工作都拥有一个共同的背景,在这一共同背景中选取和忽略的成分不同,导致形成各自的语言和象征,它们的差异仅仅存在于这同一背景的变体之上。"③ 达·芬奇这样的科学与艺术全才给瓦雷里提供了一个观察"共同背景",即精神的绝佳样本。以名作《蒙娜丽莎的微笑》为例,他反对将这幅画做任何神秘化的解读,这类解读往往导向一种"通常是模糊的心灵描写,然而它(指这幅画)值得我们进行一些不那么令人陶醉的研究"④。即我们应以冷静客观的态度分析这幅画的精致结构,揣摩达·芬奇的思考过程。

梁宗岱同样也评述过帕斯卡尔关于"精微头脑"与"几何学头脑"的区分。他完全赞同这一区分法,认为这是"人类心灵底两种基本倾向":逻辑的与直觉的。梁宗岱受柏格森思想影响⑤,将帕斯卡尔的"精微头脑"理解成直觉,拥有直觉的

---

① 瓦雷里自 1894 年至 1945 年去世,坚持每天清晨在太阳升起之前记录自己的所思所想。

② Paul Valéry, « Introduction à la méthode de Léonard de Vinci », in *Œuvres* Ⅰ, *op. cit.*, p. 1157.

③ *Ibid.*, pp. 1157 - 1158.

④ *Ibid.*, p. 1187.

⑤ 梁宗岱在阐述中不仅使用"直觉",还使用"绵延"(durée)这一典型的柏格森哲学术语(见梁宗岱:《诗与真续编》,北京:中央编译出版社,2006 年第 31 页)。他的藏书中也有柏格森著作。

人"一任他们底机敏，他们底趣味，和他们底心引导他们"①。柏格森秉持欧洲传统的物质精神二元论，认为逻辑适用于物质世界，精神若要认识自身只能通过直觉。梁宗岱进行了某种程度的综合，提出无论是认识外部世界还是精神世界，逻辑与直觉这两种基本倾向都会在高度发展时融为一体。他引用中国古代文论，来证明逻辑与直觉缺一不可。一个是宋许尹在《黄陈诗集序》中"天下之理，涉于形名度数者可传也；其出于形名度数之表者，不可得而传也"② 一句来说明逻辑的有限性，即便是在科学领域，要想有所发明或创建也必须抓住直觉。另一句是姜白石的"文以文而工，不以文而妙。然舍文无妙"③ 来说明即便是在文艺领域，要想创造妙境，也需注重技艺，即逻辑的运用。初看之下，梁宗岱对科学和文艺的论述跟瓦雷里的立场相似，但要注意的是，梁宗岱所谓逻辑与直觉的融为一体是两种属性不同的精神之合体，而瓦雷里的"共同背景"则强调只有一种精神。事实上，对于柏格森的直觉论，瓦雷里一向持保留态度。在他眼中，柏格森的一些哲学术语，诸如"直觉"和"绵延"缺乏严格的定义，语义模糊，与瓦雷里对严谨思考的要求格格不入。④

　　对于歌德的看法也体现了梁宗岱与瓦雷里的深刻不同。歌德是梁宗岱最推崇的作家之一。他耗费很多心血翻译了歌德的名著《浮士德》。他的译诗集《一切的峰顶》以歌德的短诗

---

① 梁宗岱：《巴士卡尔〈随想录〉译著》，《诗与真续编》，北京：中央编译出版社，2006 年，第 29 页。
② 同上书，第 30 页。
③ 同上。
④ Judith Robinson，« Valéry, Critique de Bergson »，in *Cahiers de l'Association internationale des études françaises*，1965，n° 17，p. 208.

《一切的峰顶》为题，并称这是他最爱的一首诗。他的文学批评文集《诗与真》跟歌德的自传同名。他最著名的文章《象征主义》是由歌德《神秘的和歌》导入：

> 一切消逝的
> 不过是象征；
> 那不美满的
> 在这里完成；
> 不可言喻的
> 在这里实行；
> 永恒的女性
> 引我们上升。[①]

　　他解释说："这几句《和歌》，我们现在读起来，仿佛就是四十年后产生在法国的一个瑰艳，绚烂，虽然短促得像昙花一现的文艺运动——象征主义——底题词。"[②]《象征主义》中多次引用歌德本人的表述或其作品片段。此外，在《李白与歌德》这篇文章里，梁宗岱称在西洋诗人中，唯独歌德有着完整直接的宇宙意识，"能够从破碎中看出完整，从缺憾中看出圆满，从矛盾中看出和谐，换言之，纷纭万象对于他只是一体，'一切消逝的'只是永恒底象征"[③]。他极推崇歌德的散文《自然》，引用赫胥黎的话称："这篇《自然》是歌德年青的作品，

---

① 梁宗岱：《象征主义》，《诗与真》，北京：中央编译出版社，2006 年，第68 页。
② 同上书，第 68 页。
③ 梁宗岱：《李白与歌德》，同上书，第 120 页。

写了若干年了。可是我觉得不独歌德本人在自然科学这方面的探讨赶不上它，就是未来自然科学底造诣也不能超出它底藩篱。"① 对歌德的这些赞美之词说明在梁宗岱心中，歌德是自己诗学理想的完美代言人。

相较而言，虽然梁宗岱将瓦雷里视为精神导师，对瓦雷里作品的译介力度却不及歌德。除了瓦雷里的诗作《水仙辞》之外，梁宗岱只翻译过三篇瓦雷里的文章，一篇是关于马拉美的《骰子的一掷》，一篇是瓦雷里为梁宗岱《法译陶潜诗选》所撰序言，另一篇则为纪念歌德逝世一百周年的演讲《歌德论》（1932）。在这篇演讲稿里，瓦雷里将歌德树立为自己的对立面，瓦雷里热衷于对思想本身进行思考，关心人类的思维活动究竟根源何在，如何运作。他的诗歌几乎都围绕着人类的意识或潜意识状态进行创作，而歌德更关注外部世界，瓦雷里不无惊讶地表示："他竟正式宣言他从不曾费心去探讨我们这个意识底境遇。'我从来不曾为思想而思想过。'② 他说。又一次，他说：'我觉得一个人在他里面所见到和感到的东西是他底生存中最轻微的部分。那时候他见到的与其是他底所有毋宁是他底所无。'"③ 从歌德的植物形态学，瓦雷里引出歌德的泛神论思想：

---

① 梁宗岱：《非古复古与科学精神》，《诗与真续编》，北京：中央编译出版社，2006年，第174页。
② 瓦雷里的引用原文：Je n'ai jamais pensé à la pensée（"我从来没有对思想进行过思考"）。
③ 瓦雷里：《歌德论》，梁宗岱译，梁宗岱：《诗与真》，北京：中央编译出版社，2006年，第152页。

这要在生物中发见和追寻一种"变化底意志"的愿望，说不定就是从他先前和一些半诗半神秘的学说底接触引伸出来的——这些学说在希腊古代极被尊崇，到了十八世纪末叶许多深于此道者重新发扬起来。那莪尔菲主义底颇模糊而又极能迷人的观念，那在一切有生气甚或无生气的事物里都想像一种我不知道什么的秘密的生命原则，一种望更高的生命上升的倾向的灵幻观念；那以为现实底一切元素里都有精神在那里鼓动，因而由精神底途径去挥使一切事物或实体（既然它们蕴藏着精神）并不是不可能的事的观念——这观念就是许多同时证实了一种原始推论法底延续和一种根本上是诗或拟人法底创造者的本能的观念中之一。①

在这段评述的最后一句，瓦雷里将歌德的泛神论思想比作一种"原始推论法"（raisonnement primitif）或一种"本能"（instinct）的延续。这本是一篇应景而作，充满赞美之词的纪念演讲，但"原始"与"本能"二词足以表露瓦雷里对歌德的真正看法。从上文他对帕斯卡尔的批判来看，原始与本能几乎等同于动物性，而人的高贵维系于理性精神。瓦雷里把歌德对于科学的态度比作卢梭。在卢梭的时代，牛顿力学取得空前影响，启蒙哲学家们如伏尔泰等人都热情拥抱牛顿的学说，而卢梭反其道而行之。同样，歌德也以"对生命的研究来抵制他青

---

① 瓦雷里：《歌德论》，梁宗岱译，梁宗岱：《诗与真》，北京：中央编译出版社，2006 年，第 154—155 页。

年时代的分析法潮流"①。歌德"献给德意志一副古典美的面孔"，但在瓦雷里这个法国启蒙时代之子的眼中，歌德无疑带有更多的浪漫主义色彩，他以"完全是浪漫的表情献给法兰西"。② 瓦雷里毫不掩饰自己对浪漫主义的厌恶，在一段怀念启蒙时代的文字中，他庆幸地说："那时爱弥儿们，勒内们，可耻的罗拉们还没有诞生。"③ 因此，我们毫不吃惊地看到，在一封私人信件中，瓦雷里曾表示："在歌德身上有某种让我觉得不自在的东西。我觉得他故作深沉。"④

　　同为自己尊敬的作家，瓦雷里与歌德之间深刻的分歧很可能在梁宗岱内心掀起一番波澜，在为译作瓦雷里《歌德论》所撰的长跋《歌德与梵乐希》中，梁宗岱挑明了这种分歧，指出两人都是全才，既是诗人，也是思想家、科学家，但他们的艺术道路截然相反：歌德的探讨对象是外在世界，而瓦雷里的"探讨对象是内心世界，是最高度的意识，是'纯我'（le Moi pur）"⑤。在梁宗岱身上藏了一个歌德与一个瓦雷里，他试图在二者之间寻找某种平衡或某种相通之处，最终他所找到的联

---

① Paul Valéry, « Discours en l'honneur de Goethe », in *Œuvres* Ⅰ, *op. cit.*, p. 546. 也可见 *Variété* Ⅳ, Paris：Gallimard, 1938, pp. 115 - 116。梁宗岱藏有这册书，但他没有翻译第 114—116 页之间的段落，这些段落集中表达了瓦雷里对歌德忽视科学分析精神的不满。

② 瓦雷里：《歌德论》，梁宗岱译，梁宗岱：《诗与真》，北京：中央编译出版社，2006 年，第 156 页。

③ Paul Valéry, « Préface aux *Lettres persanes* », in *Œuvres* Ⅰ, p. 513. 爱弥儿、勒内、罗拉分别是卢梭、夏多布里昂、缪赛同名作品的主人公。

④ Propos rapporté par René Berthelot, *Lettres échangées avec Paul Valéry*, *Revue de Métaphysique et de Morale*, janvier 1946, p. 2, cité dans Paul Valéry, *Œuvres* Ⅰ, *op. cit.*, p. 1743.

⑤ 梁宗岱：《歌德与梵乐希——跋梵乐希〈歌德论〉》，《诗与真》，北京：中央编译出版社，2006 年，第 169 页。

结点是"物与我，内与外"之间的"深切的契合"，因为"对于真理的真正认识只能由物与我底密切合作才能产生"。① 外界世界需要借助于心灵的运用才能呈现，对外界世界的认识过程、认识结果反映了心灵的运用状态，而内心世界如果脱离宇宙万事万物，会沦于空想。

> 歌德与梵乐希，由两条不同的路径，同样地引我们超过那片面的狭隘的唯心论和唯物论底前头。他们教我们发觉那自我中心主义的唯心论固然距离客观的真理很远，就是那抹煞心灵和忘记了自己的唯物论，究其竟，亦不过是——如果我可以造一个名词的话——客底主观性（la subjectivité de l'objet）而已。真正的，或者，为准确起见，比较客观的真理只能够——虽然这表面似乎是个矛盾的方式——存在于物与我，主与客，心灵与外界底适当的比例和配合。②

梁宗岱以一种调和的姿态让瓦雷里与歌德和解，无论向外观察宇宙万物还是朝内审视精神世界，伟大的作家最终都将殊途同归，获得对真理的认知。但值得注意的是，梁宗岱语境里的"心灵"与瓦雷里的"内在世界"（le monde intérieur）并不等同。梁宗岱认为对外部事物的认识越深刻、越真切，越能让

① 梁宗岱：《歌德与梵乐希——跋梵乐希〈歌德论〉》，《诗与真》，北京：中央编译出版社，2006 年，第 173 页。
② 同上书，第 174 页。

心灵"开朗""活泼""丰富""自由"①，这些词汇表明梁宗岱将心灵认同于人的情绪、观念、记忆等。而瓦雷里的"内在世界"永远是晦暗模糊的，这是一种结构性的、几乎无法改善的晦暗模糊，因为"我们刚能想象和粗拟什么是关于思想的思想，而一到了这第二级，一到我们试把我们底意识提高到这第二级的权力，便立刻什么都混乱了……"② 首先人有对外部世界的意识（第一级），然后有意识对意识的反思（第二级），再然后有对这一反思的意识（第三级），以此类推，凭借意识本身完整认识意识是不可能的。瓦雷里对待人的内在世界如同他对待宇宙，首先要做的是将对象客体化："将我们最内在的波动与外界的事物并列：它们一成为可观察的，便立刻加入一切被观察的事物里。"③ 首先确定研究对象，将研究对象分离出来，然后进行观察，这是一种认识自身的理性主义方式，尽管注定险阻重重，甚至注定徒劳无功，因为这一特殊的研究对象跟主体难以做到彻底的分割。

第四节　象征主义对梁宗岱文学命运的影响

如果我们把创作、批评与翻译严格区分开来，单论狭义上的创作而非广义上的写作，象征主义对梁宗岱文学创作的最大影响也许是少产。提到他的诗歌创作，我们会想到他的两部

---

① 梁宗岱：《歌德与梵乐希——跋梵乐希〈歌德论〉》，《诗与真》，北京：中央编译出版社，2006 年，第 174 页。
② 瓦雷里：《歌德论》，梁宗岱译，同上书，第 153 页。
③ 梁宗岱：《歌德与梵乐希——跋梵乐希〈歌德论〉》，同上书，第 174 页。

诗集，一部是少年时期的《晚祷》（1924），另一部则是中年时期的《芦笛风》（1944），从《晚祷》到《芦笛风》，中间整整二十年几乎是创作空白期。《晚祷》是一部名副其实的新诗集，其中的作品不断被收入民国各种新诗选集中（见附录Ⅲ），而《芦笛风》则以旧体词为主。梁宗岱在《试论直觉与表现》（1944）这篇长文中对个人创作生涯进行回顾时不无苦涩地指出："过去我对新诗是一个爱唱高调而一无所成的人，现在却只落得一个弃甲曳戈的逃兵。——至少，形迹上是这样罢。"① 这二十年间创作成果的贫弱，并非由于他不想致力于诗歌创作，恰恰相反，他有着"二十余年如一日对于诗的努力"②，问题在于——根据他自己的告白——诗歌理念难于付诸实践：

> 一半由于天性里固有的需要，一半或者也由于在那决定我们精神发展底方向的紧要年龄，在二十岁前后，我接受了一种当时认为天经地义的文艺原理或偏见（既然一切文艺原理在另一时代或从另一观点看来都不免是偏见）：诗应该是音乐的。——虽然是偏见，而且在许多人眼中是极不健全的偏见，对于我却仍然是颠扑不破的真理。（……）我不甘承认我所奉的信条是错误，却不得不默许我底实施之失败。我踟躇、彷徨、思索。③

---

① 梁宗岱：《试论直觉与表现》，《诗与真续编》，北京：中央编译出版社，2006年，第185页。
② 同上。
③ 同上书，第185—186页。

他所称的二十岁前后接受的"文艺原理"是瓦雷里的纯诗论。二十年间他的诗学理念与实践的巨大落差究竟如何产生？真如他自己所言，是白话这一"生涩粗糙的工具"跟他的"信条或许是不相容的"？[①] 然而他自己所欣赏的卞之琳与冯至的作品已经证明利用白话并非不可产出音韵优美的佳作。是白话文写作能力欠佳？然而，我们在他早期诗作及后来的批评或翻译文字中领略到充沛的诗情与强大的白话文驾驭能力。《西南联大语体文示范》（作家书屋，1944 年）将梁宗岱《歌德与李白》和《诗、诗人、批评家》两篇文章收录其中，这本教科书共收录文章十三篇，作家包括胡适、鲁迅、徐志摩、宗白华、朱光潜、梁宗岱、谢冰心、林徽因和丁西林九人。与现代文学史上这些熠熠生辉的名字比肩，可见梁宗岱的白话写作水平已得到学界的充分认可。

他也曾反思，也许是过于注重理性思考导致的结果："过分清明的意识和理智会窒塞那不很充沛的情感：太精明的工程师和裁判也许会杀掉我们那不很富庶的资本家（这也许正是我底现状）。"[②] 在他对瓦雷里学习与接受、批评与对话的过程中，"过于清明的意识和理智"始终是他不能赞同瓦雷里的地方，但即便如此，他还是受到瓦雷里的影响，对诗进行长期的探讨和思考："我毫不动心地目睹许多同时和后起的诗人在我们新诗坛上络绎不绝地出现，成名，熄灭。我只潜心去培植我里面的工程师和裁判。"[③] 瓦雷里也经历了二十多年的蛰伏期，

---

① 梁宗岱：《试论直觉与表现》，《诗与真续编》，北京：中央编译出版社，2006 年，第 186 页。
② 同上书，第 223—224 页。
③ 同上书，第 223 页。

1892 年热那亚之夜的精神危机后开始远离诗歌写作，直到
"一战"期间才重新提笔，1917 年以长诗《年轻的命运女神》
一举成名，此后又陆续有诗作产生，战后尤其是 1925 年入选
法兰西学士院院士后成为享誉欧洲的文化名人。然而梁宗岱在
等待二十年后却没有这样的好运，回归古典格律的《芦笛风》
并没有给他带来更多的文坛声名。

　　如果我们把目光稍微偏离梁宗岱本人及其诗论，会发现他
在诗歌创作方面的尴尬局面是新诗危机的一个缩影。"我以为
新诗最大的危机，正和旧诗一样，就在于一般作者忽略它底最
高艺术性：每个人都自己，或几个人互相，陶醉于一些分行的
不成文的抒写，以致造成目前新诗拥有最多数作者却最少读者
的怪现象。"[①] 梁宗岱用"危机"来形容新诗遭遇的困局并非
夸大之词，钱公侠、施瑛在新诗选集《诗》（1936）的序言中
写道："中国的新诗已走到山穷水尽的地步，（……）甚至于出
一本新诗集，要作者自掏腰包出资付印，难怪新作者和篇什非
常稀少。"[②] 其实何止新诗，诗歌作为一种文类在二十世纪的
没落是一种不争的事实。郁达夫在 1928 年宣称，"以这几年的
流行看来，诗歌的时代，仿佛是已经死去的样子"[③]，虽然
他也承认"天地有情，万物有韵，人的真性灵不死，诗歌是决
不会死去的"[④]。出版界的情形也证明了这一点。据统计，
1902—1945 年间中国的出版物中，诗歌只占出版总量的 10%，

---

① 梁宗岱：《试论直觉与表现》，《诗与真续编》，北京：中央编译出版社，
　　2006 年，第 184 页。
② 钱公侠、施瑛：《小引》，《诗》，上海：上海启明书局，1936 年，第 1—
　　2 页。
③ 郁达夫：《大众文艺释名》，《大众文艺》，1928 年 8 月第 1 期，第 2 页。
④ 同上。

远低于其他文类，尤其远低于小说（占 56％）。① 因市场狭窄，许多大型书局不愿出版诗集，如商务印书馆诗歌书籍仅 50 种，占文学出版总量的 4％，而中华书局诗歌书籍仅 12 种，占文学出版总量的 3％。②

梁宗岱认为新诗读者少的根本原因在于新诗诗人诗艺不高，这是忽略了一个重要的历史变化：在二十世纪初期，随着士大夫阶层的消失和市民阶层的崛起，小说这一能更好反映复杂现实的文体逐渐取代诗歌成为文学的主流文体。时代趋势使然，无论诗人诗艺怎样高超，其诗作都很难获得跟小说一样的影响力。诗人很难不被小说所诱惑，以梁宗岱最欣赏的两位诗人冯至与卞之琳为例，冯至尝试过创作历史故事《仲尼之将丧》《伯牛有疾》《伍子胥》等，卞之琳早期写过一本小说《夜正深》，在三十年代创作了"战时"系列短篇小说，另有长篇小说《山山水水》。卞之琳决定投身于小说创作是出于他对小说这一文体优势的认可："从青少年时代以写诗起家的文人，到了一定的成熟年龄（一般说是中年前后），见识了一些世面，经受了一些风雨，有的往往转而向往写小说（因为小说体可以容纳多样诗意，诗体难于包涵小说体所可能承载的繁夥）。"③小说在文学市场上占据如此主导的地位，以至于一向与小说为敌的瓦雷里在《笔记》中都曾吐露："我该写一本小说。人人

---

① 邓集田：《中国现代文学出版平台——晚清民国时期文学出版情况统计与分析（1902—1949）》，上海：上海文艺出版社，2012 年，第 146 页。
② 同上书，第 150 页。
③ 卞之琳：《诗与小说：读冯至创作〈伍子胥〉》，《卞之琳文集》中卷，合肥：安徽教育出版社，2002 年，第 356 页。写于 1992 年 12 月，原载于《中国现代文学研究丛刊》1994 年第 2 期。

写小说，就像从前人人写悲剧。"① 梁宗岱没有写过小说，也几乎没有评论与翻译过任何严格意义上的小说，他的文学事业，一言以概之，是纯粹的诗的事业。

在现代文学场域中，诗这种文体占据极为狭小的空间，在这狭小的空间内要想取得出类拔萃的成绩，诗人必须做出某种开创性的贡献。梁宗岱选定象征主义作为自己的诗学理念后，立刻就会面临其他象征主义诗人的竞争。早在 1925 年，李金发就凭诗集《微雨》奠定了自己作为中国第一位象征主义诗人的身份，他的新奇古怪的语言、晦涩朦胧的意象虽然常不为人所理解，但无疑为中国新诗诗坛开拓了一种崭新的诗风。创造社的王独清、穆木天、冯乃超等人也都相继走上象征主义创作的道路，他们的创作基于自己清醒的诗学意识，试看穆木天对诗的一段看法：

> 中国人现在作诗，非常粗糙，这也是我痛恨的一点。
> （……）我要深到最纤细的潜在意识，听最深邃的最远的
> 不死的而永远死的音乐。诗的内生命的反射；一般人找不
> 着不可知的远的世界，深的大的最高生命。我们要求的是
> 纯粹诗歌，我们要住的是诗的世界，我们要诗与散文的清
> 楚的分界。（……）诗的世界是潜在意识的世界。诗是要
> 有大的暗示能力。诗的世界固在平常的生活中，但在平常
> 生活的深处。诗是要示出人的内生命的深秘。诗的背后要

---

① *Cahier* Ⅺ. 299, cité dans Michel Jarrety, *Paul Valéry*, *op. cit.*, p. 543.

有大的哲学，但诗不能说明哲学。①

在这段 1926 年发表的关于诗的见解中，我们看到了梁宗岱在三十年代倡导的诸多观点：诗应是一种音乐；诗应与散文区分开来，追求纯诗；诗应暗示一种不可知的世界；诗要有哲学基础，但不能用来说明哲学道理等。在 1935 年朱自清为《中国新文学大系·诗集》所作导言中，象征主义已然是中国新诗诗坛一股不容忽视的流派了。梁宗岱在中国象征主义诗派的发展历程中处于后至者或追随者的地位，他没有成为一个像瓦雷里那样的集大成者，很大程度上是因为他的诗歌理念充满矛盾与冲突：他要在瓦雷里"纯诗"观对语言和意识的纯粹关注中增加对人性与人生的关注；瓦雷里是用理性来观照理性与非理性的模糊边界，始终强调诗人意识的清明，而梁宗岱追求物我同一、无我的境界。他试图对这些不可调和处加以调和，如一切折中主义者那样，在消除思想极端性的同时也丧失了果断的行动力。

梁宗岱通过象征主义追求一种超时空的永恒价值，克服文学历史进化论的流弊，但这也导致他的诗与诗论缺少足够的历史维度。他从"疯狂年代"中的巴黎归来，本可能带给我们这样的诗句：

> 森严的秩序，紊乱的浮嚣。
>
> 今天一早起街顶上的云色

---

① 穆木天：《谈诗》，转引自殷国明：《中国现代文学流派发展史》，广州：广东高等教育出版社，1989 年，第 240—241 页。原载于《创造月刊》1926 年第 1 卷第 1 期。

呈着鸽桃灰，满街人脸上

有一抹不可思议的深蓝。

我说你这个大都会呵，大都会！①

　　但从他有意忽视波德莱尔现代都市诗人身份的那一刻起，他就放弃了书写现代经验的可能。他想铸就作品永恒的价值，因此在沉思默想二十年后选择了一个永恒的主题：人面对时光流逝的感伤。这是中国古代诗人最擅长的主题之一，梁宗岱不由自主选择了填词的方式来进行表达。《芦笛风》和《鹊踏枝》中的"残红""碧树""冷露""荷风"在孙大雨"鸽桃灰"的云色面前，散发出一种古典然而过于保守的气息。

　　一个时代有一个时代的节奏韵律，"表现这种新的韵节便是孙大雨，卞之琳等最大的成就。前者捉住了机械文明的复杂，后者看透了精神文化的寂寞，他们确定了每一个字的颜色与分量，他们发现了每一个句断的时间与距离。他们把这一个时代的相貌与声音收在诗里，同时又有活泼的生命会跟着宇宙一同滋长"②。孙大雨和卞之琳也是梁宗岱欣赏的诗人，相较之下，他自己以闺怨题材创作的《芦笛风》与《鹊踏枝》这两组旧体词作为沉思二十年后向诗坛交出的成果很难说令人感到满意。

　　在翻译方面，由于梁宗岱象征主义诗学对不可见的精神或灵魂世界的强调，在进行翻译作品的选择时，他与现实主义文学作品保持着距离："如果人生实体，不一定是那赤裸裸的外

---

① 孙大雨：《自我的写照》，《孙大雨诗文集》，石家庄：河北教育出版社，1996 年，第 42 页。原载于《诗刊》第 2 期，1931 年 4 月。

② 邵洵美：《诗二十五首》，上海：上海时代图书公司，1936 年，第 5 页。

在世界；灵魂底需要，也不一定是这外在世界底赤裸裸重现，——那么，这几篇作品足以帮助读者认识人生某些角落，或最低限度满足他们灵魂某种需要，或许不是不可能的事。"[①] 诗化小说与戏剧集《交错集》译者序中的这段话很好地说明了他选择翻译作品的立场。

小说与外在现实存在天然的亲缘关系，因此在民国时期外国文学的翻译浪潮中，他没有像傅雷那样去翻译巴尔扎克、罗曼·罗兰等人的小说作品，没有像傅雷那样随着这些作家在中国的经典化而成为经典翻译家。梁宗岱的七百多本法文藏书不仅含有诗歌，也含有大量的小说作品，其中包括普鲁斯特、纪德等人的作品全集，可见他对于法国现代文学有着开阔的视野与良好的品味，但他没有将这些小说译成中文。在小说占据翻译文学绝对垄断地位的二十世纪上半叶，他对小说翻译的忽视使他错了在中国现代翻译文学史中占据更多篇幅的机会，但这同时也说明了他对于诗歌的坚持乃至信仰。

---

① 梁宗岱：《译者题记》，《交错集》，上海：华东师范大学出版社，2016年，第3页。

第四章　诗之品评：对文学实证主义
　　　研究的批驳

　　梁宗岱既是诗人也是学者，他回国后的职业身份为大学教授，撰写的诗歌批评数量要远远多于诗歌创作。二十世纪初正是中国学习西方建立与发展现代高等教育体制的时期，这种教育不同于西方古典人文教育，也不同于中国传统的书院教育，以学术分工和理性化为特征。梁宗岱 1924—1931 年留学欧洲，其中 1925—1930 年就读于巴黎大学（亦称"索邦"）文学院，彼时正是文学史全面统治法国文学研究的时代，通过对社会背景、作家生平等的实证主义考察来解读一部作品成为文学批评的主流学术范式。同一时期，在热衷于"整理国故"的胡适先生的带领下，一股考据风也席卷中国文学研究界。梁宗岱1931 年回国，虽然是受胡适之聘任教于北京大学，却对文学研究的实证主义趋向多有抵触，在诗歌批评中提倡并实践另一种更注重主观体验的批评方法，以极具个性的方式对现代人文学术思潮进行了回应。

第一节　中法文学研究领域中的实证主义

一、巴黎大学文学史教育

十九世纪欧洲自然科学突飞猛进的发展，尤其是世纪中期达尔文的物种演化论，极大撼动了人们对世界与生命的看法，也给当时法国人文知识的发展烙上了深刻印记。神性破灭，永恒不再，人们开始关注真实与历史。在文学批评领域，圣伯夫（Sainte-Beuve，1804—1869）意图通过文学作品考察人类精神发展史，并为各种精神分门别类。勒南（Ernest Renan，1823—1892）将文学视为一整套历史资料而非美学遗产，认为作品的价值在于其历史研究价值。泰纳（Hippolyte Taine，1828—1893）发展出一种决定论系统，用"种族、环境、时代"三要素来分析作品。布吕奈介（Ferdinand Brunetière，1849—1906）则强调文学批评的目的不在于描写感受，而在于解释意义、评价作品并为作品划分等级。[①] 古斯塔夫·朗松将这些前辈文学批评家的观念加以整合与发展，作为文学史研究的集大成者，二十世纪初在巴黎大学任教期间全面建立与推行他的文学史研究范式。

朗松之所以要采用史学手段来研究文学，是因为一方面，历史曾被视为文学类型的一种，已摆脱对风格文采的追求，转

---

① Michel Jarrety，*La critique littéraire en France. Histoire et méthodes*（*1800 - 2000*），Paris：Armand Colin，2016，pp. 97 - 123.

而采用实证主义方法，强调历史资料的可靠性，逐渐跻身科学之列①；另一方面，文学价值相对化，再没有永恒的审美标准，也没有永恒的创作规律，文学教师无法再像从前的修辞学教师那样，授予学生固定的写作标准与写作技巧，只能将文学作为反映时代精神的镜子，去考察其历史演变②。在十九世纪末二十世纪初的科学主义思潮下，任何显得不够客观准确的知识，都会面临自身合法性危机，难以在教育体制中取得合法地位。这种对自身合法性的焦虑，我们可以从朗松一则名为《科学精神与文学史方法》（1909）的演讲中看出来：

> 女士们、先生们，我担心，我这样一个文学教育背景出身、做文学研究的人来这里谈论科学方法，而台下坐着我的两位声名卓著的同胞——数学家庞加莱和生物学家勒丹特克先生，我担心他们两位要扯着我的袖子说："亲爱的同僚，这个话题更适合我们谈论，跟您关系不大。"③

不仅在自然科学家面前，在社会学家面前这种焦虑也同样存在：

> 我依稀感到，文学史似乎成为社会学家轻蔑的对象。

---

① Antoine Compagnon, *La Troisième République des lettres. De Flaubert à Proust*, Paris：Éditions du Seuil, 1983, p. 24.

② Pierre Leguay, *Universitaires d'Aujourd'hui*, Paris：Bernard Grasset, 1912, p. 117.

③ Gustave Lanson, « L'esprit scientifique et l'histoire littéraire », in *Méthodes de l'histoire littéraire*, Paris：Éditions Les Belles Lettres, 1925, p. 21.

（······）他们对我们说，（······）我们的文学史不是科学，因为只有研究普遍的东西才是科学。①

朗松认为，历史上那些伟大的作家作品之所以伟大，正在于其特立独行的一面，因此很难提炼出"普遍的东西"，这是文学史研究必须面对的事实。所谓的科学性，并非机械移植自然科学的研究方法，而是借鉴自然科学家面对现实的科学态度，结合本学科实际，创造属于本学科的科学方法论。科学精神，意味着要克服"短视、飘忽不定的注意力、盲目的激情、对自我的沉迷、自我欺骗与被他人欺骗的永恒风险"②，充分运用理性，面对事实本身；科学精神是一种"超脱利害的好奇心、严谨、不辞劳苦的耐心，以事实为准绳，不轻信，对自己与他人皆不盲从，永不停止地进行批评、核实与验证"③。将科学精神落实到文学研究，就是要把作品作为研究对象，把它放到历史中去研究，通过对作家生平与阅读经历的考察，对手稿及不同版本的对比，找出作家想要通过作品表达的真实意图，也要了解作品在当时读者群中引起的反映，作品在后世及在不同地区被传播与接受的情况，从而"准确呈现一位作家的天才或一个时代的精神"④。

朗松长期工作的巴黎大学文学院是当时法国文科教育重镇，历史悠久，最早可上溯至十三世纪的索邦神学院，几百年

---

① 朗松：《文学史与社会学》，《朗松文论选》，徐继曾译，天津：百花文艺出版社，2004 年，第 43 页。

② Gustave Lanson：« L'esprit scientifique et l'histoire littéraire », in *Méthodes de l'histoire littéraire*, *op. cit.*, p. 24.

③ *Ibid.*, p. 26.

④ *Ibid.*, p. 34.

间历经沉浮，始终保持以拉丁语为主要载体的古典文化教育。法国在 1870 年以前没有现代大学教育体制。1870 年普法战争中，法国大败于德国，割地赔款，国耻深重，这才开始向战胜国德国学习，逐步建立起现代高等教育体系。巴黎大学于 1885 年取消神学院，1907 年改革文学院本科培养方案，毕业要求中取消了学生可以自由发挥的作文，代之以严谨的论文写作[①]。1910 年前后，保守派就文科教育向改革派发起责难，掀起一阵激烈的舆论风波。从汇集保守派战斗檄文的《新索邦精神：古典文化危机与法语危机》（*L'Esprit de la Nouvelle Sorbonne. La crise de la culture classique. La crise du français*，以下简称《新索邦精神》）一书来看，朗松不啻为古典人文教育的掘墓人。保守派认为他用琐碎、无意义的考据钻研取代了博雅的文化品味的培养。朗松则指出，古典人文教育历经几个世纪的演变，到十九世纪已经沦为狭隘的修辞学教育，只会教给学生们"不必思想而花言巧语的艺术"[②]，所谓的人文教育已经成为资产阶级"培养阶级意识""维持与光耀本阶级"[③]的手段。他认为自己所提倡的文学史方法能培养学生对确切知识的追求，养成一种科学与务实精神，为法国的民主共和制度培养合格的国民。在这样的方法论指导下，学生们若要取得文凭，必须长期埋首故纸堆，积累资料卡片，建立密密麻麻的书目，忘却自我，全身心扑在一个小而专的课题上。《新索邦精

[①]　Agathon，*L'Esprit de la Nouvelle Sorbonne. La crise de la culture classique. La crise du français*，Paris：Mercure de France，1911，pp. 28 - 34.

[②]　朗松：《反对修辞学和糟糕的人文科学》，《朗松文论选》，徐继曾译，天津：百花文艺出版社，2004 年，第 37 页。

[③]　Pierre Leguay，*Universitaires d'Aujourd'hui*，*op. cit.*，p. 121.

神》的作者不禁发问："让这些簇新的头脑去从事本质上如此消极的工作，难道不担心会永远泯灭他们的个性，扼杀他们从直接阅读杰作中产生的热情吗?"[1]

事实上，朗松并不否认文学史研究方法的局限性。他承认人的情感与行动不受因果律的支配，生命充满神秘的不可确定性，作家所表现的真实正是这种或然性："文学作品的真实是如此偶然，如此相对，如此难以预料，如此一纵即逝。"[2] 而要找到这种真实，需要的不是理性，不是所谓的科学方法："科学方法在这里根本不沾边，因为我们所探索的真实跟科学的真实不是一类东西"，而是敏感，"这种敏感被帕斯卡尔看成几何学精神的对立面"。[3] 小说家和诗人所从事的工作在于"将难以形容的直觉传达出来"[4]，如果读者也能体会到同样的直觉，作品就是成功的，即作品体现了真实。朗松认为，读者的阅读体验是检验作品真实的必由之路。但正因为文学真实需要直觉来体验，如此难以捕捉，朗松才放弃将之作为研究对象，转而研究那些可以搜集与观察到的客观事实，否则文学研究无法成为一门可积累与传授的知识，无法在现代教育体系中拥有一席之地。他将文学史研究与主观文学批评严格区分开来，让文学史研究上升到知识层面，与"感觉"拉开距离。他认为主观文学批评的学术价值仅在于向研究者提供作品阅读史的素材，即主观文学批评自身不构成知识，而只是知识对象。

---

① Agathon, *L'Esprit de la Nouvelle Sorbonne. La crise de la culture classique. La crise du français*, *op. cit.*, p. 39.
② 朗松：《文学与科学》，《朗松文论选》，徐继曾译，天津：百花文艺出版社，2004 年，第 106 页。
③ 同上书，第 105 页。
④ 同上书，第 106 页。

通过这种区分，围绕文学将形成大学里的专业学者与业余爱好者两类人群。专业学者负责提供关于作家作品的客观知识，为一切业余爱好者的主观批评构筑稳固的基础。身为巴黎大学文学院教授，他在教学中对学生的主观性深恶痛绝，在评价一篇博士论文时指出："博士论文不是用来展现个人鉴赏品味，炫耀个人写作技巧的地方。（……）一篇博士论文的价值标准在于是否增加了关于研究对象的客观知识。"[①]

　　朗松于 1903—1922 年担任巴黎大学文学院法语修辞学[②]教授，这一古老的教席设立于 1809 年，虽名为"修辞学"，朗松的教学却紧紧围绕文学史进行[③]。1922 年 11 月朗松成为"十八世纪法国文学史"教授，1928 年退休离任，弟子莫尔内（Daniel Mornet，1954—1978）接任后将朗松方法论中的考据推向极致[④]。梁宗岱 1925 年秋季入读巴黎大学文学院时，文学院教育改革（1907）已施行将近二十年，新的学术范式也已从争取存在到稳步扎根，充分获得了体制的承认。文学史研究得到进一步的分化：1920 年、1922 年、1925 年、1929 年分别设立了文艺复兴时期法国文学史、十八世纪法国文学史、现代比较文学、十九至二十世纪法国文学史四个新教席[⑤]，可以说，

①　Pierre Leguay, *Universitaires d'Aujourd'hui*, *op. cit.*, pp. 105 - 106.

②　Eloquence 亦有"雄辩术"这一译法，原本属于古典修辞学（rhétorique）的一部分。

③　Antoine Compagnon, *La Troisième République des lettres. De Flaubert à Proust*, *op. cit.*, p. 61.

④　Michel Jarrety, *La critique littéraire en France. Histoire et méthodes*（*1800 - 2000*）, *op. cit.*, pp. 139 - 140.

⑤　Albert Guigue, *La Faculté des lettres de l'Université de Paris depuis sa fondation*（*17 mars 1808*）*jusqu'au 1ᵉʳ janvier 1935*, Paris: Félix Alcan, 1935, pp. 315 - 323.

二十世纪二十年代正是文学史研究全面统治巴黎大学文学教育的时代。这一研究范式主宰了二十世纪上半叶的法国文学教育，一直要到六十年代新批评的兴起，这一学术垄断局面才被打破。

性格热情张扬、出国前就已小有诗名的青年梁宗岱很难接受这样的学术环境。多年后当他回顾跟诗人瓦雷里的相遇时，有这样一段文字：

> 正当到欧后两年，就是说，正当兴奋底高潮消退，我整个人浸在徘徊观望和疑虑中的时候：我找不出留欧有什么意义，直到他底诗，接着便是他本人，在我底意识和情感底天边出现。"像一个夜行人在黑暗中彷徨，摸索，"我从柏林写信给他说，"忽然在一道悠长的闪电中站住了，举目四望，认定他旅程底方向：这样便是我和你底相遇。"①

"到欧后两年"，即梁宗岱在巴黎大学文学院就读一年之后，他用"无意义"和"黑暗"来形容这个时期的精神状态，瓦雷里的出现仿佛为他的精神世界点亮了一盏明灯。

二、 文学研究在中国的考证之风

在梁宗岱 1931 年回国之际，中国的大学文科教育也已历

---

① 梁宗岱：《忆罗曼·罗兰》，《诗与真》，北京：中央编译出版社，2006年，第 215 页。

经改革，向西方靠拢。早在 1903 年，参考德国、日本教育体制修订而成的《奏定大学堂章程》就规定文学史成为文学教育的法定研修科目，"此前讲授'词章'，着眼于技能训练，故以吟诵、品味、模拟、创作为中心；如今改为'文学史'，主要是一种知识传授，并不要求配合写作练习"①。文学史的学科性质要求治学者具有良好的史学素养，在史料钩沉中发现事实。梁宗岱是应胡适之邀回国任教，胡适的学术旨趣在某种程度上跟朗松是一致的，那就是对史学作为文学研究方法的认可。他的出发点也跟朗松一样，出于教育的目的，希望后辈学人通过科学治史，不迷信权威，不死守成见，"疑而后信，考而后信，有充分证据而后信"②。

> 少年的朋友们，莫把这些小说考证看作我教你们读小说的文字。这些都只是思想学问的方法的一些例子。在这些文字里，我要读者学得一点科学精神，一点科学态度，一点科学方法。科学精神在于寻求事实，寻求真理。科学态度在于撇开成见，搁起感情，只认得事实，只跟着证据走。科学方法只是"大胆的假设，小心的求证"十个字。没有证据，只可悬而不断；证据不够，只可假设，不可武断，必须等到证实之后，方才奉为定论。③

胡适的文学考证主要集中在两方面，一是作者问题，二是

① 陈平原：《作为学科的文学史》，北京：北京大学出版社，2011，第9页。
② 胡适：《介绍我自己的思想（节录）》，《胡适点评红楼梦》，北京：团结出版社，2004 年，第 147 页。
③ 同上书，第 148 页。

版本问题。至于如何解读作品本身并非他文学研究的重点。他也决不认为考证可以取代真正的文学阅读，考证是为文本阅读做好基础性工作。以《红楼梦》的考证为例，与其说他想通过考证阐明这部小说的宗旨，不如说这部书的考证为他提供了一个演示实证主义方法的样本。他对方法论的重视在《中国哲学史大纲》（1919）序言中有着突出表现，在这篇序言中，胡适集中讲解了史学研究的方法论问题，比如如何区分原始与二手史料，如何对史料的真伪进行鉴别等，从他的参考书目来看，既有传统训诂和校勘学书目（各一本），也有两本西方参考书，其中一本为巴黎大学著名史学家朗格诺瓦（Langlois，1863—1929）与瑟诺博司（Seignobos，1854—1942）合著的《史学原论》①之英译本 *Introduction to the study of history*。《史学原论》是一本严格贯彻实证主义精神的史学方法论著作，也是巴黎大学文学院各门学科治史的必修教材，文学史研究也不例外。这本书于五四前后传入中国，成为民国史坛最重要的史学方法论参考书之一②。这也就意味着，从巴黎大学文学院到北京大学文学院，梁宗岱的身份虽然已从学生转变为教师，面对的却是同样的实证主义占统治地位的文学研究氛围，且在胡适的带领下，中国学界的考证风比法国有过之而无不及。梁宗岱极为不满地描述五四以来文学研究的局面（1941）：

　　　　二十年来的文坛甚或一般学术界差不多全给这种考证

---

① 法文名为 *Introduction aux études historiques*（1898），1926 年商务印书馆出版了李思纯的中译本《史学原论》，此后多次再版。

② 关于这本书对于民国时期历史学研究的重要性，参见李孝迁：《观念旅行：〈史学原论〉在中国的接受》，《天津社会科学》，2019 年第 1 期。

所垄断。试打开一部文学史，诗史，或诗人评传，至少十之七的篇幅专为繁征博引以证明某作家之存在与否，某些作品之真伪和先后，十之二则为所援引的原作和一些不相干的诗句所占，而直接和作品底艺术价值有关的不及十之一，——更无论揭发那些伟大作品底内在的，最深沉的意义了。①

第二节　梁宗岱对文学实证主义的批判

一、"走内线" 的批评路径

梁宗岱是这股考证之风的逆行者，他对于考证丝毫不感兴趣，非但不感兴趣，还颇为愤慨。在梁宗岱眼中，所谓的科学考证仅能做些"训诂和旧籍校补"的微弱贡献，对理解作品本身无所助益，精于考据的胡适先生对于作家作品的理解往往不能"登堂入室，连门户底方向也没有认清楚，而只在四周兜圈子，或掇拾一两片破砖碎瓦，以极薄弱的证据，作轻率的论断"②。他将文学批评分成"走外线"与"走内线"两种，明确提出自己不赞成"走外线"的研究道路。所谓"走外线"指的是"对于一个作家之鉴赏，批判，或研究，不从他底作品着

---

① 梁宗岱：《屈原》，《诗与真续编》，北京：中央编译出版社，2006年，第90页。
② 同上。

眼而专注于他底种族，环境，和时代"①。梁宗岱认为这一派的开山鼻祖同时也是最优秀的代表为法国批评家泰纳，这一西方舶来品在中国沦为一种以科学方法自命的烦琐考证。

他自己采取的是"走内线"的方法，"直接叩作品之门"②以获取作品真义，因为重要的是作品而非作家。一部优秀的作品即使考证出不是 A 作家所作，也必然是同样伟大的 B 作家所作，"结果还是一样"③，作品始终是那同一部作品。其次，即使考证出一个作家具体的生平事迹也没有太大意义，因为一个人在世俗中的活动并不等同于其灵魂活动，只有深入作品本身才能发现灵魂活动的踪迹，正如普鲁斯特所言："一本书是另一个我的产物，不同于在习惯、社会与恶习中表现出来的那个我。"④ 在梁宗岱看来，批评家所要从事的工作应是努力再现作者蕴藏于文字中的精神世界，基于实证主义的文学史方法无助于达成这一目标。一部优秀作品应该是自立和自足的，不需要借助作者身世、时代、环境这些外部因素，单凭作品文字本身即可打动读者。

问题在于：如何才能抵达作品中的精神世界？"真正的文艺欣赏原是作者与读者心灵间的默契"⑤，而要达到这一默契或者说感应，"你得受你底题材那么深澈地渗透，那么完全地占有，以致忘记了一切，（……）只一心一德去听从题材底指

---

① 梁宗岱：《屈原》，《诗与真续编》，北京：中央编译出版社，2006 年，第 90 页。
② 同上书，第 93 页。
③ 梁宗岱：《论诗》，《诗与真》，北京：中央编译出版社，2006 年，第 106 页。
④ Marcel Proust, *Contre Saint-Beuve*, Paris：Gallimard，1954，p. 127.
⑤ 梁宗岱：《文坛往那里去——"用什么话"问题》，《诗与真》，北京：中央编译出版社，2006 年，第 64 页。

引和支配。然后你底声音才变成一股精诚，一团温热，一片纯辉"①。在这一过程中，读者需要对作品付出持久的注意力与极大的努力，让自己充分沉浸在作品的世界里，最终依靠直觉来获得作品统一而完整的意境。

梁实秋曾评价梁宗岱的"思维方法是浪漫的、幻想的、直觉的"②，逻辑性和理论性不强，而梁宗岱则反驳称，梁实秋的所谓逻辑是一种机械而简陋的逻辑，一些精微高妙的境界非这种逻辑所能把握。要获得文学的真实，必须依靠直觉。直觉的拉丁语"intuitus"是"目光"的意思。在笛卡尔那里直觉意味着"抓住物底统一与完整的直接视力"③。对作品统一与完整境界的瞬间体悟，需要前期付出巨大的努力，正如柏格森所言，直觉不等同于本能或情感，相反，直觉意味着专注与沉思④。

若已成功运用直觉得到对作品的完整体悟，接下来的问题便是：如何将这一体悟表达出来？批评家之所以区别于普通读者，在于他需要"写出来"，在于他将对作品的欲望转化成对自己写作的欲望⑤。对于这一问题，柏格森的回答是：不得不借助于智力（l'intelligence）。尽管如此，应避免抽象概念，可通过形象化的语言（le langage imagé），"通过明喻、暗喻来暗

---

① 梁宗岱：《诗·诗人·批评家》，《诗与真》，北京：中央编译出版社，2006 年，第 213—214 页。

② 梁宗岱：《释〈象征主义〉》，《诗与真续编》，北京：中央编译出版社，2006 年，第 36 页。

③ 梁宗岱：《巴士卡尔〈随想录〉译注》，同上书，第 30 页。

④ Henri Bergson, *La pensée et le mouvant*, Paris：Presses Universitaires de France，2013，pp. 95 - 97.

⑤ Roland Barthes, *Critique et vérité*, Paris：Éditions du Seuil，1966，p. 85.

示我们无法表达的东西"①。梁宗岱也称，在那些无法用机械
逻辑把握的精妙境界面前，"作者便不能只安于解释和说明，
他还得运用描写和暗示，就是说，借重一种特别属于诗的甚或
音乐的手法"②。至此，我们可以理解梁宗岱批评文章中大量
铺陈的比喻并非为了卖弄辞藻，而是将直觉呈现出来的手段。
试看他评论屈原：

> 从《涉江》或《悲回风》转到《橘颂》的时候，我们
> 仿佛在一个惊涛骇浪的黑水洋航驶后忽然扬帆于风日流利
> 的碧海；或者从一个暗无天日，或只在天风掠过时偶然透
> 出一线微光的幽林走到一个明净的水滨，那上面亭亭立着
> 一株"青黄杂糅"的橘树，在头上的蓝天划出一个极清楚
> 的轮廓：一切都那么和平，澄静，圆融……③

事实上，中国传统文评正是依靠直觉体悟，再用诗化语言
表达，但梁宗岱的诸多长文在阐述问题时条分缕析，已然不同
于古代文论的面貌，绝非简单复古。他的批评方式可视为对古
典文学批评进行现代转化的一种努力。

二、 逐渐远离文学史研究的批评之路

当我们将梁宗岱在巴黎撰写的《保罗哇莱荔评传》（即

---

① Henri Bergson, *La pensée et le mouvant*, *op. cit.*, p. 42.
② 梁宗岱：《释〈象征主义〉》，《诗与真续编》，北京：中央编译出版社，2006 年，第 37 页。
③ 梁宗岱：《屈原》，同上书，第 114 页。

《保罗·梵乐希先生》，1928）与旅欧之前发表的两篇文学评论《檀德及其〈神曲〉》（1923）及《〈雅歌〉的研究》（1923）进行比较，会发现他在写作风格上的巨大转变——从平白的西式论文转变为带有中国古典风的美文。对现代大学实证主义文学批评的厌恶是促成这一转变的重要反作用力，他开始自觉向中国传统靠拢。《保罗·梵乐希先生》不是以文言写作，但在一定程度上恢复了中国古典诗评文评的美文传统，在记述和议论中运用大量的明喻、暗喻或隐喻进行描写，比如他将瓦雷里比作象征主义"一枝迟暮的奇葩：它底颜色是妩媚的，它底姿态是招展的，它底温馨却是低微而清澈的钟声，带来深沉永久的意义"①。喜用对偶句式："人生悲喜，虽也在他底灵台上奏演；宇宙万象，虽也在他底心镜上轮流映照；可是这只足以助他参悟生之秘奥，而不足以迷惑他对于真之追寻，他底痛楚，是在烟波浩渺中摸索时的恐惧与彷徨；他底欣悦，是忽然发见佳木葱茏，奇兽繁殖的灵屿时恬静的微笑。"② 即便如此，巴黎大学文学教育的影响依然清晰可辨地出现在这篇文章中，我们至少可以看到如下文学史研究的常规要素：作家生平，包括家庭出身、出生地环境、教育经历、重要的人际交往、成名经过等；文学流派兴衰与作家的师承；作品发表历史；批评界对作家作品的评论；作家的风格与作品主旨。及至 1936 年写作的《韩波》同样反映出文学史教育的影响。但 1941 年发表的《屈原》有着截然不同的风貌，这是梁宗岱完全运用自己的批

---

① 梁宗岱：《保罗·梵乐希先生》，《诗与真》，北京：中央编译出版社，2006 年，第 7 页。
② 同上书，第 8 页。

评方法写就的长篇论文。

《屈原》的写作目的很明确：批判文学研究中的考证风，推翻屈原研究中某些依靠考证得来的结论。他称屈原的作品"在我们文学史权威手里变得东鳞西爪，支离破碎的，在我巡礼底尽头竟显得一贯而且完整"[①]。他口中的"文学史权威"主要指的是《中国诗史》的作者陆侃如、冯沅君，尤其是前者[②]。梁宗岱与陆侃如是同年生人，均出生于 1903 年。1922年，年仅十九岁的北京大学一年级学生陆侃如就应胡适之邀，为胡适的《读楚辞》撰写批评。胡适的《读楚辞》发表于1922 年 9 月 3 日《读书杂志》第 1 期上，主要观点一是"屈原传说否定论"，二是"屈原二十五篇否定论"，陆侃如并未因为晚辈与弟子的身份就一味吹捧胡适这位文坛领袖，而是毫不客气地对胡适的主要观点逐一加以批驳并提出自己的见解，表示："胡先生是我最敬重的人；因为我敬重他，故不敢随便附和他的话。我很希望胡先生及其他研究《楚辞》的学者们细察我的意见，加以修正。"[③] 陆侃如虽然向胡适针锋相对地提出批判意见，但与胡适的治学是在同一个方法论框架下进行的，陆侃如是通过考证的方式对胡适的考证提出异议，认为胡适的证据不够充分。1923 年，陆侃如在亚东图书馆出版了他的研究专著《屈原》，此时年仅二十岁。同一时期的梁宗岱也在阅

---

① 梁宗岱：《屈原》，《诗与真续编》，北京：中央编译出版社，2006 年，第
　　94 页。
② 关于屈原的文学史研究，《屈原》一文中只引用了陆侃如、冯沅君合著
　　的《中国诗史》和陆侃如所著《屈原》。
③ 陆侃如：《读〈读楚辞〉》，褚斌杰编：《屈原研究》，武汉：湖北教育出
　　版社，2003 年，第 44 页。原载于《读书杂志》1922 年第 4 期。

读屈原，读得如痴如醉，但感觉一知半解，于是买来一本陆侃如的《屈原》做参考，谁知出乎意料，他所得的"只是失望和反感!"①他坚信这本书"充满了曲解误解"②，心想自己虽然一知半解，却不到那样谬误的地步。1931年，陆侃如与冯沅君合著的《中国诗史》在大江书铺出版，这本书分成古代、中代、近代诗史三卷，前两卷由陆侃如执笔，其中古代诗史部分是陆侃如在清华研究院的毕业论文，专辟一章"屈平"来介绍屈原。在这一章中，绝大部分篇幅都在进行考证，先是考证屈原其人——生卒年、出生地点、家庭成员、官职、流放的时间和地点、自沉的时间和地点等，然后考证屈原的作品，罗列历代关于屈原作品真伪的观点并给出自己的鉴定意见，最终认定出自屈原之手的只有《离骚》《天问》《九章》的大部分。这一章节关于屈原作品艺术性的讨论微乎其微，用梁宗岱的话讲，"直接和作品底艺术价值有关的不及十之一"③。

1941年，梁宗岱为第一届诗人节写作《屈原》。这一年的春天，中华全国文艺界抗敌协会诗歌晚会的负责人高兰、光未然、臧克家等七人为了鼓舞诗人们为抗战进行创作，"更有力地发挥诗歌的战斗作用"④，扫除全社会弥漫的消极悲观情绪，倡议把农历五月初五也就是屈原投江自沉的日子定为"诗人节"。该倡议得到郭沫若、老舍等几位前辈的支持，并被抗敌协会所接受。农历五月初五这天，第一届诗人节大会在重庆中

---

① 梁宗岱：《屈原》，《诗与真续编》，北京：中央编译出版社，2006年，第94页。
② 同上。
③ 同上书，第90页。
④ 高兰：《回忆第一届诗人节》，《新文学史料》，1983年第3期，第78页。

法比瑞同学会礼堂召开。梁宗岱此时正在迁至重庆的复旦大学任教，又是留法学人，很有可能参加了这次带有强烈爱国主义色彩的大会。即使没有参加，他也应该了解诗人节的创立背景，"乃知崇纪念，用以凛危亡"①，但是梁宗岱所作《屈原》丝毫不涉及民族大义或爱国情操，他只是单纯以一个诗人对另一个诗人的共情来揣摩屈原的创作心理，反对陆侃如的屈原作品否定论。与陆侃如批驳胡适的情状不同，梁宗岱是通过非实证主义的方式提出反对意见，试举两例。

其一，陆侃如认为《九歌》非屈原所作，理由有二：第一，《九歌》内容多咏儿女闲情，而不像前代注释家认为的那样表忠君爱国之意；第二，《九歌》诸篇可分成地点不同的几组，屈原被流放时不可能同时身在几处。因此，陆侃如认为《九歌》只是楚国各地民间祭歌的汇总，于汉初搜集整理而成。梁宗岱认定《九歌》是屈原年轻时代的作品，首先在于从创作角度而言，一个大诗人不可能不经历一个见习期而直接迈入成熟期，直接创作出伟大的作品。离开了《九歌》，《离骚》的出现就是不可思议的。其次，《九歌》的艺术造诣达到了纯诗的境界，就这一点而言，它甚至超越了《离骚》："这里面没有思想（……）；没有经验（……）；一切都是最贞洁的性灵。"②诗人创造的诗体能把他灵魂里最微妙的震荡表达出来："这么蕴藉高洁的情感，这么婉约美妙的表现，这么完整无瑕的造

---

① 于右任：《诗人节》，陈汉平编注：《抗战诗史》，北京：团结出版社，1995年，第415页。

② 梁宗岱：《屈原》，《诗与真续编》，北京：中央编译出版社，2006年，第103页。

诣，都是和民歌底性质再相反不过的。"① 因此，《九歌》不可能只是民歌汇总，必定经过一个伟大艺术家的创作，在当时不可能找出第二个像屈原那样接近《九歌》所代表的精神境界与艺术手腕的诗人，《九歌》必为屈原所作。

其二，陆侃如认为《远游》非屈原所作，最重要的理由是《远游》有模仿司马相如《大人赋》的嫌疑，不仅结构相同，词句上也有整段抄袭的。司马相如"是个天才的辞赋家，自以为《大人赋》胜于《子虚》、《上林》，且要献给爱读辞赋而又长于辞赋的武帝，决不会抄前人之作"②。因此，《远游》创作于《大人赋》之后，不可能为屈原所作。梁宗岱首先否定司马相如不可能抄袭这一看法，指出古人并不像现代人那样看重抄袭，比如才华不逊于司马相如的宋玉就有死抄屈原的地方。最重要的是，《大人赋》与《远游》的精神境界不在同一层面上。《远游》是屈原"从自沉这行为所瞥见的浩大的灵象"③，是从悲哀深处发出的强烈心声，从灵魂中发出的对永恒的呼唤与确信，而《大人赋》却不过是讽谏武帝不要求仙，"缺乏一种必需的不可避免的内在的确信"④。两首作品的开头与结尾显示了两位作者境界高下之分。《远游》的开端"悲时俗之迫阨兮，愿轻举而远游"以激烈的颤动直接付诸读者的灵魂，《大人赋》"世有大人兮，在于中州"则是"冷冷地"间接诉诸读者的理

---

① 梁宗岱：《屈原》，《诗与真续编》，北京：中央编译出版社，2006 年，第105 页。
② 陆侃如、冯沅君：《中国诗史》，济南：山东大学出版社，2000 年，第110 页。
③ 梁宗岱：《屈原》，《诗与真续编》，北京：中央编译出版社，2006 年，第134 页。
④ 同上。

智。《远游》的结尾"超无为以至清兮，与泰初而为邻"展示出灵魂与宇宙合体的超绝景象，"到了这超时间超空间的境界，宇宙即我，我即宇宙"①，即达到了无我之境，而《大人赋》的结尾"乘虚无而上遐兮，超无友而独存"依然有我，境界高下立现。因此，《远游》绝不可能是《大人赋》的拙劣模仿品。梁宗岱认为，这应该是屈原自沉前的最后一篇作品，他确立了自己灵魂不朽的信念，遂从容赴死。

　　除此之外，梁宗岱同样凭借自己的阅读体验，不做任何历史考证，就认定《天问》《九章》《卜居》《渔父》《招魂》诸篇均是屈原的作品，并给这些诗排定创作时序。他之所以如此笃定，是因为他在这些诗中领略到的精神世界能形成一个有机整体，这个整体就是诗人的心灵历程。梁宗岱身为诗人，自认比其他批评家更为敏锐地把握到了这一整体。他认为诗歌的精妙境界，必须要自身是诗人或具有诗人禀赋的批评家才能把握："批评家和诗人之间的鸿沟也许永无联接的希望。（……）诗人兼批评家或批评家而具有诗人禀质的自然是例外。"②"诗人批评家"用来形容他自己正是再恰当不过。

　　但批评界似乎并不能认可他的做法。李长之在《评梁宗岱〈屈原〉》一文中虽然对他的审美能力与文学才华称赞不已——"高头讲章式的著述过去了，饾饤考证式的篇章也让人厌弃了，我们难得有这样好的批评文字"③——但开篇即明确

---

① 梁宗岱：《屈原》，《诗与真续编》，北京：中央编译出版社，2006年，第135页。
② 梁宗岱：《诗·诗人·批评家》，《诗与真》，北京：中央编译出版社，2006年，第212页。
③ 李长之：《评梁宗岱〈屈原〉》，《李长之批评文集》，珠海：珠海出版社，1998年，第200页。

指出："他的书是批评（而且是上等底审美批评）和文学史上的工作（那却是拙劣的工作）之交揉。这就是全书的致命伤。"① 批评与文学史工作有着截然不同的研究目的与手段，梁宗岱却混为一谈，在他对考据家的攻击中，"只见有情感，而不见有可靠证据，另方面他又不禁技痒，自己也参进了考据的迷阵，却只显得无端和局促"②。目前楚辞界通过更详细周到的考证对屈原作品真伪问题形成了多数共识的局面，《远游》《卜居》《渔父》等被陆侃如否定的篇章仍被认为是屈原所作③，梁宗岱以诗人的直觉而非考证的方法得出相同结论，这似乎是一个令人欣慰的结局，然而不可否认的是，他的批评方式跟基于文学史研究的学院批评存在深刻的鸿沟。

三、 与文艺心理学的距离

梁宗岱在法国本可以接受全世界最好的文学史教育，但他有意拒绝这种学术训练。事实上，不仅对文学史研究，对其他一些现代人文学科，如心理学这门显学，他的态度也是如此。十九世纪的欧洲，随着实证主义的兴盛，宗教与形而上学式微，心理学应运而生，以满足人心了解自我的需要。但心理学的发展只沿着两种方法论进行：一种是机械因果论，什么样的外在刺激导致什么样的心理；另一种是功能论，某种心理具有

---

① 李长之：《评梁宗岱〈屈原〉》，《李长之批评文集》，珠海：珠海出版社，1998年，第198页。
② 同上书，第200页。
③ 王州明：《陆侃如先生的楚辞研究》，《山东大学学报》，2006年第2期，第143页。

某种功能以适应人类的生存需要。无论因果论还是功能论，都不能回答诸如我是谁、作为一个人意味着什么这些关乎价值与意义的命题①。梁宗岱对现代心理学多少做了了解，在《象征主义》一文中，当他引用波德莱尔《契合》一诗并对物我两忘的境界进行描绘时，特意提醒读者："各位不要误会。陶醉所以宜于领会'契合'或象征底灵境，并不完全像一般心理学家底解释，因为那时候最容易起幻觉或错觉。普通的联想作用说——譬如，一朵钟形的花很容易使我们在迷惘间幻想它底香气是声音，或曾经同时同地意识地或非意识地体验到的声、色、香、味常常因为其中一个底引逗而一齐重现于我们底感官——虽然有很强固的生理和心理底根据，在这里至多不过是一种物质的出发点"②，重要的不是这物质的出发点，而是随后在一颗想象力丰富、修养深厚的心灵中所引发的"形神两忘的无我底境界"③。梁宗岱在这里提到的"联想作用说"是十九世纪在心理学上曾风靡一时的联觉论（synesthésie）。Synesthésie 源自希腊文 syn（联合）和 aísthêsis（感官）两个词的组合，指的是一种感官在受到刺激时产生的反应同时伴随另一种感官的反应。梁宗岱所举的例子，一个人看到一朵钟形的花，在闻到香味的同时听到了钟声，这就是视觉、嗅觉、听觉三者之间的联觉。在当时，医生、心理学家、物理学家等都试图为联觉找出根源，诗人们则将联觉作为一种增强诗意效果的

---

① 曼海姆：《意识形态与乌托邦》，黎鸣、李书崇译，北京：商务印书馆，2000 年，第 18—20 页。
② 梁宗岱：《象征主义》，《诗与真》，北京：中央编译出版社，2006 年，第 81 页。
③ 同上书，第 82 页。

重要作诗手段，波德莱尔《契合》有几行诗带有明显的联觉意味："……颜色，芳香与声音相呼应。/有些芳香如新鲜的孩肌，/宛转如清笛，青绿如草地。"[1] 朱光潜在《诗论》里也对此做了说明——"一部分象征诗人有'着色的听觉'（Colour-hearing），一种心理变态，听到声音，就见到颜色"[2]，并指出波德莱尔的《契合》正是反映这一现象的代表作。梁宗岱并不否认关于联觉的科学解释有其合理之处，有源于"生理和心理"的坚固基础，但这种解释不能让他完全满意，对于他而言，联觉的真正基础是宇宙的大和谐，是宇宙的"大灵"将一切声色香味融合在一起，"这大千世界不过是宇宙底大灵底化身"[3]，世界上的"颜色，芳香，声音和荫影都融作一片不可分离的永远创造的化机"[4]。

对于物我两忘的境界，梁宗岱用基于泛神论的宇宙观来进行极为诗意的描述，他推崇斯宾诺莎的哲学、歌德的自然观，也是因为德国人的泛神论与中国天人合一思想之间的契合。他以陶渊明诗句"采菊东篱下，悠然见南山"为例，说明这种境界"绝不是我们地理智捉摸得出来的，所谓'一片化机，天真自具，既无名象，不落言拴'"[5]。值得对比的是朱光潜对这种体验进行的心理学阐释，朱光潜也注意到中西思想在"物我同一"这种体验上的共通。在评论陶渊明时，朱光潜指出陶诗

---

① 梁宗岱：《象征主义》，《诗与真》，北京：中央编译出版社，2006年，第79页。
② 朱光潜：《诗论》，北京：北京出版社，2005年，第148页。
③ 梁宗岱：《象征主义》，《诗与真》，北京：中央编译出版社，2006年，第81页。
④ 同上。
⑤ 同上书，第74页。

中的很多佳句"都含有冥忘物我，和气周流的妙谛；儒家所谓'赞天地之化育，与天地参'，梵家谓'梵我一致'，斯宾洛莎的泛神观，要义都不过如此"①。但是朱光潜并不满足于发现这一共通点并做出描写，而是试图运用理智对这一体验进行分析。他在《文艺心理学》中运用"移情作用"理论来解释"物我同一"体验：诗人将自己的情感、意志等投射到物体，有时也将物体的情态投射到自己身上，物与我的情趣往复回流，相互震荡。他的理智分析没有导向对非理性之物的否定，而是以某种功能论的视角充分肯定其价值：

> 从理智观点看，移情作用是一种错觉，是一种迷信，但是如果没有它，世界便如一块顽石，人也只是一套死板的机器，人生便无所谓情趣，不但艺术难产生，即宗教亦无由出现了。诗人、艺术家和狂热的宗教信徒大半都凭移情作用替宇宙造出一个灵魂，把人和自然的隔阂打破，把人和神的距离缩小。这种态度在一般人看，带有神秘主义，其实"神秘主义"并无若何神秘，不过是相信事物里面藏有一种不可思议的意蕴。本来事物自身无所谓"意蕴"，意蕴都是人看出来的。所谓"仁者见仁，智者见智"。分析起来，神秘主义的来源仍是移情作用。②

朱光潜运用理智为"物我同一"这种神秘主义体验祛魅，而梁宗岱则一再强调理智的限度，在理智无法抵达之处，他用

---

① 朱光潜：《陶渊明》，《诗论》，北京：北京出版社，2005 年，第 318 页。
② 朱光潜：《文艺心理学》，上海：复旦大学出版社，2005 年，第 33—34 页。

诗意的语言进行暗示，或者用他的话而言，进行"象征"。

二十世纪初心理学最显赫的学说无疑是弗洛伊德的精神分析学，朱光潜称"弗洛伊德的门徒无处不在"[1]，他在 1930 年上海开明书店出版的《变态心理学派别》一书中最早把"这种风靡一世的学说"[2] 引入文艺心理学。弗洛伊德认为人内心充满各种原始欲望，尤其强烈的是性欲，在社会道德伦理的规范制约下常常处于被压抑的状态，因此容易形成变态心理，但有时被压抑的欲望可以在文艺创作中得到释放，让心理得到舒缓："许多大艺术家都是在无形中受'来比多'的潜力驱遣。本来这种潜力是鼓动低等欲望（大半是性欲）的，而现在却移来鼓动高尚情绪，这种作用弗洛伊德称之为'升华'（sublimation）。"[3] 梁宗岱在讨论文艺创作心理时批评弗洛伊德的学说流于简化，对人心的认识不够深入。他从个人经验出发，回顾少年时期的文艺创作，印象尤为深刻的是每年春天来临之际心底所生的惆怅无从表达。"春之惆怅"是"解心学者认为完全出自性欲"[4] 的题材，"解心术者们底理论，自有其强固的生理上的根据。可惜他们没有澈底"[5]。在梁宗岱看来，文艺创作的根本动机是求生欲而非性欲，因为说到底，性欲之所以强烈，是因为"传种（永生底方式之一）是极痛苦的工作，大自然不得不多方诱惑我们，迷醉我们，而性爱——性能底欢乐——就是她最有效

① 朱光潜：《文艺心理学》，上海：复旦大学出版社，2005 年，第 241 页。
② 同上。
③ 朱光潜：《变态心理学派别》，《朱光潜全集》第 1 卷，合肥：安徽教育出版社，1987 年，第 135—136 页。
④ 梁宗岱：《试论直觉与表现》，《诗与真续编》，北京：中央编译出版社，2006 年，第 191 页。
⑤ 同上书，第 192 页。

的一种手段"①。解心术者对性的强调如同唯物论者对经济的强调，都不外乎孔夫子"食色，性也"，但求生欲——对死亡的恐惧、抗拒或征服——才是食与色的根本动机。"一切最高的诗都是一曲无尽的挽歌哀悼我们生命之无常，哀悼那妆点或排遣我们这有涯之生的芳华与妩媚种种幻影之飞逝。"② 他引用古今中外的名作名篇来证明死亡或对永生的期望"才是一切艺术底最初的永久的源头"③。

第三节　诗人与学者之间的模糊身份

一、专业人士与业余人士

广泛涉猎现代人文学科知识，但与其保持适当距离，相比这样那样的学术理论，梁宗岱更信赖基于自身经验或从古今中外的伟大文艺作品汲取的教诲。他曾将自己与朱光潜进行对比，说朱光潜是专门学者，而他"却只是野狐禅，事事都爱涉猎，东鳞西爪，无一深造"④。虽只是自谦之词，却也在某种程度上反映了现实，他从未像朱光潜那样撰写过学术专著，广受好评的《诗与真》（商务印书馆，1935 年）、《诗与真二集》

---

① 梁宗岱：《试论直觉与表现》，《诗与真续编》，北京：中央编译出版社，2006 年，第 193 页。
② 同上。
③ 同上。
④ 陈平原：《作为学科的文学史》，北京：北京大学出版社，2011 年，第 9 页。

（商务印书馆，1936 年）是各种评论文章的合集，而非就某一主题深入开展研究的学术著作。

梁宗岱与朱光潜都曾在欧洲留学，都在西方高校接受过现代学术训练。朱光潜 1925 年赴英国留学，先后肄业于爱丁堡大学与伦敦大学，后转至法国巴黎大学与斯特拉斯堡大学，于 1933 年出版了自己在斯特拉斯堡大学的博士学位论文《悲剧心理学》（*The psychology of tragedy*）后回国任教。梁宗岱 1924 年赴法国留学，先在瑞士学了一年法语，1925 年入读巴黎大学文学院，1930 年赴德国柏林大学学习德语，1931 年转至海德堡大学继续学习德语，秋天没有拿到学位即回国任教。在回顾欧洲留学生涯时，他说："觉得考取学位要穷年累月埋头钻研一些专门的但狭隘的科目，不符合我的愿望，决定自由选课，自由阅读，以多结交外国朋友，尽可能汲取西方文化的'菁华'为主。"[1] 即，他不想把自己打造成精通某一类偏狭知识的学者，不是向着"专"的方向，而是朝着"博雅"的方向自我培养。回国后他身为文学院教授，研究与写作也并不遵守主流学术范式。

与现代人文学术的距离使梁宗岱具有一种社会学家涂尔干[2]所谓"业余爱好者"（dilettante）的气质。涂尔干在他的第一本书《社会分工论》（1893）中指出，在传统社会，一

---

[1] 梁宗岱：《我的简史》，转引自刘志侠、卢岚：《青年梁宗岱》，上海：华东师范大学出版社，2014 年，第 173 页。

[2] 涂尔干（Emile Durkheim，1858—1917）于 1906 年进入巴黎大学文学院，获得教育学教席，并于 1913 年将教席名称改为"教育学与社会学"。他在任期内享有巨大的学术声望和行政决策权，以至《新索邦精神》作者将他形容为文学院"摄政王""全能的主子"。朗松强调专业知识的文学史教育理念完全符合涂尔干的社会学理论精神，两人同事多年，一同推进与捍卫法国的文科教育改革。

个完美的人意味着要成为全面发展的人，需要接触与理解各类知识，从中汲取文明的"菁华"（ce qu'il y avait de plus exquis）①，努力将自己打造成卓然独立的个体。这种人追求的是个人完美，而非对社会有用。进入现代，社会分工已成为社会的基本特征与基本事实，知识也在不断细化以满足社会分工的需要，一个人如果方方面面都想涉及，必定什么都不能精通，最终沦为一名"业余爱好者"②，游离不定，无法胜任任何专门的工作。在涂尔干看来，若仍然持有全面发展的追求，这种个人倾向简直是"反社会的"（antisocial）③。

> 从前的绅士④在我们看来只不过是些业余爱好者，我们拒不承认业余爱好有任何道德价值。一个人不倾力追求全面发展（être complet），而倾力追求自身的产出（produire），在一项明确界定的任务中奉献自我，努力耕耘，贡献力量，我们认为这才是人对自身的完善。⑤

他用一句话总结现代人应具备的道德意识："让自己处在

---

① Emile Durkheim，*De la division du travail social*，Paris：Presses Universitaires de France，2007，p. 5.《社会分工论》已有中文译本，本文涉及的引文均为作者自译。
② *Ibid.*
③ *Ibid.*
④ 绅士（honnête homme）：十七世纪文学塑造出来的一种人物典型，特征为受过良好的通识教育，品味高雅，待人接物彬彬有礼，注重身心节制与平衡。
⑤ Emile Durkheim，*De la division du travail social*，*op. cit.*，p. 5.

能有用地去从事某项特定职业的状态。"① 根据罗曼·罗兰
1929 年 10 月在梁宗岱拜访他之后写下的日记，梁宗岱似乎并
不打算当大学学者，而是要从事出版，或至少没有将学术作为
唯一志业："他具有相当的活动能力（毫无疑问也相当有钱），
有本事过几个月便创办一本中文季刊，在中国出版，他已经得
到国内和欧洲的重要中国作家同意合作。"② 梁宗岱的职业发
展之路没有按原计划进行，个中原委我们暂无法考证，但从他
的游学经历来看，不努力考取学位，显然跟一个学者的职业期
望不太符合，这也从侧面印证罗曼·罗兰日记记载的可信度。
他回国后撰写的文艺评论文笔活泼，具有极强的可读性，虽不
太符合学术规范，但确实比学院批评更适合登载在文艺期刊
上。梁宗岱并不承认自己是业余人士，或者说，并不承认他这
位"野狐禅"对于文艺问题的看法逊色于"专门学者"，因此
我们在《诗与真》《诗与真二集》中屡次看到他对"专门学者"
的批评，其中最重要的对象当属朱光潜。

在《象征主义》一文中，梁宗岱批驳朱光潜在《谈美》里
对"象征"的定义。根据朱光潜的定义："所谓象征就是以甲
为乙底符号。甲可以作乙底符号，大半起于类似联想。象征最
大用处，就是把具体的事物来替代抽象的概念。（……）象征
底定义可以说：'寓理于象'。"③ 梁宗岱认为朱光潜把文艺上
的"象征"与修辞学上的"比"，即拟人与托物混为一谈。朱

① Emile Durkheim，*De la division du travail social*，*op. cit.*，p. 6. 原文为
Mets-toi en état de remplir utilement une fonction déterminée.

② 罗曼·罗兰：《罗曼·罗兰日记（摘译）》，刘志侠译，刘志侠、卢岚主编：
《梁宗岱早期著译》，上海：华东师范大学出版社，2016 年，第 457 页。

③ 梁宗岱：《象征主义》，《诗与真》，北京：中央编译出版社，2006 年，第
68 页。

光潜明明表示象征应该是用具体事物来代替抽象概念，而梁宗岱所举例的拟人与托物却是用具体事物来代替具体事物。另外，朱光潜是在"象征"这个词的基本义上来解释，根据1932—1935 年间（正是梁宗岱写作《象征主义》一文的年代）修订完毕并沿用至今的第 8 版《法兰西学院字典》，象征（symbole）一词的定义是："图形或形象，通常用来指示一种抽象事物。"① 梁宗岱是从象征主义运动引发出的意义来阐释，但不能因为有后发意义就否定原始意义的存在。

在《论崇高》中，针对朱光潜的《刚性美与柔性美》，梁宗岱批评朱光潜采用康德学说将 sublime 这个词译为"雄伟"忽视了该词的词源义，只采用一家之诠释，有失偏颇。可是在《象征主义》中，梁宗岱自己正是采取象征主义对"象征"的阐释而忽略"象征"的词源义。

在《试论直觉与表现》中，梁宗岱批评朱光潜所支持的克罗齐"直觉即表现"说，称朱光潜"把克罗齐底'直觉即表现'说签为己有，把它作他自己的文艺心理学底基本原理"②。梁宗岱从自己的创作经验和马拉美、瓦雷里等诗人的主张出发，强调在艺术创作中"表现"即形式表达的重要性。事实上，朱光潜在《文艺心理学》中也清晰展开了对"直觉即表现"说的批评，并非照搬克罗齐的学说。"签为己有"这四个字近乎攻击朱光潜剽窃他人观点，以至朱光潜不得不撰文反击："我很细心地把你批评克罗齐和批评我的论点衡量了一番，

---

① 见《法兰西学院字典》symbole 词条：https：//www. dictionnaire-academie. fr/article/A8S2086.
② 梁宗岱：《试论直觉与表现》，《诗与真续编》，北京：中央编译出版社，2006 年，第 216 页。

不能不惋惜你如果把克罗齐的美学著作和我的《文艺心理学》真正读完而且了解的话，也许节省了你的许多笔墨，当然也就省得我花工夫写这封信。我碰见不把一部书读完而且读懂就轻下批评的人已不止一次，我是照例报以缄默——时间是最不含糊的判决是非者——可是对于你，一位我所钦佩的且愈打愈成交的老友，我不能不回答。"①

梁宗岱称朱光潜为"畏友"，朱光潜也称梁宗岱为"老友"，两人的分歧从根本上而言是对待现代学术态度的分歧。朱光潜从前也跟梁宗岱一样，将诗看成玄妙高深的境界，不能接受用科学方法对诗进行分析，但在英国留学之后，认识到这种看法只是一种偏见。他比梁宗岱更能接受西方现代学术方法，在《诗论》抗战版序言中，他这样写道：

> 中国向来只有诗话而无诗学（……）。诗话大半是偶感随笔，信手拈来，片言中肯，简练亲切，是其所长；但是它的短处在凌乱琐碎，不成系统，有时偏重主观，有时过信传统，缺乏科学的精神和方法。
>
> 诗学在中国不甚发达的原因大概不外两种。一般诗人与读诗人常存一种偏见，以为诗的精微奥妙可意会而不可言传，如经科学分析，则如七宝楼台，拆碎不成片段。其次，中国人的心理偏向重综合而不喜分析，长于直觉而短于逻辑的思考。谨严的分析与逻辑的归纳恰是治诗学者所需要的方法。②

---

① 朱光潜：《论直觉与表现答难——给梁宗岱先生》，《朱光潜全集》第9卷，合肥：安徽教育出版社，1993年，第196页。
② 朱光潜：《抗战版序》，《诗论》，北京：北京出版社，2005年，第1页。

根据韦伯（Max Weber，1864—1920）的看法，业余人士可以具有跟专业学者同样乃至更高明的见解，"业余与专家的不同，只在于他的工作方法缺乏严整的确定性，因此他通常做不到对他的想法所包含的全部意义进行控制、评估和贯彻到底"①。也就是说，区分业余与专业的要点不在于其观点如何，而在于获得观点的方法如何，前者不具备确切的方法，后者具有严谨确定的方法。梁宗岱虽然声称治学时逻辑与直觉缺一不可，但在文学批评中，相较于"谨严的分析与逻辑的归纳"，他似乎更依赖于直觉与个人主观经验。直觉固然也可以是一种方法，但充满主观性和不确定性，难以塑造学术共同体的交流语言。梁宗岱通过个人体味来领悟作品真义的方式经常带来不可表述的神秘体验，我们在他的批评文字中会见到如下字句："它所象征的意义是很复杂的。详细的分析是本文所做不到的事"②，"在他底面前一切理解底意志和尝试都是枉然的"③ 等。面对这样的字句，一个受到现代学术训练的读者很可能会像汉学家面对中国古典诗评时那样感到有些失望：

> 读诗是从诗中解读出某种意思，随后把它消化而使这外在的事物（即诗中的字句）内在化，然后，顺着该外在的事物的徐徐渗透而逐渐影响读者，就是中国传统所说的"体味"。这就是为什么中国诗评常常让我们失望，因为它

---

① 韦伯：《以学术为业的意义》，《学术与政治》，冯克利译，北京：外文出版社，1997年，第10页。

② 梁宗岱：《保罗·梵乐希先生》，《诗与真》，北京：中央编译出版社，2006年，第17页。

③ 梁宗岱：《韩波》，《诗与真》，北京：中央编译出版社，2006年，第196页。

不分析文本，不对诗的形式或类别进行探讨，却只注重读者内心对诗的感受。中国诗评只鼓励读者对一首诗反复多次"吟咏"，口中"反复"吟咏而心里默默"细嚼"。①

　　梁宗岱在公开发表的文章中至少两次提及朱光潜对自己的行文风格有所不满。第一次是在《〈从滥用名词说起〉底余波——致李健吾先生》中，他批评李健吾要为文坛烦琐和浮夸风负责的时候，坦陈"前些日子光潜到这里来演讲，我们谈起这事，他却以为这责任应该由我负"②。第二次是在《试论直觉与表现》一文中，他对诗与散文进行明确区分，指出散文是作者运用理智进行分析，强调逻辑，诉诸理解力，而诗应是运用想象，诉诸逻辑与理智之外的存在整体，称自己的批评文字流于散文和诗的"两不管的地带而为朱光潜先生所最不赞同"③。朱光潜一来否认自己对散文和诗进行严格区分，承认有"两不管的地带"是自己一直以来秉持的立场，《诗论》中的章节可以作证④，二来即使自己曾当面对梁宗岱发表过批评，也并非因为他的文章处于"两不管的地带"，而是因为他"高华的辞藻（或者说声色）背面掩饰了不少的没有洗练过的不真实的思想与情感"⑤。梁宗岱在理念上——受瓦雷里影响——对散文与诗进行严格区分，但在个人实践中是诗化散文

① 朱利安：《淡之颂：论中国思想与美学》，卓立译，上海：华东师范大学出版社，2017年，第65页。
② 梁宗岱：《〈从滥用名词说起〉底余波——致李健吾先生》，《诗与真续编》，北京：中央编译出版社，2006年，第56页。
③ 梁宗岱：《试论直觉与表现》，同上书，第233页，注释一。
④ 参见朱光潜《诗论》第五章第四节。
⑤ 朱光潜：《论直觉与表现答难——给梁宗岱先生》，《朱光潜全集》第9卷，合肥：安徽教育出版社，1993年，第203页。

的绝佳践行者。朱光潜对于他文风的不满，实际上是对他在学术语言中混入诗歌语言，或者说以诗歌语言表达学术观点的不满。散文与诗歌都可以作为文学创作的载体，都能体现诗意，但学术语言不同于文学创作语言，追求的是逻辑与客观性。

二、 主观批评与绝对价值的悖论

不同于强调逻辑与客观性的学院批评，梁宗岱的批评我们可以称为一种作家批评，这种批评的根本特征在于创作与批评的合体，用罗兰·巴特的话来讲，"存在的只有一种写作（écriture）"①，作家也好，批评家也罢，面对的是"同样艰难的条件、同样的对象：语言（le langage）"②。自马拉美以来，语言的意义成为虚构，不再指涉一种既定现实，因此批评不再是揭示文本隐藏于自身的唯一真义，而是赋予文本以意义，或者说生产出一种意义。以梁宗岱的《屈原》为例，我们不必计较屈原的真实心路历程是否如梁宗岱所揭示的那样——注定是无法考证出来的，但梁宗岱的解读建构了一种复杂的心灵历程，展示了屈原作品所可能呈现的一种生动面貌。这种解读注定带有批评家强烈的主观性，正如他自己所言：

> 但是文学，如果我们不斤斤于分类的成见，而只把它当作自我表现底工具，那么，只要能够充分表现我自己，就是说，能够在读者心里唤起我所要传达的相同，类似或

---

① Roland Barthes, *Critique et vérité*, Paris: Éditions du Seuil, 1966, p. 50.
② *Ibid.*, p. 51.

更无限的意境，我始终相信偶然把诗底手法移用到散文里
并无大碍。①

　　这段话是针对他自己的批评风格做出的告白。对于文学批
评，如果说如朱光潜那样的学者强调后两个字"批评"，梁宗
岱则更强调前两个字"文学"，并将文学等同于自我表现的工
具，批评即意味着向读者传达批评家从作品中感受到的意境。

　　在批评里表现自我，这是法国印象主义批评的典型论调。
同是留法归来的李健吾将印象主义批评介绍到国内时曾引用法
朗士的名句："好批评家是这样一个人：叙述他的灵魂在杰作
之间的奇遇。"② 法朗士将批评也视为创作的一种，甚至直言
这种最新的文学体裁将来也许会吞并其他所有文学形式。③ 印
象主义批评是欧洲在进入现代之后神学秩序解体、价值体系崩
塌的产物。它否认文学作品客观意义、客观价值的存在，认为
作者对于作品意义不具有最终解释权，作品的意义与价值来自
读者的赋予。同一部作品呈现出千人千面的姿态，批评家应最
大限度尊重这种阐释的多样性。④ 在维护价值多元的批评伦理
下，批评家所从事的只能是真实呈现对于作品的个人体验，不
能也不应对作品价值进行裁决。李健吾是这一批评观的拥趸，
提出批评家对创作不具有指导意义，批评家无法充当作家的导

---

① 梁宗岱：《试论直觉与表现》，《诗与真续编》，北京：中央编译出版社，
　　2006 年，第 233 页，注释一。
② 李健吾：《自我和风格》，《李健吾批评文集》，珠海：珠海出版社，1998
　　年，第 183 页。
③ Anatole France, Œuvres complètes illustrées, t. Ⅵ (La vie littéraire,
　　1ère et 2e séries), Paris：Calmann-Lévy, 1926, p. 7.
④ Ibid., p. 331 - 332.

师和裁判。中国需要的批评家"不是什么这个派，那个派"[1]，而是在语言文字上做些踏踏实实的建设工作，对作家的创作起到辅助作用。

梁宗岱远非价值相对论者，恰恰相反，他认为批评的最高境界在于能够明辨好坏："批评底极致——虽然这仿佛只是第一步工夫——是能够认出好的是好，坏的是坏。"[2] 他认为存在着普遍永恒的文学价值标准，批评家必须要行使价值判断，象征主义就是梁宗岱眼中最重要的文学价值标准之一。根据他对象征主义的阐释：

> 所谓象征是藉有形寓无形，藉有限表无限，藉刹那抓住永恒，使我们只在梦中或出神底瞬间瞥见的遥遥的宇宙变成尽在咫尺的现实世界，正如一个蓓蕾蕴蓄着炫熳芳菲的春信，一张落叶预奏那弥天满地的秋声一样。所以它所赋形的，蕴藏的，不是兴味索然的抽象观念，而是丰富，复杂，深邃，真实的灵境。

"使我们只在梦中或出神底瞬间瞥见的遥遥的宇宙变成尽在咫尺的现实世界"，这是作品给予读者的主观体验，能让读者体验到"无形""无限""永恒"，能感受到玄妙"灵境"的作品才是象征主义作品。然而，读者是由世世代代千千万万阅读的个体组成的，一部作品不可能让所有读者拥有同样感受，

---

① 李健吾：《现代中国需要的文学批评家》，《李健吾批评文集》，珠海：珠海出版社，1998年，第20页。
② 梁宗岱：《诗·诗人·批评家》，《诗与真》，北京：中央编译出版社，2006年，第213页。

一个读者也不可能在人生不同阶段对同一作品拥有同样的感受，如何能将某时某地某人的阅读感受作为判断作品普遍价值的依据？正是因为梁宗岱将主观性予以客观化，认为主观解读能通向作品的客观真义，所以在《屈原》一文中才出现要跟考证家们一争高下的局面。

三、 理论时代的"他者"

没有努力往"专门学者"方向发展的梁宗岱拥有广阔的学术视野。他不仅阅读古今中外的文学作品，还研究音乐、绘画、雕刻等，除此之外，他还注意阅读科学著作，关心科学的最新发展，《非古复古与科学精神》这篇长文展现了他在现代文人当中罕见的科学素养。他并非没有认识到"本来现代学术发达到一个这样的程度，一个人势难全揽。为了研究的方便，分科以期达到专精是必需的"①，但中西方历史上那些全才让他憧憬不已，在欧洲的游学经历也让他认识到同时代一些具有全才性质的人物，比如数学家庞加莱、物理学家爱因斯坦、诗人瓦雷里，这些人要么是具有深厚人文底蕴的科学家，要么是具有科学素养的文学家，他断定：

> 一个研究学术的人，（……）如果视野不超出自己的门槛，他底造就也决不会优越，为的是缺乏比较，切磋，而尤其是，缺乏整个心灵底陶养，忽略了学术底连贯性和

---

① 梁宗岱：《非古复古与科学精神》，《诗与真续编》，北京：中央编译出版社，2006年，第161页。

完整性，譬如治病的头痛医头，脚痛医脚，而忘记了它底基本脉理，作全盘的筹算和调整之故。[①]

这段话以中医与西医的区别来类比传统学术与现代学术的区别：中医讲究基本脉理、全盘的筹算和调整，以此对应传统学术对整个心灵的陶冶、学术的连贯性和完整性；西医头痛医头、脚痛医脚，以此对应现代学术的细致分化。但二十世纪的历史发展证明，全才式的发展只能是一种奢望，学术分化是大势所趋，韦伯早在 1917 年就断定："学术已达到了空前专业化的阶段，而且这种局面会一直继续下去，无论就表面还是本质而言，个人只有通过最彻底的专业化，才有可能具备信心在知识领域取得一些真正完美的成就。（……）只有严格的专业化能使学者在某一时刻，大概也是他一生中唯一的时刻，相信自己取得了一项真正能够传之久远的成就。今天，任何真正明确而有价值的成就，肯定也是一项专业成就。"[②]

学术分化或者说专业化要求的是人的理性化，放弃对一种能解释宇宙与人间万物的全能真理的追求，代之以局部的部分的真来渐渐烛照世界或者说对世界进行祛魅。早在十九世纪，实证主义就提倡对非人力所能及的终极问题采取存而不论的态度，放弃对绝对的追寻，只关注是其所是的现实，发扬理性精神，以真实、有用、肯定、精确与组织性为思维特征来追求人

---

① 梁宗岱：《非古复古与科学精神》，《诗与真续编》，北京：中央编译出版社，2006 年，第 162—163 页。
② 韦伯：《以学术为业的意义》，《学术与政治》，冯克利译，北京：外文出版社，1997 年，第 8—9 页。

类社会的进步。① 孔德在《论实证精神》中指出，持有整体思维是宗教与形而上学的特征，注定失败，对人类社会的进步毫无裨益。只有割弃整体思维，目光转向一个个分散的现实，求得虽不完整然而确切的知识，人类才有可能进步。他十分乐观地认为，通过观察、推理、验证得来的真实就足以满足人的内心需要，因为通过实证主义所研究出来的诸领域的规律法则，为人类提供了稳定、持续、坚实的精神基础②。然而，人心很难放弃对绝对永恒之物、对终极信仰的追求，很难承受科学在消解宗教与形而上学之后给人间留下的价值真空，这也是在科学昌隆的今天，各类宗教信仰与形而上学仍拥有广泛信众/读者的原因。

梁宗岱青少年时期对宗教与形而上学——他口中的"玄学"——的热爱，使他无法完全接受一个理性化的祛魅的世界。诗，在某种程度上，对他扮演了某种类似于宗教的角色，在诗中，渐趋理性化与碎片化的世界恢复了完整、永恒、和谐的宇宙图景。一首伟大的诗能给予慰藉、鼓励，甚至拯救：

> 一首伟大的诗，换句话说，必定要印有作者对于人性的深澈的了解，对于人类景况的博大的同情，和一种要把这世界从万劫中救回来的浩荡的意志，或一种对于那可以坚定和提高我们和这溷浊的尘世底关系，抚慰或激励我们在里面生活的真理的启示，——并且，这一切，都得到化

---

① Auguste Comte, *Discours sur l'esprit positif*, Paris: Carilian-Goeury et V. Dalmont, 1844, pp. 41 - 42.
② *Ibid.*, pp. 21 - 23.

炼到极纯和极精。[①]

"把这世界从万劫中救回来的浩荡的意志"，这样的表述几乎将诗拔高到如同救世主一般的崇高地位，也将梁宗岱的宗教情感表露无遗。但同时，他又是有着强烈科学精神的人，在《非古复古与科学精神》一文结束之时，他这样呼吁：

> 我们要用无限的忍耐与弘毅，不断的努力与创造，从各方面——文艺在想像方面，科学和哲学在理智方面，政治经济在人事方面——去展拓我们认识底领域，增加我们意识底清明的。[②]

追求认识的进步，增加意识的清明，这与韦伯对科学的看法不谋而合。在韦伯看来，科学（学术研究）的作用仅在于增长知识以服务生活、训练思维方法以及帮助头脑清明。但梁宗岱这段话的模棱两可之处在于，他指出文艺是文艺，科学是科学，二者属于人类认识的不同领域，一个属于想象力，一个属于理智，应分别在两方面加以拓展，分别去努力。他并没有指明对于文艺的想象力，是凭借理智还是凭借想象力去认识。若为后者，很多人文学科的基础将不复存在。但我们知道他的答案：对于认识文艺，理智是有限度的。

当我们将梁宗岱置于二十世纪人文学科的发展大潮中，他

---

① 梁宗岱：《屈原》，《诗与真续编》，北京：中央编译出版社，2006年，第117页。
② 梁宗岱：《非古复古与科学精神》，《诗与真续编》，北京：中央编译出版社，2006年，第175页。

的表现可谓若即若离，如何建立一门关于文学的科学并不在他所关心的问题域当中，这与瓦雷里的态度截然不同。当朗松以作品为研究对象，以作家作品的史学考证作为方法来研究文学之时，瓦雷里发出怀疑，他的质疑基于承认理性化研究途径的前提，这跟梁宗岱有着根本区别。

瓦雷里曾在法兰西公学院的课堂上（1937）公开批判当时流行的文学史研究，认为那些关于作家的研究是次要的、琐碎的乃至消遣性的，对于深入理解作品和解决艺术的核心问题无所助益，"荷马的生平我们所知甚少，但《奥德赛》的海洋之美并不因此受损"。他所反对的不是文学史，而是文学史的研究内容，在他心目中，"一部深刻的文学史（……）不应理解为作家及其职业生涯事件或其著作的历史，而应理解为精神的历史，精神如何生产或消费'文学'的历史，这样的历史甚至连一个作家的名字都无须提及"①。文学生产指的是作品的创作，文学消费指的是作品的阅读，如果一部阅读史不需要将读者的名字一一列出来，那么创作史自然也不需要将作家的名字一一列举出来。瓦雷里认为文学研究应严格区分文学的"生产"与"消费"，作者、作品、读者这三极只能分割成作者-作品或作品-读者这两环分别加以研究，前一环生产作品，后一环制造作品的价值，即价值是在消费环节中产生的，任何试图将这两环混为一谈的论述都是靠不住的，"没有哪种目光能同时观察这两种功能；生产者与消费者是截然不同的两种系

---

① Paul Valéry, « L'Enseignement de la poétique au collège de France », in *Œuvres* Ⅰ, *op. cit.*, p. 1439.

统"①。瓦雷里愿意谈论的是前者，是作品而非作品价值的生产过程，关注在这一过程中究竟是什么样的精神在发挥作用。比如关于象征主义的论述，与梁宗岱将象征主义视为一种通向天人合一境界的艺术表现不同，瓦雷里更多是从创作者精神的角度来解释象征主义。他所提到的精神至少包括两种。一种是诗人们对音乐家的竞争意识。十九世纪下半叶瓦格纳的乐剧传入法国，诗人们在舞台上看到了一种将音乐、文学、戏剧结合在一起的全能艺术形式。瓦格纳的音乐具有如此强大的感染力，在这种音乐面前，诗歌语言对人内心世界的作用力显得极其贫弱，诗人们出于一种竞争心理，想要将诗提升到跟音乐一样强大的地位，就不得不从音乐中进行学习与借鉴。因此，象征主义诗人极其注重对语言、对诗歌音律的研究②。另一种是诗人们对抗工业社会与民主社会的意识，在一个趋于机械化与平等化的世界里，诗歌可以向他们提供一种神秘高贵、近乎宗教般的情感体验。"在那个时代的精神氛围里有某种宗教性的东西"③，诗成为一种信仰。又比如他在评论波德莱尔的时候，主要强调的是波德莱尔的古典主义精神。瓦雷里口中的古典主义精神指的是"关于人与艺术的一种清晰、理性的观念"④，一个古典主义的作家应热爱思考，惯于反省，与之相对的则是浪漫主义对本能、自然的维护。在瓦雷里眼中，浪漫主义如同原始人，古典主义如同文明人，在浪漫主义制造的无

---

① Paul Valéry, « Premier leçon du cours de poétique », in *Œuvres* Ⅰ, *op. cit.*, p. 1346.

② Frédéric Lefèvre, *Entretiens avec Paul Valéry*, *op. cit.*, pp. 122 - 124.

③ *Ibid.*, p. 127.

④ Paul Valéry, « Situation de Baudelaire », in *Œuvres* Ⅰ, *op. cit.*, p. 604.

序混乱之后带来理性的建设，波德莱尔是浪漫主义之后的第一位古典主义诗人，他沿着爱伦·坡指出的方向，顺应文艺活动不断分化的历史趋势，将诗提升到比较纯粹的状态。

顺着瓦雷里的视线去看文学史，我们看到的不是单独的一个个作家，而是特定历史时期完整的文学场域，因为在他眼中，人总是生活在人群中："人很难独自存在。"① 在人群中，竞争无处不在。作家们会评估文学场的形势，想方设法找出最优的竞争策略以保证自己脱颖而出，"创作领域同时也是骄傲感的领域，在这种领域里，脱颖而出的必要性与存在本身融为一体"②。因此，跟政治领域一样，文学场并不乏对权力或声誉的争夺以及为了脱颖而出所进行的谋略。创作者必须"通过分析的方式，了解自己是谁，能做什么，想要什么"③，把这些分析结果与自身的才能进行结合，方能在文学场中取得一席之地。他对波德莱尔的分析就是个绝佳例子。通过这种分析，瓦雷里对作家这一职业进行了祛魅。在大众眼中，作家往往天赋异禀，拥有常人所不具备的灵感、激情与才华，伟大的作家总是撤除一切世俗考虑，像苦行僧那样把自己奉献给文学。瓦雷里将作家放归人群，以社会学家的冷静目光来看待这一职业。

瓦雷里还认为，要深入研究文学史，首先应当对"文学"有一个尽可能准确的概念，如同研究美术史或数学史那样，首先要对美术或数学这门学科有深入的认知。瓦雷里认为"文学

---

① Paul Valéry, « Premier leçon du cours de poétique », in *Œuvres I*, *op. cit.*, p. 1345.
② Paul Valéry, « Situation de Baudelaire », in *ibid.*, p. 600.
③ *Ibid.*, p. 604.

是且只能是对语言（Langage）的某些属性进行的一种延展与应用"①。什么样的语言属性，如何进行延展和应用，形成怎样的形式多样性，这些才应该是文学研究的核心问题，构成文学史研究的前提，并为文学史研究提供目的和意义。瓦雷里的思考并没有立即引起学术界的重视，直到1941年，年鉴学派的创始人之一、历史学家费弗尔（Lucien Febvre，1878—1956）明确指出瓦雷里思考的意义。费弗尔极为不满当时文学史研究打着史学旗号但偏离历史学研究精神，还在承袭十九世纪泰纳以"种族、环境、时代"考察作家作品的这种陈旧套路。鉴于文学史研究在文学研究中的垄断地位，费弗尔呼吁文学研究必须转变范式。他虽然不是文学学者，但提出在他眼中文学研究的两条出路：一条是瓦雷里提出的路径，研究文学作品产生的内部机制；另一条是沿着朗松的真正企图，研究以文学为载体的国民文化生活史，而非作家作品的编年史。② 来自史学界的呼声在六十年代的文学界获得响应。罗兰·巴特在跟文学史主流范式公开宣战的《关于拉辛》（Sur Racine，1963）一书中支持费弗尔的主张并补充提出自己对文学史研究的看法，如古典修辞学、文学观念史等都应纳入文学史研究范畴。此外，巴特还提出应该以语言学为范本建立一门真正的关于文学的科学，可以分别从句以下符号系统和句以上符号系统进

---

① Paul Valéry, « L'Enseignement de la poétique au Collège de France », in Œuvres Ⅰ, op. cit., p. 1440.
② Lucien Febvre: « De Lanson à Daniel Mornet: un renoncement? », in Combats pour l'histoire, collection dirigée par François Laurent, Paris: Armand Collin, 1992, p. 268.

行①，文学理论的时代拉开序幕。在今天的学术界，瓦雷里的诗学已经超过他诗歌的影响力，成为瓦雷里研究的重点。在当前中国学术界的梁宗岱研究中，梁宗岱诗学的影响力也远远超过其自身的诗歌创作。但二者存在某种区别，瓦雷里是作为理论时代的先驱被学术圈纪念，是"自己人"，而梁宗岱更近似于理论时代的"他者"。

在梁宗岱文集的一篇序言中，我们读到："在大学教科书刻板、教条地阐述死去的文学理论时，乍读梁宗岱，柳暗花明，豁然开朗，仿佛一曲辉煌的交响乐奏起，你全身心浸入，受到前所未有的感染。"②

在一篇涉及梁宗岱诗化批评的博士论文中，我们在致谢部分读到这样的文字："本想用飞扬灵动的文字来书写性灵，最终却制造出一纸沉闷。一方面我是那么心仪诗化批评家如水合水、似空印空的文华粲然；另一方面我却要不断翻阅、移植中西方理论，不自觉地使用技术性批评，只为让自己的论文看起来厚重再厚重——这是个悖论吧，反感那些屠解文学的批评方式，而我在很多时候亦不过是一介屠夫。"③

用"他者"来形容梁宗岱也许并不准确，因为对很多中国学者而言，尽管在学术场域中必须秉持一套由西方理论术语交织成的学术语言，但心里始终感到一种隔阂，始终觉得谈论文学的语言不该如此，整个文学研究领域被异化，梁宗岱这样的

---

① Roland Barthes, *Critique et vérité*, Paris: Éditions du Seuil, 1966.
② 卫建民：《相信奇迹》，梁宗岱：《诗与真》，北京：中央编译出版社，2006年，第1页。
③ 季臻：《论中国现代文学史上的诗化批评》，山东师范大学博士学位论文，2008年，第184页。

"自己人"才会显得像是"异乡人"。更准确的说法也许是：梁宗岱身上寄托了当代中国文学学者的乡愁。韦伯说现代人"注定要生活在一个既没有神，也没有先知的时代"①，对于中国学者而言，也许还注定要生活在一个学术的异乡。

---

① 韦伯：《以学术为业的意义》，《学术与政治》，冯克利译，北京：外文出版社，1997年，第34页。

第五章　诗之法译：让中国经典走进
　　　　世界文学

梁宗岱不仅选择他认为有价值的法国诗学思想和诗歌作品引入国内文坛，使其参与和影响中国新文学发展，还积极主动地以作者和译者的身份参与法国文学生活。在法期间，他发表了四首以法文创作的散文诗与格律诗、五首自己在出国前创作的诗作（自译成法语或英语）、两首王维的诗文以及一本陶渊明诗文选（见附录Ⅳ），除了这唯一一本单行本《法译陶潜诗选》外，其他散篇主要见于《欧洲》《欧洲评论》《鼓》等杂志，时间集中于1929年至1931年初。此外，他还与不懂中文的法国青年作家普雷沃（Jean Pévost，1901—1944）合译了陶渊明《归去来兮辞》、柳宗元《愚溪诗序》、欧阳修《醉翁亭记》、陆游《邻水延福寺早行》、苏轼《前赤壁赋》与《后赤壁赋》，这些作品发表于1935年，此时梁宗岱已经离开法国，其中只有一篇署名梁宗岱，其余未署名①。选译的这些诗人都是中国诗史中的经典人物，这跟他的诗学观念密不可分。

---

① 这六首诗1935年初刊时，《后赤壁赋》译者署名梁宗岱，其余未署名。1940年再次发表时全部署名普雷沃。六首诗的译文及具体发表情况详见《梁宗岱早期著译》第329—345页，普雷沃与梁宗岱交往经过详见刘志侠、卢岚的《青年梁宗岱》第220—239页。

第一节　诗歌法译的动机

一、内在动机：象征主义诗学的推动

在新文化运动背景下，古典诗歌被污名化：其格律束缚精神，其意境陈腐迂晦，梁宗岱通过形式诗学和象征主义建立起对文学永恒、普遍价值的肯定，将中国优秀的古典诗词放置在这一价值体系中。在他的诗论中出现过屈原、陶渊明、李白等人的身影，在论及这些诗人的时候，往往会将他们与西方文学史上的经典作家相提并论，《李白与歌德》就是其中典型的例子。事实上，通过将象征主义与中国传统诗论进行融合，他也使得由传统诗论赋予经典地位的中国诗人与西方经典诗人比肩而立。再没有比《谈诗》最后一段更能体现他恢复经典诗人合法地位的话语策略了，在这段不过三四百字的文字里，他首先给出自己在《象征主义》中的一段话：

> 我在《象征主义》一文中，曾经说过："一切最上乘的诗都可以，并且应该，在我们里面唤起波特莱尔所谓：'歌唱心灵与官能地热狂'的两重感应，即是：形骸俱释的陶醉，和一念常惺的彻悟。"[①]

对自己的这段话，他进行如下阐释："一切伟大的诗都是

---

① 梁宗岱：《谈诗》，《诗与真》，北京：中央编译出版社，2006年，第114页。

直接诉诸我们底整体，灵与肉，心灵与官能的。它不独要使我们得到美感的悦乐，并且要指引我们去参悟宇宙和人生底奥义。而所谓参悟，又不独间接解释给我们底理智而已，并且要直接诉诸我们底感觉和想像，使我们全人格都受它感化和陶熔。"①

接下来他将这段阐释等同于"融合冲淡，天然入妙"，这八个字的前半部分指的是作品的形式将情绪或观念与文字的声色有机融合在一起，形成一种天然无斧凿的风貌，后半部分是指作品对读者产生的效应，能让读者通过文字进入一种玄妙的境界，体悟宇宙与人生的奥义。《象征主义》全篇的意旨不过如此。象征主义也好，"融合冲淡，天然入妙"也罢，都只是对"伟大的诗"进行定义的表达方式而已。

他将陶渊明的诗作视为达到伟大境界的代表，并补充说道："又岂独陶渊明？那这标准来绳一切大诗人底代表作，无论他是荷马，屈原，李白，杜甫，但丁，莎士比亚，腊辛，歌德或嚣俄，亦莫不若合规矩。"② 跨文化的统一诗学标准遴选出世界级的伟大诗人，如此，陶渊明、王维、李白等人就不再只是中国古典诗学塑造的经典，而成为世界文学的经典了。

> 我深信，而且肯定，中国底诗史之丰富，伟大，璀璨，实不让世界任何民族，任何国度。因为我五六年来，几乎无日不和欧洲底大诗人和思想家过活，可是每次回到中国诗来，总无异于回到风光明媚的故乡，岂止，简直如

① 梁宗岱：《谈诗》，《诗与真》，北京：中央编译出版社，2006年，第114页。
② 同上。

> 发现一个"芳草鲜美，落英缤纷"的桃源，一般地新鲜，一般地使你惊喜，使你销魂。①

在诗学理念中充分认可中国古代经典诗人在世界文学中的地位，自然会产生要让这些诗人走进世界文学现实版图的愿望。面对中外语言的差异，翻译成了必然选择。梁宗岱的诗学理念虽然是在回国后的系列批评文章中集中表达出来的，但从他旅法期间的文学实践来看，其诗学理念在回国之前就已初步形成。中国古典诗歌的法译正是这一诗学理念下的产物。

二、 外在缘由：中国古典诗词在法国的译介

在梁宗岱进行中国古典诗歌的法译之前，经过几代传教士与汉学家努力，《诗经》、唐诗宋词以及更晚近的元明清诗歌在法国已经陆续有所译介。从十七世纪开始，传教士们开始对中国的语言、制度、科技、宗教、习俗等进行考察，以便深入了解这个国家，诗人与诗歌尚未引起他们的兴趣。十八世纪是法译中国古典诗歌的初始阶段，以寻求异教文明与基督教教义相融汇为宗旨的法国来华耶稣会士，为了揭开中华文明的真面目，本着传教的目的，十分注重对中国文化典籍的研究。在所有文学作品中，《诗经》作为中国文学滥觞之作首先引起他们的关注。在整个十八世纪，对于中国诗歌的翻译主要围绕《诗经》进行。传教士孙璋（Alexandre de La Charme，1695—1767）于1733年开始以拉丁文翻译《诗经》，这是留存下来的

---

① 梁宗岱：《论诗》，《诗与真》，北京：中央编译出版社，2006年，第34页。

西方最早的《诗经》译本，但真正刊行要等到一百多年以后
（1838）。十八世纪对《诗经》进行选译和研究的还有传教士赫苍
璧（Julien-Placide Hervieu，1671—1746）、白晋（Joachim
Bouvet，1656—1730）、马若瑟（Joseph Henri Marie de Prémare，
1666—1736）、韩国英（Pierre-Martial Cibot，1727—1780）、钱德
明（Jean-Joseph-Marie Amiot，1718—1793）等。十九世纪对
中国古典诗歌的译介重点依然是《诗经》，其中以顾赛芬
（Séraphin Couvreur，1835—1919）的《诗经》译本（1896）
影响最大。德理文（le marquis d'Hervey-Saint-Denys，1822—
1892）于 1862 年出版了《唐诗》（*Poésies de l'époques des
Thang*），他为此译集所撰长序《中国诗歌艺术和韵律学》成
为法国汉学界关于中国古典诗歌研究最重要的文献之一。前法
国驻华领事安博-于阿尔（Camille-Clément Imbault-Huart，
1854—1926）于 1886 年出版了《十四至十九世纪中国诗选》
（*La poésie chinoise du XIVᵉ au XIXᵉ siècle*），这本译集收录了
刘伯温、袁枚、曾国藩等六位诗人的作品。进入二十世纪，汉
学家葛兰言（Marcel Granet，1884—1940）于 1919 年出版了《中
国古代节日和歌谣》（*Fêtes et chansons anciennes de la Chine*），
书中他对《诗经·国风》里的爱情诗进行了详细翻译与注解。
1923 年，前驻华外交官、汉学家乔治·苏利埃·德莫朗
（Georges Soulié de Morant，1878—1955）的《宋词选》
（*Florilège de la poésie des Song*）问世，填补了法译宋词领域
的空白。①

---

① 钱林森：《中国古典诗歌在法国》，《社会科学战线》，1988 年第 1 期，第
311—323 页；阮洁卿：《中国古典诗歌在法国的传播史》，《法国研究》，
2007 年第 1 期，第 1—8 页。

传教士们翻译诗歌的原始动机都在于了解中国以便传教。比如顾赛芬在为他的法译《诗经》所撰写的序言中称，这本书是为了尽可能让"伦理学家、历史学家"获取关于中国古代社会风俗、习惯、信仰的可靠信息，"并对传教士产生实际帮助"①。因此在翻译时顾赛芬对于诗歌的形式毫不关注，他采用不分行的散文叙事体来翻译和表达诗歌的意思。以《诗经》第一首《关雎》为例，"关关雎鸠，在河之洲。窈窕淑女，君子好逑"在顾赛芬笔下变成："雎鸠（相互应和着）在河中小岛上关关叫着。一位有德少女（太姒），（在娘家）过着隐世的生活，配得上成为一位明君（文王）的伴侣。"②

非传教士出身的汉学家们也往往看重中国古典诗歌的历史文献价值而非文学价值。德理文在《唐诗》序言开篇即引用毕欧（Edouard Biot，1803—1850）的论述："在历史研究中，当我们试图在充斥战事记载的编年史册中察看有关某一历史时期某一民族的风俗、社会生活细节以及文明程度时，往往只能得到一鳞半爪，无法管窥全貌。反倒是那些传说、故事、诗歌、民谣因保存着历史的特殊风貌，能带给我们更多信息。"③ 德理文紧接着表示之所以引用这段话，是因为这段话"极其准确地表达了我之所以开始进行这些翻译的情感动机"④。他通过

---

① Séraphin Couvreur，« Préface »，*Cheu King*，Ho kien Fou：Imprimerie de la Mission Catholique，1896，p. Ⅱ.

② Les *ts'iu kiou* (se répondant l'un à l'autre, crient) *kouan kouan* sur un îlot dans la rivière. Une fille vertueuse (T'ai Seu), qui vivait retirée et cachée (dans la maison maternelle), devient la digne compagne d'un prince sage (Wenn wang). *Ibid.*，p. 5.

③ Le marquis d'Hervey-Saint-Denys，« L'Art poétique et la prosodie chez les Chinois »，*Poésies de l'époques des Thang*，Paris：Amyot，1862，p. 11.

④ *Ibid.*

对中国古典诗歌的研读与翻译，发现一些中国文明区别于西欧文明之处。比如他将《诗经》所体现出的时代精神总结为对和平的热爱以及一种忍耐而非抵抗的精神，这与《伊利亚特》所体现的希腊精神截然不同。《伊利亚特》是对英雄与战功的歌颂，而《诗经》更多体现了对战争的厌恶与对家园的依恋①。在三国时期的诗歌中，他看到古代中国人对男性友谊的歌颂，而欧洲中世纪的诗歌吟咏的是骑士与贵妇的爱情②。他认为从中国诗歌来看，中国女性地位不断下降，《诗经》时代似乎还没有多妻制，而在后世不计其数的闺怨诗中，几乎都是没有尊严、苦苦等待的女性形象③。在唐诗中，他读到一种广泛流行的怀疑主义，诗人们普遍缺少宗教信仰，诗歌中流露的痛苦与绝望正是信仰缺失的体现④。唐诗中反映出的诗人（士大夫阶层）情感也与欧洲的智识阶层存在较大差别。诗人们追求静谧的心灵氛围，有一种"难以言喻的只属于中国人的忧愁"⑤。总之，中国古典诗歌勾勒出了一个完全不同于西欧文明的文明类型，中国人有着独特的社会生活面貌与心灵世界。由于将诗歌作为观察中国人心灵与社会生活的媒介，德理文在翻译时采取平铺直叙的语言风格，虽然进行了分行，看似自由诗体，但读起来没有太多诗意。

　　稍晚一些葛兰言在《中国古代节日和歌谣》中的翻译也并

---

① Le marquis d'Hervey-Saint-Denys, « L'Art poétique et la prosodie chez les Chinois », *Poésies de l'époques des Thang*, Paris：Amyot, 1862, pp. 16 - 21.

② *Ibid.*, p. 31.

③ *Ibid.*, pp. 25 - 26.

④ *Ibid.*, p. 44.

⑤ *Ibid.*, p. 48.

非为了文学研究，而是出于社会人类学的研究目的。他想通过细致的文本分析，修正以往传教士对于中国古代宗教的宽泛看法。借助于《诗经》这一最古老的中国诗集，他试图具体勾勒出古代中国人的宗教生活面貌。和顾赛芬一样，《诗经》不是以其文学价值而是以其文献价值引起了葛兰言的学术兴趣。葛兰言在拉洛（Louis Laloy，1874—1944）①影响下，用诗歌形式来翻译《诗经》中的爱情歌曲，注重节奏，在一定程度上体现了《诗经》的诗学价值，但由于他的翻译目的主要在于给社会人类学研究提供一个可靠的文献资料，所以在每一篇诗歌翻译之后，都附上详尽的历代注解和他自己的阐释。《中国古代节日和歌谣》并不是一部诗集，诗歌只是作为研究材料出现在著作中。

无论出于传教还是纯粹学术研究的目的，所有这些译著都可以用"博学"（érudit）来形容。翻译者进行详细考证，试图给出最多、最准确、最详细的信息，长篇序言和不厌其烦的注解是此类翻译的常态。尽管汉学家们付出了极大努力来译介中国古典诗歌，但在十九世纪末二十世纪初的法国文化界，最有影响力的中国诗集却并非出自一位汉学家之手，而是作家俞第德（Judith Gauthier，1845—1917）所著《白玉诗书》（*Livre de Jade*，1867）。俞第德是十九世纪末大诗人泰奥菲尔·戈蒂耶（Théophile Gauthier，1811—1872）的长女，她在中国家庭

---

① 拉洛于 1909 年在《新法兰西杂志》（*La Nouvelle Revue Française*）第 7、8、9 期上发表法文节译本《〈诗经〉诸国歌谣》（"Chansons des Royaumes du Livre des Vers"）。转引自卢梦雅：《葛兰言与法国〈诗经〉学史》，《国际汉学》，2018 年第 2 期，第 59 页，注释七。

教师丁敦龄（Tin Tun Ling，1831—1886）[1] 的指导下学习汉语，《白玉诗书》是她用散文诗体改写中国古典诗歌的产物。在《白玉诗书》之后，俞第德陆续出版了一系列以东方为主题的小说或戏剧，她在 1910 年成为龚古尔文学院（L'Académie Goncourt）的院士，是法国文学史上重要的女性作家之一。《白玉诗书》包含以爱情、月亮、秋天、羁旅、饮酒、战争、诗人为主题的七十余首诗歌，与其说是改写，不如说是以中国古典诗词为灵感进行的再创作，比如这首《皇帝》（"L'Empereur"）：

> 天子端坐在崭新的金色龙椅上，全身的珠宝熠熠生辉，朝臣们众星拱月般簇拥左右。
>
> 臣子们以严肃的口吻讨论严肃的大事，但皇帝的心思已经从窗口飘逸而出。
>
> 在他那瓷楼里，皇后端坐在宫女中间，宛若绿叶环抱的一朵鲜花。
>
> 她在想她的心上人已经在内阁停留了太长时间，心生烦闷，于是扇起了扇子。
>
> 一阵香气爱抚着皇帝的脸庞。

---

[1] 丁敦龄：山西平阳府人，十八岁考上秀才。因饥荒与父亡开始走上逃荒的道路，辗转至澳门并成家立业，后受到澳门传教士加略利（Joseph-Marie Callery，中文名"范尚人"）雇佣，前往巴黎充当他的《汉语百科辞典》研究助手。他抵达巴黎不到一年，加略利便去世了，丁敦龄走投无路之下，因缘巧合，结识了名噪一时的大诗人戈蒂耶，戈蒂耶收留了他并聘他为两个女儿的汉语教师。由此，丁敦龄被称为"戈蒂耶的中国人"。参见刘志侠：《丁敦龄的法国岁月》，《书城》，2013 年 9 月号，第 39—49 页。

"我的心上人用扇子扇来了她嘴唇的香气"；皇帝带着
耀眼的珠光宝气走向了瓷楼，留下一群臣子面面相觑。①

这首《皇帝》的标题之下，俞第德标注"据杜甫"（selon
Thou-Fou），我们很难将这首诗跟杜甫联系在一起。瓷器、扇
子属于十九世纪法国社会对中国文化的刻板印象，这些文化元
素的运用让《白玉诗书》充满来自远东的异国情调。毫无疑
问，戈蒂耶本人在文坛的影响力促进了这本书在文人圈中的传
播。在波德莱尔之后，"第一本广泛传播的翻译书是俞第德的
《白玉诗书》"②，马拉美、瓦雷里都是这本书的读者。梁宗岱
个人藏书中也有一本 1928 年版的《白玉诗书》③。《白玉诗书》
与以往那些汉学家的中国诗歌翻译截然不同，它不是一本学术
研究型的译著，而是一本纯粹的诗集，全书没有一个注解。俞
第德抛开原作中包含的历史典故，充分发挥自己的想象力，用
清丽的散文诗体为法国读者营造出一个如梦似幻的远东世界。
卡杜尔·孟戴斯（Catulle Mendès，1841—1909）称赞俞第德
的《白玉诗书》开创了法国自由诗（le vers libre）先河，这也
等于间接承认《白玉诗书》作为象征主义先驱的历史贡献④。

从前那些法译诗歌似乎不能让梁宗岱感到很满意，他在

---

① Judith Walter, *Le livre de Jade*, Paris：Alphonse Lemerre, 1867, p. 15.
Judith Walter 是俞第德的笔名。

② Kenneth Rexroth, *Classics Revisited*, New York：New Directions, 1986,
p. 94.

③ Judith Gautier, *Le livre de Jade*, Paris：Éditions Jules Tallandier, 1928.
见广东外语外贸大学梁宗岱纪念室藏书。

④ Marc Chadourne, « Le parnasse à l'école de la Chine », in *L'Asie dans la
littérature et les arts français aux XIXᵉ et XXᵉ siècle*, *Cahiers de
l'AIEF*, n° 13, 1961, p. 22.

《法译陶潜诗选》的献词中说，"对我们诗歌有那么多拙劣的翻译很反感"（écœuré par tant de mauvaises traductions de notre poésie)①，自己亲自来译，试图让这份光辉的文化遗产以较好的姿态走近法国读者。

第二节　诗歌翻译中的中西融合

一、中西思想：融合中的竞争

也许没有比文学翻译作品更能体现文化融合的：将一种语言的产物用另一种语言表现出来，译作源于原作又不同于原作，是两种语言、两种文化融合的产物。中西语言和文化之间存在巨大的差异性，这一融合究竟是怎样实现的？我们将以梁宗岱《法译陶潜诗选》为个案来深入研究他的翻译融合策略。

首先，他以中西比较的跨文化视野去揭示陶渊明作品的思想价值，在法文诗集简短的诗人简介中称"纵观他的作品，可以看到一种斯多葛式的乐观主义，却又胜于斯多葛主义。因为在所有诗人中，无论艺术和心灵，他最接近自然"②。"在所有诗人中"意为在古今中外的一切诗人中，这使得他的翻译意图带有明显的文化竞争意味。如何来表现陶渊明的这一特征？

在谋篇布局上，第一篇《五柳先生传》作为诗人的自画像

---

① 梁宗岱法译《陶潜诗选》献辞，见刘志侠、卢岚主编：《梁宗岱早期著译》，上海：华东师范大学出版社，2016年，第299页（法文原文），第300页（卢岚译文）。
② 梁宗岱：《陶潜简介》，同上书，第303页。

出场，紧接着便是《形影神》组诗。若对比一下陶诗的其他版本，会发现这一安排有其特别之处。《法译陶潜诗选》中的《和郭主簿（其一）》《归园田居（其一）》《责子》《移居（其一）》创作时间都早于《形影神》[1]，显然梁宗岱没有按照年代对这些诗进行编排，同时他也没有按照首字母顺序进行排列，说明《形影神》组诗在梁译《法译陶潜诗选》中占有非常重要的地位。

　　这组诗的主题是一个古今中外诗人都偏好的主题：天地长存而生命易逝。对死亡的恐惧和忧虑是全人类共同的情感，如何面对死亡是全人类共同的话题。在诗中，"形"欲求长生而不得，只能借酒消愁，"影"欲以立善立名来弥补生之短暂，"神"认为这些都无济于事，主张"纵浪大化中，不喜亦不惧"，由此为整部诗集奠定斯多葛式的基调：斯多葛主义主张"依照自然而生活"，凡命中注定，非人力可以左右之事——如死亡，皆不必为之烦恼忧惧。人能左右的，唯有自己的意见情绪而已，死亡并不可怕，可怕的是人对死亡的看法[2]。对《形影神》组诗的主旨，陶渊明研究专家袁行霈用"破执"[3] 二字来概括，可谓精当。不破不立，只有破除了死亡意识的侵扰，才能安身立命。《形影神》之后的篇目要么描写闲适的田居生活，要么讲述逆境之下如何泰然自处（《责子》《乞食》《咏贫士》）。由此，整部《法译陶潜诗选》形成了一个和谐统一的

---

① 参考作家出版社 1956 年版《陶潜集》（王瑶编注）按时间编排的目录。

② Jean Brun, *Le stoïcisme*, Paris: Presses Universitaires de France, 1998, pp. 105 - 107.

③ 袁行霈：《陶潜与魏晋风流》，《当代学者自选文库·袁行霈卷》，合肥：安徽教育出版社，1999 年，第 348 页。

整体，为读者塑造了一个靠智慧获得内心安宁的智者形象。

但陶渊明的诗文作品远不止这些，其作品全集呈现的其实是一个更为复杂多元的精神世界：仅以《饮酒》二十首而言，除了名篇第五首"采菊东篱下，悠然见南山"之闲适，亦有第十六首"弊庐交悲风，荒草没前庭"之凄凉，第二十首"如何绝世下，六籍无一亲"之愤慨。此外，我们还能领略《咏荆轲》之壮怀激烈，《闲情赋》之绮丽幽婉……梁宗岱没有选择这些诗作，显然是为了将陶渊明斯多葛主义的一面进行突出和强化。

除了篇目选择与顺序安排，梁宗岱在文本翻译中也有意强化陶渊明斯多葛式平静乐观的一面。以《自祭文》为例，原文有两处用到"呜呼哀哉"这一感叹。第一次是在想象亲友思念自己音容而不得之后："候颜已冥，聆音愈漠。呜呼哀哉！"第二次是在文末："人生实难，死如之何？呜呼哀哉！"对于这两处"呜呼哀哉"，梁宗岱都译成："Ah! le beau malheur! le beau malheur!"（啊！美丽的不幸！美丽的不幸！）这种译法在一定程度上弱化了原文悲凄的气氛而突出诗人之乐观。在法国报纸一篇关于陶渊明《自祭文》的简短评论中，作者写道："死亡被称作'美丽的不幸'。再没有比这更人性（humain）、更基督徒式（chrétien）的了。"[①]陶渊明既不相信道家的长生不老之说与养生之术，也不相信佛教的"善恶相报"[②]，从

---

① Pierre Gueguen, « Actualités poétiques », *Les Nouvelles littéraires*, *artistiques et scientifiques*, le 17 mai 1930, p. 7.

② 陶渊明：《大中华文库·陶渊明集》，汪榕培英译、熊治祁今译，长沙：湖南人民出版社，北京：外语教学与研究出版社，2003年，前言，第19—20页。

《形影神》组诗来看，他并不相信一个身后的世界，法国读者竟读出"基督徒式"的意味，可见"不幸"之前的形容词"美丽"在多大程度上改变了原文的悲剧气氛。

如果说《形影神》组诗、《自祭文》等篇目突出了陶渊明与斯多葛主义之共性，《归园田居（其一）》《饮酒（其五）》等相当感性的篇目则表现了陶潜"胜于斯多葛主义"的一面。正如作家普雷沃的评价："斯多葛主义到底严酷，害怕纯化感情，因而摒除了人类文化很多东西。"[①] 以《和郭主簿（其二）》为例，整首诗可谓感官的盛宴，视觉"堂前林""望白云"，触觉"凯风……开我襟""卧起弄书琴"，味觉"园蔬""旧谷""美酒"，听觉"弱子……学语未成音"。在古希腊，除了斯多葛主义，伊壁鸠鲁主义也将"依照自然而生活"作为座右铭，不同之处在于，伊壁鸠鲁主义将感觉视为自然，视为真实的唯一来源[②]。陶渊明高出斯多葛主义之处正在于其伊壁鸠鲁主义的一面。罗曼·罗兰曾在 1929 年 1 月的日记中记载：陶诗的情感"接近我们的忧郁的伊壁鸠鲁主义者"[③]。因此可以说，陶潜的"自然"是斯多葛主义与伊壁鸠鲁主义的有机结合，用梁宗岱的话说，"他最接近自然"。

通过篇章的选择编排和翻译上的变异，梁宗岱让陶渊明所代表的中国古代智慧与西方古典思想进行平等对话，并且赋予陶渊明在这场对话中的竞争力。

---

① 普雷沃：《梁宗岱〈法译陶潜诗选〉》，刘志侠、卢岚主编：《梁宗岱早期著译》，上海：华东师范大学出版社，2016 年，第 473 页。

② Jean Brun, *L'épicurisme*, Paris：Presses Universitaires de France，2002，pp. 31‑32.

③ 罗曼·罗兰：《罗曼·罗兰日记（摘译）》，刘志侠、卢岚主编：《梁宗岱早期著译》，上海：华东师范大学出版社，2016 年，第 450 页。

二、 语言差异：融合中的让步

翻译是在两种语言之间的转换，而中法两种语言有着截然不同的特点。法语是一种表音文字，作为符号，其能指（语音）与所指（意义）出于任意性的结合，而表意文字的符号虽然其发音也充满任意性，但它跟世界之间存在紧密联系。程抱一认为："与其说表意符号是对事物的外在模仿，不如说是对事物的象征，通过主要特征的组合来揭示事物的本质和事物之间的隐秘联系。"[①] 汉字每个字的书写都拥有一个独立和谐的结构，每个字的发音都是单音节，这些使得每个汉字都代表一个完整而独立的世界，不同于字母语言的符号任意性，汉字作为符号充满"意志与内在统一性"[②]，且机动灵活，彼此之间可以进行组合。因此，德理文认为汉字（caractères）是汉语诗最重要的特点并非没有道理。作为一种表意文字，汉字不光有"音"来影响读者的听觉，而且能直接以"形"造就视觉与心理效果，汉字如同音乐与绘画的结合体[③]。一旦将汉语诗译成用字母排列的法语，表意文字的效果就会立刻消失。

此外，中国古典诗歌使用一种极度精炼的文言文，往往省略主语，介词、副词等词类也常缺失，造成动词的主语不明，

---

① François Cheng, *L'écriture poétique chinoise suivi d'une anthologie des poèmes des T'ang*, Paris：Éditions du Seuil, 1977, p. 14.

② *Ibid*.

③ Le marquis d'Hervey-Saint-Denys, « L'Art poétique et la prosodie chez les Chinois », *Poésies de l'époques des Thang*, Paris：Amyot, 1862, pp. 62 - 63.

形成一种主客体融为一体，"物我合一"或"天人合一"的状态[①]。法语中无法省略主语，翻译中在添加主语的同时也就破坏了原诗主客体交融的境界。汉语动词没有形态变化，在简练的诗歌语言中往往缺少必要的状语来表明时态，只能依靠上下文语境进行推测，而在法语中动词必须指明时态。主语缺失、时态不明，这些"留白"符合虚实相间的中国传统美学观，在译成法语时随着语言的精确化与清晰化过程，这种美学效果将不复存在。

语言差异造成的障碍使得法译中国古典诗词几乎成为一项不可能的任务。几个世纪以来，汉学家们不断表达翻译时的绝望之情。十八世纪的传教士钱德明称："汉语和欧洲各门语言毫无共通之处，在中国人的诗歌语言里，每个字都能产生'行动与意象'，能不舍弃诗意地进行翻译，这几乎是无法想象的。"[②] 到了二十世纪，瑞士汉学家毕来德（Jean François Billeter，1939— ）在遍览法译中国古典诗集之后，宣称无论哪部诗集，诗歌本身的翻译都没有太大价值，所有的译诗"都在一个不可能完成的任务中陷入瘫痪"[③]，诗集的序言因而超过译诗，成为一部中国译诗集最有价值的部分。他给出的解决方案是"与其徒劳地去翻译，不如试着描述诗歌产生的效果，

---

① François Cheng，*L'écriture poétique chinoise suivi d'une anthologie des poèmes des T'ang*，*op. cit.*，p. 33.

② Joseph Amiot，« Avertissement. Diverses pièces en vers et en prose，sur la piété filiale »，*Mémoires concernant l'histoire*，*les sciences*，*les arts*，*les mœurs*，*les usages*，*&c. des Chinois par les missionnaires de Pe-kin*，tome quatrième，Paris：Chez Nyon l'aîné，1780，p. 168.

③ Jean François Billeter，« Poésie chinoise et réalité »，*Trois essais sur la traduction*，Paris：Éditions Allia，2015，p. 12.

描述诗歌在读者头脑中制造的事件。如此，我们可以让诗歌获得一种间接存在，正如诗歌让现实获得一种间接存在"[1]。但像他这样的处理手段已经不是严格意义上的翻译了，更接近于阅读体验分享或一种解释说明。而根据象征主义诗学，诗歌的魅力不正在于暗示而非解释？

　　面对文言与法语之间的巨大差异，要成功实现一个译本、一种融合，也就意味着要让其中一种语言做出让步。以《饮酒（其五）》"采菊东篱下，悠然见南山"这句千古名句为例，两行诗都没有主语，法文的特点决定必须要明确主语。根据上下文，我们很容易推测出主语是诗人自身，或者是诗歌的叙事者"我"。若在语法结构上进行补充便是："（我）采菊东篱下，悠然见南山"，或"（我）采菊东篱下，（我）悠然见南山"。1990年伽利玛出版社出版的《陶渊明全集》中的译文 Au palis d'est **je** cueille un chrysanthème；/**Je** vois les monts du Sud très éloignés[2]（在东篱下**我**采了一朵菊花；**我**看到了远方的南山）进行了两次主语补全。2004 年菲利普-毕基耶出版社出版的《中国古典文学选集》中的译文 **Je** cueille des chrysanthèmes sur la haie de l'est，/**Je** regarde dans le lointain les montagnes du sud[3]（**我**在东篱下采菊，**我**遥望着南山）也用了同样的处理手段。经过这样处理的两行诗句透露出强烈的主体意识，"我"有意识地先后完成两次行动：采菊与看山。自苏东坡及苏门弟

①　Jean François Billeter, « Poésie chinoise et réalité », *Trois essais sur la traduction*, Paris：Éditions Allia, 2015, p. 12.

②　Paul Jacob（trad.）, « Je bois du vin V », *Œuvres complètes de Tao Yuan-ming*, Paris：Gallimard, 1990, p. 134.

③　Jacques Pimpaneau（trad.）, « En buvant du vin V », *Anthologie de la littérature chinoise classique*, Arles：Philippe Piquiers, 2004, p. 280.

子对这句诗进行"见南山"而非"望南山"的阐释后，这句诗就以"天人合一"的境界而流传千古："'采菊东篱下，悠然见南山'，则本自采菊，无意望山，适举首而见之，故悠然忘情，趣闲而累远。"①"无意望山"，在抬头的一瞬间四目与山相逢，我见山，山也见我，物与我浑然一体，主客体的界限消弭。我们看到一些译者在法语的语言条件限制下为重现这种意境所做的努力，比如2015年伽利玛出版社"七星文库"《中国诗集》收录的译文：

> — （J'ai exilé mon cœur en terre très lointaine，）
> Cueillant les chrysanthèmes près de la haie de l'est，
> Contemplant longuement les montagnes au sud.②

用现在分词的形式取消采菊与见山的时间先后性与瞬间完成性，变成采菊与观山两种行为状态。主语似乎消失不见，但这两种行为的主体性并没有得到弱化。精通本国传统文化的中

---

① 晁补之：《题陶渊明诗后》，《鸡肋集》卷第三十三，清文渊阁《四库全书》集部。转引自周晓琳：《"悠然望南山"与"悠然见南山"——陶渊明诗歌经典化中的"苏轼效应"》，《文学研究》，2013年第3期，第46页。这是晁补之作为苏门弟子捍卫苏东坡对于"悠然见南山"的解释。在此之前的早期文献中皆录为"悠然望南山"，苏轼凭借个人体悟，认为"望南山"乃"俗本"对陶渊明原文的篡改，在《题渊明〈饮酒诗〉后》指出："'采菊东篱下，悠然见南山。'因采菊而见山，境与意会，此句最有妙处。近岁俗本皆作"望南山"，则此一篇神气都索然矣。古人用意深微，而俗士率然妄以意改，此最可疾。"苏轼以其强大的个人文学威望，将"望"改为"见"，使得这句诗迈入经典，成为千古名句。
② François Martin（trad.），« En buvant V »，*Anthologie de la poésie chinoise*，sous la direction de Rémi Mathieu，Paris：Gallimard，2015，p. 231.

国翻译家在面对这句诗时，要设法表达出此句的意蕴也绝非易事。如许渊冲先生的译本：

> Buvant du vin（V）
>
> Au lieu peuplé j'ai bâti ma chaumière；
>
> Du bruit des voitures je n'entends guère.
>
> Comment est-ce qu'au bruit on ne s'éveille?
>
> Ce qui est loin du cœur l'est des oreilles.
>
> **Cueillant sous la haie d'est des chrysanthèmes，**
>
> **A l'aise on voit les monts du sud qu'on aime.**
>
> L'air s'y exhale frais nuit comme jour；
>
> Les oiseaux volent ensemble au retour.
>
> Il y a quelque chose de vrai qui l'inspire；
>
> La parole manque pour vous le dire.①

许渊冲先生用泛指人称代词 on（人们、一个人）来替代 je（我），显然也是出于弱化主体性的考虑。但在前后诗句中都使用 je，中间突然使用泛指人称代词，显得有些突兀乃至生硬，似乎也并不能取得理想的效果。另一位华人译者程英芬（Cheng Wing fun）与法国译者埃尔维·柯莱（Hervé Colett）合作的译本：

> cueillant des chrysanthèmes à la haie de l'est，

---

① 许渊冲：《Buvant du vin（V）》，300 *poèmes chinois classiques*，北京：北京大学出版社，1999 年，第 43 首。

le cœur libre j'aperçois la montagne du sud①

离原句的意境颇为接近，虽然仍不可避免要使用主语人称代词 je（我），但动词的选择非常精当，j'aperçois 而非 je regarde 或 je contemple，取无意瞥见之意，不是主动"望山"，而是无意"见山"。

梁宗岱对这句诗的领会也是按照自苏东坡以降"见南山"而非"望南山"的阐释路径进行：

> 诗人采菊时豁达闲适的襟怀，和晚色里雍穆遐远的南山已在那猝然邂逅的刹那间联成一片，分不出那里是渊明，那里是南山。南山与渊明间微妙的关系，决不是我们底理智捉摸得出来的，所谓"一片化机，天真自具，既无名象，不落言栓"。所以我们读这两句诗时，也不知不觉悠然神往，任你怎样反覆吟咏，它底意味仍是无穷而意义仍是常新的。②

正是基于这样的理解与玩味，他给出了这样的译文：

Je cueille les chrysanthèmes sous la haie de l'est：
Calme et splendide m'apparaît **le Mont du Sud.**

---

① Cheng Wing fun et Hervé Colett（trad.），« en buvant du vin », *TAO YUAN MING L'homme*, *la terre*, *le ciel*, Béarn：Moundarren，2014，p. 26.
② 梁宗岱：《象征主义》，《诗与真》，北京：中央编译出版社，2006 年，第 74 页。

这是唯一一种将"悠然见南山"主语置换成"山"的译法，从"我见山"变成"南山出现在我眼前"，将我与山猝然邂逅的刹那情状表现出来，极大弱化了这场邂逅中主体的作用。Calme et splendide 是梁宗岱对南山"雍穆遐远"的翻译，这种译法加入了译者本人对原诗的深入领会，融入了译者本人的想象力与情感体验。最妙的是，这两行诗以"我"开始，以"南山"而终，在"我"与"南山"之间形成一个物我相望的环形结构，仿佛一切体验都充盈在这二者的呼应与交融之中。

在梁宗岱的翻译中，汉语文言文的特性消失，融合是以源语的让步为前提的，为了尽量减少在语言转化过程中造成的诗意流失，他基于法语进行了表达上的再创造。

三、 形式要素：融合中的取舍

诗歌翻译比一般文学翻译显得更加艰难，主要因为形式要素的存在。根据瓦雷里的诗学理念，形式简直就是诗歌的生命，而有些形式要素跟语言密不可分，比如汉语中的平仄，这是在法语中完全无法再现的因素。但古诗的基本形式规范——音节数、押韵等——是否要遵守、如何遵守，在法语翻译界迄今也未形成一个统一看法，古诗法译既有自由体也有格律体。将五言译成十音节诗或是将七言译成十二音节诗是格律体翻译中的惯用手段，但如此并不能再现原诗的格律，也没有为法语诗歌增添新形式，其价值与意义跟中国新诗史上对十四行诗的引进不可同日而语。梁宗岱采用分行的自由诗体进行翻译，每行字数不一，也没有进行系统押韵。我们有理由猜测，这是因为法语并非他的母语，他的法语能力不足以支持他用严谨的格律来翻译整部诗集。但如果他有翻译格律诗的意愿，并非没有条件去实现。他跟法国年轻作家普雷沃有着亲密交往，两人经常在一起切磋诗歌翻译，甚至合译了一些中国古诗文。凭借普雷沃的母语功底，以合译的方式来完成格律诗的翻译不是没有可能。我们今天已经很难考证他做出这种选择的动机，不过，选择自由诗体并不意味着梁宗岱对形式毫不关心，相反，我们能从译文中看到他有意保留原诗的某些形式要素，最重要的一点是对叠词的保留。

暧暧远人村，依依墟里烟。[《归园田居（其一）》]

Brumeux，brumeux les hameaux lointains；

Vacillante，vacillante， la fumée du village.

蔼蔼堂前林，中夏贮清阴。[《和郭主簿（其一）》]

Ombreux，ombreux le bosquet devant la salle

En mi-été s'emplit de fraîcheur.

遥遥望白云，怀古一何深！[《和郭主簿（其一）》]

Loin，loin， je regarde les nuages blancs

Ma songerie se perd dans les pages d'antiquité.

栖栖失群鸟，日暮犹独飞。[《饮酒（其四）》]

Triste，triste， l'oiseau isolé de la foule

A la chute du soir il s'envolait encore；

规规一何愚，兀傲差若颖。[《饮酒（其十三）》]

Frissonnant，frissonnant

De crainte，ô quelle folie！

Sois ferme，sois fier，

Tu t'approcheras de la sagesse.

舟摇摇以轻飏，风飘飘而吹衣。（《归去来兮辞》）

Léger，léger，l'esquif glisse avec lenteur，

Ma robe s'enfle et voltige au vent.①

在其他译者的译文中，间或看到一两例这样的叠词再现，但梁宗岱的这些例子表明他有意识地在译文中对原作的叠词手段进行系统再现。叠词不仅是汉语的一种重要语言现象，也是汉语诗歌常见的韵律手段。在法语中进行复制也许是不合适的，或者说不符合法语的语言习惯，尤其是汉语都是单音节字，即使叠加成词，也只有两个音节，而在法语中，例如"依依墟里烟"的"依依"，被梁宗岱译成 vacillante，vacillante 之后拥有八个音节！如此系统地在译文中运用叠词，会给译文打上强烈的外语印记，仿佛时刻在提醒读者，这不是一首法国诗，而是外国诗。正如翻译理论家乔治·穆南（Georges Mounin）在一次法译中国古典诗歌的研讨会上所言，虽然形式的起源只是出于辅助记忆的实用目的，不具有本质上的美学功能，但"翻译这些规律性元素和固定形式是恰当的、有用

---

① 刘志侠、卢岚主编：《梁宗岱早期著译》，上海：华东师范大学出版社，2016 年，第 263—289 页。

的，首先可以创造一种语调，其次能创造一种文化色彩"①。

四、 典故的处理：对普遍性的诉求

中国古典诗词习惯用典，在法国文化传统中并不存在这些典故，是否应在译文中进行再现以及如何再现成为译者必须要解决的问题。"中国诗最艰涩的部分同时构成其最美的装饰，这就是用典的习惯。所谓'典故'是些寓言式或隐喻式的表达，对历史事件、古老习俗、史前传说等进行隐射。"② 汉学家们面对这些典故，一般采取加注的方式来对文本进行解释，以揭示诗句背后的历史文化内涵。比如德理文译著《唐诗》中的第一首为李白的《金陵三首（其三）》："六代兴亡国，三杯为尔歌。/苑方秦地少，山似洛阳多。/古殿吴花草，深宫晋绮罗。/并随人事灭，东逝与沧波。"短短八行就有六个注解，对"六代""秦""洛阳""吴""晋""扬子江"进行了详细说明。而俞第德的《白玉诗书》完全避开了典故，将具体时空中的人加以普遍化，比如前文所引《皇帝》一诗（见本章"外在缘由：中国古典诗词在法国的译介"部分），读者并不知道是哪朝哪代的皇帝，皇帝、妃子、朝臣都成为符号化的人物。《白玉诗书》在文人圈中的流行跟它的文本风格有很大关系，不同于考证详细、旁征博引的学术译著，《白玉诗书》是一种追求

---

① Georges Mounin，« Mnémotechnique et poésie »，*Colloque sur la traduction poétique. Centre Afrique-Asie-Europe de la Sorbonne nouvelle，décembre 1972*，préface d'Etiemble，postface de Roger Caillois，Paris：Gallimard，1978，p. 20.

② Camille Imbault-Huart，*La poésie chinoise du XIVe au XIXe siècle*，Paris：Éditions Ernest Leroux，1886，pp. XXIV-XXV.

纯粹诗意呈现的译作，尽管不够忠实，与原语的语境相去甚远。

　　汉学家们秉持学术精神，力求考证周详，最大限度还原中国文化色彩，但对于非汉学专业读者而言，一首全篇充斥着注解的诗歌可能会让人觉得沮丧。"我阅读法国汉学家的书，他们很快便令我相信，我没有权利享受这些诗歌，（……）因为每个思想都隐藏着三个有出典的暗喻。对自然最微小的观望，虽然以完美的词语翻译过来，却隐藏着奥秘和宗教意义，无法确切翻译。"① 关于中国古典诗歌的阅读经验，作家普雷沃如此说道。怀着一种受挫心理，普雷沃问梁宗岱："中国文学和中国思想是否离我们太远，以至根本不可译？"② 梁宗岱在回应中首先肯定法国与中国人的心灵相似，后以西方古典作品举例说《雅歌》虽充满奥义，也可以当作爱情诗来读，贺拉斯的《将进酒》虽与宗教仪式有关，但并不因此失去酒的滋味。也就是说，梁宗岱认为经典作品在摆脱其附属的典故、奥义之后，仍具有直接从文本自身生发出来的阅读价值。我们在今天无法得知普雷沃的中国文学阅读体验在多大程度上影响了梁宗岱，但无论如何，他最终呈现给法国读者的是一个完全不同于汉学传统的陶诗译集：没有介绍诗人、作品、中国诗歌作诗法的长篇导言，没有注解。他的这一翻译策略也跟《法译陶潜诗选》诗歌自身的风格有关，所选诗篇以歌咏田园生活为主，淳朴自然，不涉及过多的历史典故。在少数涉及用典的诗篇中，

---

① Jean Prévost, « Essai sur mon ignorance de Chine », *L'Amateur des poèmes*, Paris, Gallimard, 1940. 译文见刘志侠、卢岚主编：《梁宗岱早期著译》，上海：华东师范大学出版社，2016 年，第 478 页。
② 同上。

梁宗岱主要以三种手段来处理典故：第一，取消典故本身而译出典故的寓意；第二，保留典故而不对寓意加以体现；第三，取消典故及其寓意。例如：

> 感子漂母惠，愧我非韩才。（《乞食》）
> Merci, ami, de votre ineffable bonté;
> Je regrette de n'avoir le talent de Hansin.

"漂母"与"韩"的典故源自《史记·淮阴侯列传》："信钓于城下，诸母漂。有一母见信饥，饭信，竟漂数十日。信喜，谓漂母曰：'吾必有以重报母。'（……）汉五年正月，徙齐王信为楚王，都下邳。信至国，召所从食漂母，赐千金。"①梁宗岱将"漂母惠"译成"难以言喻的恩惠"，虽然取消了典故，但是保留了典故的寓意；将"愧我非韩才"译成"惭愧自己没有韩信的才能"，对韩信这个人名没有添加任何注解，虽然保留典故，但并没有将典故寄寓之意表现出来。再比如：

> 饥食首阳薇，渴饮易水流。[《拟古（其七）》]
> Affamé, je mangeais l'herbe des montagnes,
> Assoiffé, je buvais les flots des fleuves.

"首阳薇"的典故出自《史记·伯夷列传》，此句表达对伯夷、叔齐抱节守志的仰慕。后句"易水"源自《史记·刺客列传》，表达对荆轲义勇之举的敬佩。在梁宗岱的翻译中，"首阳

---

① 转引自袁行霈：《陶渊明集笺注》，北京：中华书局，2011年，第73页。

薇"变成"山中野草"，"易水"成为"河水"，在取消典故的同时，也取消了典故的寓意。在同一首诗中：

> 路边两高坟，伯牙与庄周。[《拟古（其七）》]
> Au bord du sentier se dressaient deux tombes：
> L'une de Po-Ya et l'autre de Tchuang-Tchéou.

他将"伯牙"与"庄周"音译出来，跟韩信的典故一样，没有添加任何解释说明，也是保留了典故字面却让背后寓意流失。但通过诗歌上下文语境，读者可以猜测到庄周和伯牙是出类拔萃的人物，是"我"（Je）渴慕的那一类人。通过这三种处理典故的手段，梁宗岱赋予《法译陶潜诗选》一个没有沉重历史文化负担的文本，让这些诗篇摆脱具体文化语境的束缚，获得一种超时空的普遍性维度，从而拉近法国读者与诗篇的距离。

但普遍性维度并不那么容易把握。如果说之前列举的典故只涉及具体的人或事，《神释》这篇诗作体现的则是中国传统文化中最抽象的玄思部分。对于那些极具中国传统思想特色的词汇，梁宗岱似乎并不能找到脱离具体文化语境的译法。

> 大钧无私力，万物自森著。
> 人为三才中，岂不以我故！
> （……）
> 甚念伤吾生，正宜委运去。
> 纵浪大化中，不喜亦不惧。
> 应尽便须尽，无复独多虑。

　　《神释》是《形影神》组诗中的最后一首，也是《法译陶潜诗选》中最具哲学意味的一首。对起始两句诗，梁宗岱译成：Dieu ne peut que mettre en mouvement；/Chaque être doit se contrôler soi-même（上帝只能发起运动，每个生命都应该自我管理）。"大钧无私力"参考袁行霈的注解为"造化普惠于众物，无私力于扶持某物，或不扶持某物。万物自然生长，繁盛而富有生机"①。"造化"又该做何解？造物主？天？道？自然？梁宗岱显然将"大钧"理解为造物主，是造物主提供了宇宙的原动力，"发起运动"。但"大钧"显然不能等同于基督教文化中的上帝。"大钧"跟人之间没有上帝与人之间那种救赎与被救赎的关系。人虽然因"神"区别于万物，但"大钧"并没有特意偏袒于人，对于万物是"无私"的，人和万物一样"自森著"。因此，梁宗岱将"大钧"译成"上帝"在很大程度上曲解了这句诗的意义。对比另外一个译本 La grande roue du Potier n'est pas mue par l'intérêt, /Tous les êtres s'épanouissent d'eux-mêmes②（大陶轮不受利益驱使而转动，万物凭借自身而繁荣），这句译文弱化了造物主的角色，强调宇宙万物的自生自在，更切合原诗思想。而且概念的输入并不生硬，因为"大钧"本身是一个隐喻，在译文中依然以隐喻的方式呈现。

　　而对于"纵浪大化中"一句，他给出的翻译为：Embarquez-vous dans la vague d'éternité（纵身于永恒之涛中）。"永恒"（éternité）强调时间上无始无终的持续，在基督教文化传统

---

① 袁行霈：《陶渊明集笺注》，北京：中华书局，2011 年，第 48 页。

② Jacques Pimpaneau（tra.），« La forme, l'ombre et l'esprit »，*Anthologie de la littérature chinoise classique*，Arles：Philippe Piquiers，2004，p. 286.

中，上帝等于永恒，而"大化"则强调变化或演化。无论《列子·天瑞》"人自生至终，大化有四：婴孩也，少壮也，老耄也，死亡也"还是《荀子·天论》中的"四时代御，阴阳大化"[①]，"大化"都包含自然变化之意。

对比《神释》四种译本（四个译本全文见附录 V）对"大钧""三才""运""大化"四个词语的翻译：

译者	"大钧"	"三才"	"运"	"大化"
梁宗岱	Dieu（上帝）	les Trois Ordres（三种等级）	le destin（命运）	éternité（永恒）
Jacques Pimpaneau	la grande roue du Potier（大陶轮）	les Trois Génies（三种才能）	le mouvement perpétuel de la nature（自然的永恒运动）	le Grand Changement（大变化）
Cheng Wing fun & Hervé Colett	la nature（自然）	les trois archétypes（三种范型）	le cours des choses（事物的运行）	le grand processus de transformation（演化的大过程）
Paul Jacob	la Grande Roue（大轮）	les Trois Puissances（三种力量）	le sort（命运）	le Grand Change（大变化）

可以看出，梁宗岱的译本西方文化色彩最浓。他用"上帝""永恒"这些字眼并不意味着他是从基督徒的视角来解读陶诗，虽然他少年时代在教会学校度过，但没有证据表明他在二十世纪二十年代就已皈依基督教。他曾表示"道"只不过是用来命名宇宙"普遍的永久的基本原理"[②] 或"宇宙间一种不息的动

---

① 转引自袁行霈：《陶渊明集笺注》，北京：中华书局，2011 年，第 49 页。
② 梁宗岱：《说"逝者如斯夫"》，《诗与真》，北京：中央编译出版社，2006 年，第 143 页。

底普遍原则"①罢了，同理，上帝也只不过是对普遍原理的一种命名。但问题在于，如果说事物、情感都能找到超时空的普遍性表达，作为人类精神结晶的哲思却往往带有本民族文化色彩，当梁宗岱试图为中国传统思想找寻普遍性表达时，他实际却遁入西方概念的牢笼里。

综上所述，为了译本的成功实现，梁宗岱以诗意的最大化表达为核心目标，面对中法语言和文化的巨大差异采取灵活多变的融合策略，在这一过程中不可避免存在中国语言文化的让步、妥协乃至牺牲，但从整个译本质量而言，他的译本较之既往汉学家的法译中国古典诗词，胜在简洁易读，较之《白玉诗书》，胜在对原文的忠实，但翻译归翻译，译出来之后要进入法国文坛需要付出另一种努力。

第三节　文学对外传播：从防卫到进取的姿态

一、在法文学传播的先驱

自鸦片战争至"一战"期间，在法国用法语创作和翻译并在文化界取得较大影响的只有一位中国人，那就是陈季同（Tcheng Ki-Tong，1851—1907）。他在十九世纪八九十年代于中国驻法大使馆工作期间，先后创作了几部有关中国文化的书，如《中国人自画像》（*Les Chinois peints par eux-mêmes*，

① 梁宗岱：《说"逝者如斯夫"》，《诗与真》，北京：中央编译出版社，2006 年，第 143 页。

1884)、《中国故事》（*Les contes chinois*，1889)、《中国戏剧》（*Le théâtre des Chinois*，1886)、《中国人的快乐》（*Les plaisirs en Chine*，1890）等。在陈季同旅法的年代，中华帝国在西方人眼中已经失去自地理大发现时代至启蒙运动初期的光辉形象。

　　西方人对中国的了解从《马可·波罗游记》开始，这本游记塑造了一个广袤富庶的契丹传奇，但在马可·波罗的时代，欧洲人还无法辨识契丹和中国是否为同一个国家。门多萨神父《大中华帝国志》的出版终结了契丹传奇，同时塑造出一个完美的中华帝国形象，"为此后两个世纪欧洲的'中国崇拜'提供了一个知识与价值的起点"[①]。中华帝国开始成为西方人的文化乌托邦，不仅幅员辽阔、物产丰盈，而且拥有比欧洲更优越的文官制度、司法制度、考试制度等。在启蒙时代初期，哲学家们利用中国形象来批判欧洲现实。他们歌颂中国的宗教宽容以批判欧洲神权桎梏，以中国开明君主的典范来反对欧洲王权专制。中国提供了一个理想化的哲人治国的政制样本，"'孔教乌托邦'成为启蒙主义者批判与改造现实的武器"[②]。1750年前后，随着启蒙运动的不断深入和西方政治、经济、社会结构的转变，欧洲的中国形象发生巨变，因为中华帝国无论怎样君主开明，无论农业经济如何繁荣，都无法再为一个进入工业化、民主化的欧洲提供发展模板了。相反，一个经过启蒙话语洗礼、经济与军事实力飞速提升的欧洲迫切需要一个愚昧落后的他者来确认自身的先进性。到了十八世纪末，在文人笔下，

---

① 周宁：《西方的中国形象史：问题与领域》，《东南学术》，2005年第1期，第102页。

② 同上。

中国俨然已跟野蛮、落后画上等号。自鸦片战争之后的一系列侵华战争中，中华帝国这样一个庞然巨物在西方人的大炮面前不堪一击，中国的愚昧、落后遂得到现实印证。鸦片战争之后，军人、商人、传教士、探险家、外交官等纷纷来到中国，在这些人当中，"以仔细、理解甚至欣赏的目光来打量中国的极为罕见，事实上，自十八世纪末期以降，游记中的中国形象处于加速恶化中。从十九世纪到二十世纪，西方人对中国的国土、自然资源、历史遗迹、文物古玩和风俗习惯越来越了解，与此同时，自我优越感与对中国的蔑视感也在不断加深"①。在这些人笔下，中国充满令西方文明人骇然的野蛮习俗：多妻、裹脚、杀婴、砍头、吃狗肉……

正因为中国背负着这样的国际形象，陈季同在法国出书带有强烈的为本国文化辩护的使命感。他在第一本书《中国人的自画像》前言中表明自己的写作动机：西方人对中国并不缺少好奇，但仍然对中国充满无知或偏见，即使那些自称去过中国的作者，也多半对中国进行以偏概全的介绍，并且为了吸引眼球，故意夸大其词、捕风捉影，讲述一些骇人听闻的故事，因此有必要"重新建立真相"②。他对中国的家庭与婚姻、宗教与哲学、文人与文字、妇女问题等进行了介绍，在介绍的过程中不断与西方社会进行对比，试图去除文明-野蛮的二元对立。比如对妻妾制度的讨论，他认为这一制度跟中国的祖先崇拜相

---

① Muriel Détrie，« Troisième partie，introduction »，*Le voyage en Chine. Anthologie des voyages occidentaux du moyen âge à la chute de l'empire chinois*，Ninette Boothroyd et Muriel Détrie（éd.），Paris：Robert Laffont，1992，p. 511.

② Tcheng Ki-Tong，« Avant-propos »，*Les Chinois peints par eux-mêmes*，Paris：Calmann-Lévy，1884，p. Ⅲ.

关，能保证家族的血脉传承，欧洲社会男人拥有情妇、生下私生子并弃之不顾，相较而言，中国的制度更能保证儿童权益。《中国故事》的写作动机则是为了让西方读者了解中国国民的性格与理念，而之所以选择"故事"（conte）这一文学体裁，是因为在他看来故事里的人物涉及社会各个阶层，能比较完整地反映出一个国家的风俗。法朗士曾为《中国故事》写过一篇很长的评论，称陈季同的《中国故事》刷新了他以往从汉学家所译中国故事中得来的关于中国人的不良印象，以往那些故事让他觉得中国人"既充满礼节又极端残忍"[①]，而陈季同笔下的故事更为"单纯"[②]。

二、　在法文学传播的同路人

二十世纪二十年代，由于留法勤工俭学运动在 1919—1920 年前后的深入开展与 1921 年里昂中法大学的成立，法国涌进大批中国留学生[③]，在二三十年代逐渐出现一批中国文学的译作或关于中国文学的研究成果，比如敬隐渔在二十年代通过罗曼·罗兰的影响力向法国文坛译介中国当代小说，沈宝基、徐仲年、郭麟阁、罗大冈在三十年代中后期先后出版了各

---

① Anatole France, *Œuvres complètes illustrées*, t. Ⅶ (*La vie littéraire*, 3e et 4e séries), *op. cit.*, p. 86, paru d'abord dans le journal *Le Temps*, le 28 juillet 1889.

② *Ibid.*

③ 根据 1921 年前后一份"华法教育会学生名册表"上的数据，当时在法国共有 1576 名中国留学生，其中 1122 名是勤工俭学生。参见 Nora Wang, *Emigration et Politique, les étudiants-ouvriers chinois en France (1919‑1925)*, Paris：les Indes savantes，2003，p. 63.

自关于《西厢记》、李白、《红楼梦》、白居易的博士论文。在所有这些人中，盛成显得比较特殊，他是以自己的个人创作获得了文坛关注，而且跟梁宗岱在法国的文学生活有着重要交集。

盛成 1899 年出生于江苏仪征一个没落的书香门第，1910年加入同盟会从事地下革命活动，参与了辛亥革命光复南京之役。他 1914 年入读南洋路矿学校，暑期考入震旦学院，毕业之后于 1917 年考入京汉铁路车务见习所，任职北京长辛店。他在 1919 年作为工人领袖参与了五四运动并于当年赴法，以勤工俭学生的身份在法国学习农学和理学，1920 年加入法国社会党，当年参与法国共产党的创立。①

梁宗岱先于盛成结识瓦雷里，是瓦雷里认识的第一个中国人，但盛成先于梁宗岱，在 1928 年即出版了由瓦雷里作序的《我的母亲》。早在长辛店车务见习所时他就已经写完中文版的《我的母亲》，那时定名为《盛氏母范》②，在法国后写就该书的法文版。他把书送到各个印书局里，要么杳无音信，要么一口回绝。他曾写信给罗曼·罗兰请求作序，但遭到拒绝，正走投无路之际，经一位朋友提醒向瓦雷里寻求关照。此前他曾在一个车站跟瓦雷里偶遇，瓦雷里刚参加完母亲的葬礼，盛成给瓦雷里寄去一首诗加以安慰，瓦雷里写信回复，由此结识。但盛成认为自己与瓦雷里属于不同阶级，"他是缙绅，我是人民"③，感到无法向瓦雷里开口求助。社会党友人驳斥他："你

① 许宗元：《〈盛成文集〉与盛成研究》，《新文学史料》，1998 年第 1 期，第 93—94 页。
② 盛成：《我的母亲》，太原：山西人民出版社，2012 年，第 162 页。
③ 盛成：《海外工读十年纪实》，长沙：湖南人民出版社，1986 年，第 155 页。

阶级中人，谁来救你？见你落阱，拼命的来投石，这是你们阶级中人！"[1]事实上，盛成的同阶级人也许不是不愿帮助，而是没有能力帮助，只有瓦雷里这样的"贵族""缙绅"才有能力替他打开通往文坛之路。拿到瓦雷里的序言之后，出版社的态度来了个一百八十度大转弯。盛成以讽刺的口吻记录道：

> 人人听了这种消息，都说："你先生的大作，我们早经拜读过了，我们正要回信接受，你先生来得正好！"——昨天我还在那里，那一位管事的姑娘，对我说，稿件太多，一时还轮不到《我的母亲》，何以一夜就看好了咧？[2]

对于众人羡慕嫉妒的态度，盛成感到生气，因为他的书之所以被接受不是因为书本身，而是因为一篇名人序言的加持，他是"忍了这口气"[3]去找的编辑。但无论如何，瓦雷里的序言让这本书及其作者身价陡增。评论界给予《我的母亲》热烈好评，巴黎中国文化院还邀请他去授课。在法文版出版之后，该书很快被翻译成了德文和意大利文（1929），英文版于1930年出版，二十世纪四十年代被译成西班牙文和葡萄牙文。

在《我的母亲》法文版序言中，他这样介绍自己的创作动机：

> 归一。
> 是的，让东方文明和西方文明归一。

---

① 盛成：《海外工读十年纪实》，长沙：湖南人民出版社，1986年，第157页。
② 同上书，第158页。
③ 同上。

尤其是要让中国文明和欧洲文明归一。

我是一个欧洲化的中国人，一个西方化的东方人。

但是我反对盲目夸张地模仿欧洲。

我也毫不捍卫东方传统中的糟粕。

我希望欧洲文化成为东方生活中的有机成分。

我希望西方文化定义下的东方精神也成为欧洲生活的一种主要元素。

将人类大家庭的优良种子收集起来，让劣草消失，这就是我的目的。①

无论陈季同还是盛成，在法国出书都带有强烈的文化使命感，要把真正的中国人与中国社会面貌展现在欧洲读者面前，消除欧洲人对中国的偏见，增进他们对中国的了解。相较于陈季同对自身文化的辩解与捍卫，盛成则更进一步，从被动防卫姿态走向积极进取姿态，相信中国文化的优秀部分不仅值得中国人继承，更有其普遍价值，是全人类文明的一部分，值得被全世界认知。这与梁宗岱的中西文化立场与文化输出动机是一致的。

梁宗岱亲眼见证了盛成的出书与成名经过，大约十年后，在《忆罗曼·罗兰》（1936）一文里，他将盛成描绘成一个投机分子，认为他是通过一再纠缠才得到瓦雷里的序言，瓦雷里之所以同意给他写这篇价值连城的序言，"完全出于怜悯和同情心，因为该书底作者曾经给他写了许多呼吁的信"②。法国

---

① Cheng Tcheng, *Ma mère*, Paris：Éditions Victor Attinger, 1928, p. 29.

② 梁宗岱：《忆罗曼·罗兰》，《诗与真》，北京：中央编译出版社，2006年，第 223 页。

国家图书馆收藏的盛成致瓦雷里书信手稿[1]中并没有这"许多呼吁的信"。盛成在那些信函中称呼瓦雷里为"朋友""灵魂伴侣"，在回忆录中称他为"贵族""缙绅"，而梁宗岱每次在致瓦雷里的信中都毕恭毕敬称呼其为"大师"，在回忆文字中也是将自己视为瓦雷里弟子，两人之性情不同可见一斑。盛成家道中落，经济状况窘迫，他是以勤工俭学生的身份在法国留学，而梁宗岱家境优裕，自费出国，不用为经济问题操心。盛成少年时期即有着强烈的现实关怀并积极投身革命运动，梁宗岱虽然也关心国家命运，但始终与革命保持距离。梁宗岱看不惯盛成为人，撇开个人私怨不谈，一个是穷困潦倒、投身社会运动的工读生，一个是出入文艺沙龙的翩翩少年，他们之间很难有共同语言。罗曼·罗兰曾在日记里这样描述梁宗岱："到今年十二月，他到法国五年。他自己决定来的，可能自费，没有通过中法大学，也没有像他的国家到西方来的年轻人那样通过考试。他的家境一定特殊而优越"[2]，"他完全不是我认识的其他中国年轻人那样的革命者——因为他属于一个富商阶级"[3]。

虽然两人的出身和性情不同，梁宗岱《法译陶潜诗选》的出版还是走了一条跟盛成同样的道路。梁宗岱是在 1926 年秋季学期结识的瓦雷里。当时他所就读的巴黎大学的文科学生会要开展一个关于诗的辩论会，他随同一位美国同学前去拜访瓦

---

① Cote：NAF 19169，Fonds Paul Valéry，département des manuscrits，bibliothèque nationale de France.
② 罗曼·罗兰：《罗曼·罗兰日记（摘译）》，刘志侠译，刘志侠、卢岚主编：《梁宗岱早期著译》，上海：华东师范大学出版社，2016 年，第456—457 页。
③ 同上书，第 463 页。

雷里。他抓住这次千载难逢的机会，事先准备了一些自己创作
的英文和法语诗歌，递呈给瓦雷里请他指导。瓦雷里在《法译
陶潜诗选》序言中回忆了他们第一次见面的情景：

> 我认识这个种族的第一个人是梁宗岱先生。一天早
> 晨，他出现在我的家中，年纪轻轻，风度高雅，操一口十
> 分清晰的法语，有时比习惯用法稍嫌精炼。他跟我谈诗带
> 着一种热情，一进入这个崇高的话题，就收敛笑容，甚至
> 露出几分狂热。这种罕见的火焰令我喜欢。①

1927 年，梁宗岱利用课余时间翻译了瓦雷里的长诗《水
仙辞》，在翻译过程中不时向瓦雷里本人求教，两人的交往逐
渐密切。作为刚出道的文学青年，梁宗岱时常将自己的诗作拿
给瓦雷里这位大师指点。在盛成凭借《我的母亲》声名鹊起的
那年夏天，即 1928 年暑假，梁宗岱开始翻译陶渊明诗歌。
1928 年 11 月 15 日致瓦雷里信中，他随信附上十二首陶渊明译
诗，"如果大师认为值得，我继续翻译四五首短诗歌以及几首
较长的作品"②。根据梁宗岱的回忆，瓦雷里很爱这些译诗，
建议出一个单行本并答应作序。梁宗岱在 1929 年 3 月 20 日致
瓦雷里的信中称诗稿已交给勒马日出版社，他们很感兴趣，但
是"认为这只不过是一本诗集（诗人职业不易为也），以一篇
大师的序言介绍给公众较为明智，即使短柬一封也好"③。但

---

① 瓦雷里：《法译陶潜诗选》序，刘志侠、卢岚主编：《梁宗岱早期著译》，
　上海：华东师范大学出版社，2016 年，第 465 页。
② 梁宗岱：《梁宗岱致瓦莱里书信》，同上书，第 386 页。
③ 同上书，第 388 页。

序言久等不至，1929 年 11 月 13 日，梁宗岱致函提醒瓦雷里诗集即将付梓，只缺他那篇序言。最终，《法译陶潜诗选》于 1930 年秋面世。跟《我的母亲》一样，瓦雷里的序言是诗集能出版的关键因素。

《法译陶潜诗选》当时总印数 306 册，根据印刷纸张的档次分成四个版本，即使最低版本的定价也要高于市面一般文学作品十倍以上[①]，显然《法译陶潜诗选》走的是精品化路线，目标读者群绝非普罗大众，而是法国上流社会和精英知识分子。其中最有名的两位读者，一位是瓦雷里，另一位则是中国人熟知的大文豪罗曼·罗兰。两位作家意识形态与文学理念各异，但梁宗岱对二者都很尊重。在两次大战之间的二十世纪二十年代，法国文化界曾有过一场东西文化大讨论，两位作家对《法译陶潜诗选》的阅读跟这一历史文化语境息息相关。

第四节 东风西渐下的《法译陶潜诗选》阅读

一、 法国二十世纪二十年代的东西文化论争

当 1925 年梁宗岱抵达法国之际，"一战"的硝烟已经褪去，1929 年的经济危机尚未到来，社会文化生活呈现空前的

---

① 在 1930 年 11 月 15 日《文学、艺术与科学消息报》（*Les Nouvelles littéraires，artistiques et scientifiques*）第八版，我们看到《法译陶潜诗选》两种较低版本的定价：荷兰格尔德直纹纸，定价 300 法郎；犊皮纸，定价 180 法郎。另两种则更贵。而同期刊登的其他文学作品大多在 15 法郎上下的价位区间。

开放活跃之势，人们欢享得之不易的战后和平，纵情其中。但在表面的文化繁荣之下暗藏着一股潜流：自"一战"开战以来蔓延至战后的西方文明危机。

"我们，各种文明，现在我们知道自己是必死的。"① 1919年，瓦雷里写下这行字作为《精神危机》一文的开篇语，他接着说道：

> 埃兰、尼尼微、巴比伦是一些美丽而模糊的字眼，这些古代世界的灭亡、它们曾经的存在对我们来说都没什么意义。但是法国、英国、俄国……同样也是美丽的名字。"卢西塔尼亚号"② 也是个美丽的名字。现在我们已经看到，历史的深渊大到足以吞下所有人。我们感到一种文明与一个生命一样脆弱。③

无独有偶，就在一年前的夏天，莱茵河彼岸出版了斯宾格勒（Oswald Spengler）《西方的没落》④（*Der Untergang des Abendlandes*），在德国文化界引起强烈反响，短短几年不断再版，到1924年已经是第四十七版了⑤。斯宾格勒的历史哲学在于：历史不是按照线性，而是循环发展，古希腊从巅峰到衰落之路欧洲都已经走了一遍，现在欧洲也将迎来自己的灭亡。他

---

① Paul Valéry, « La crise de l'esprit », in *Œuvres* I, *op. cit.*, p. 988.

② 英国巨轮，"一战"时被德军鱼雷击沉，造成上千人死亡。

③ Paul Valéry, « La crise de l'esprit », in *Œuvres* I, *op. cit.*, p. 988.

④ 梁宗岱的藏书里有法文版斯宾格勒《西方的没落》（*Le déclin de l'Occident*，Paris：Librairie Gallimard, 1931），藏书见广东外语外贸大学梁宗岱纪念室。

⑤ Jean Caves, « Le Nihilisme Européen et les Appels de l'Orient », in *Philosophies*, 15 mars 1924, p. 51.

将一个文明的发展阶段分为春夏秋冬四季，断言欧洲现在处于冬季①。

可见无论对战败国还是战胜国，"一战"都带来同样强烈的悲观情绪。这种悲观情绪不仅在战争刚结束时蔓延，直到二十年代中后期，我们依然能看到《白种民族的黄昏》②（1925）、《保卫西方》③（1927）等书的出版。"一战"摧毁了欧洲大量城市建筑，消灭了千万级别的人口，物质方面的损害固然是一场悲剧，更悲剧的则是精神上的毁灭性打击。战前的欧洲无论从历史还是地域来看，似乎都处于人类发展的巅峰，十九世纪的欧洲科学取得突飞猛进的发展，工业革命极大提高了生产效率，在先进生产力的加持下，欧洲人不断征服世界其他地区并相信自己是人类最高文明的象征。然而，正是这样一种自视为"文明"的文明最终却走向了自相残杀、自我毁灭。认识这场悲剧的原因成为摆在知识分子面前的紧迫任务。

斯宾格勒将文明的发展与灭亡比作四季轮转，这带有明显的宿命论腔调，瓦雷里则拿出一副不可知论的态度："最美与最古老、最好与最协调的事物都会因为偶然事故而毁灭"，"没有如此多的美德也就不会有如此多的恐怖。要在极短的时间内杀死那么多人、摧毁那么多财富、让那么多城市化为乌有，也许必须掌握足够多的科学知识，但同样需要足够多的道德品质。所以，知识与义务，你们都是很可疑的?"④ 他并没有去

---

① Jean Caves, « Le Nihilisme Européen et les Appels de l'Orient », in *Philosophies*, 15 mars 1924, pp. 52 - 53.

② Maurice Muret, *Le Crépuscule des nations blanches*, Paris：Payot, 1925.

③ Henri Massis, *Défense de l'Occident*, Paris：Plon, 1927.

④ Paul Valéry, « La crise de l'esprit », in *Œuvres Ⅰ*, *op. cit.*, pp. 988 - 989.

谴责知识或道德（比如德国人的纪律与认真）本身，而是认为知识与道德会在偶然条件下运用到可怕的意图上。另外，他也倾向于认为冲突是人类社会的基本属性，所谓和平很可能不过是"事物所处的一种状态，在那种状态下，人类彼此之间的自然敌意通过创造而非通过战争那种毁灭性的方式表现出来"①。"自然敌意"（hostilité naturelle）这个词表明在瓦雷里眼中，人类之间发生冲突是不可避免的，是一种常态，只不过冲突会以不同面貌呈现出来，和平年代通过竞争，战争年代则是激烈的肉体消灭，至于战争的导火索，很可能只是"偶然事故"。

　　如果将战争视为不可避免，那就没有谁该为大战中的亡灵负责。以罗曼·罗兰为代表的人道主义知识分子决然不能同意这种立场。早在大战开始之际，罗曼·罗兰就以《超然于纷争之上》②（1914）公开谴责各国政客无耻地将战争责任推给对方，也谴责各国人民怯懦地将战争归咎于命运。"是人发明了命运，这样人世间一切动乱都可交由命运来负责。根本就没有什么命运！"③ 所有人都要为这场悲剧负责：知识分子、教会、各类党派……对于恶，默许就是纵容，就是共犯，何况有时候不单是默许，还出来煽风点火：哲学家将本国视为文明和正义的化身，将敌国视为野蛮和卑劣的代名词。科学家用人种学的所谓科学成果来论证敌方人种低劣。基督教和社会主义，一个是宣传博爱的宗教，一个是宣传国际主义的意识形态，但在战

---

① Paul Valéry，« La crise de l'esprit »，in *Œuvres* Ⅰ，*op. cit.*，p. 993.

② 原题为 *Au-dessus de la mêlée*，直译为《于纷争之上》，国内通用译名为《超然于纷争之上》，笔者认为"超然"二字添加得不妥，易让人产生置身事外、冷眼旁观之意，而罗曼·罗兰绝非冷眼旁观之辈。

③ Romain Rolland，*Au-dessus de la mêlée*，Paris：Éditions Payot & Rivage，2013，p. 68.

争中都变成狂热的民族主义者，而民族主义经常导致对别国的仇恨乃至对别国的屠杀。因此，罗曼·罗兰感到是整个欧洲的精神出现了问题，狂傲自大的帝国主义心态不仅导致欧洲对世界其他地区的侵略，也造成它的自我毁灭。

无论出于何种立场，战后知识分子几乎形成一个共识：欧洲文明面临空前危机。这种危机感往往伴随着对现代世界及现代价值观的批判：科学、理性、进步已经不再能指引人心。若非坐以待毙、听天由命，则需寻找自救之道。有人给出复古药方，为启蒙时代以来失去话语权的教会打强心针，让欧洲人从传统基督教信仰中汲取精神力量。但更多的则是将目光转向东方，在他们看来，相对于好战、征服欲强、关注物质世界甚于内心世界的欧洲人而言，"东方"代表内省、和平、爱好精神生活甚于物质生活的另一群人和另一个世界。

"我们是欧洲的一群人，欧洲文明已经不再能满足我们，（……）我们是将目光投向亚洲的一群人。"[①] 在大战中因《超然于纷争之上》招致很多法国知识分子敌意的罗曼·罗兰，在战后成为国际主义精神领袖。他不仅号召全欧洲的知识分子抛弃个人与民族偏见团结起来，更强调欧洲人要向东方学习，尤其是向印度取经。之所以是印度，是因为甘地的非暴力抵抗运动提供了一个理想的非西方式发展模型。毕竟，彼时日本的民族工业化、中国的共产主义思潮，其根源都在西方[②]。在整个

---

① 　Romain Rolland，préface à *La Danse de Civa*，de Coomaraswamy (Rieder，1922)，cité dans *Les Appels de l'Orient*，*Les Cahiers du Mois* 9/10，Paris：Émile-Paul Frères，1925，p. 357.

② 　Guillaume Bridet，« L'Inde, une ressource pour penser? Retour vers les années 1920 »，in *Mouvements*，n°77，2014/1，p. 127.

二十世纪二十年代，罗曼·罗兰不遗余力地推广印度宗教文化并与印度当代知识分子过从甚密。他先后为甘地（1924）、罗摩克里希那[①]（1929）、辨喜[②]（1930）撰写传记，并与泰戈尔保持密切交往[③]。他称这样做的目的不在于"让欧洲人信仰一个亚洲宗教，而只不过是想让他们品味这一美妙的节奏、这一宽缓的气息。他们将在其中学到如今欧洲（以及美国）灵魂最需要的东西：平静、耐心、雄健的信心、安详的喜悦……"[④]

另一位在战后迅速登上法国知识分子舞台的是雷内·格农（René Guénon，1886—1951），这位法国"二十世纪最有影响力的知识分子之一"，在"两次大战之间，谁没有或多或少地读过格农？"[⑤] 雷蒙·格诺（Raymond Queneau）、安托南·阿尔托（Antonin Artaud）、安德烈·纪德（André Gide）等都曾满怀热情地阅读他的作品。格农在二十年代几乎以每年一本的速度出书并建立起他的"传统主义"思想，其中包括《印度教概览》（1921）、《东方与西方》（1924）、《现代世界的危机》（1927）等。知识分子被他吸引，首先因为他的"传统主义"对理性价值观进行了批判，对饱受主客二元分裂之苦的心灵来

---

① 罗摩克里希那（Ramakrishna，1836—1886）：十九世纪极富影响力的印度神秘家暨瑜伽士，在青年时期就已有过神秘的狂喜经验。

② 辨喜（1863—1902）：印度哲学家，社会活动家，印度教改革家。原名兰特拉纳特·达塔（Narendranath Datta），法号辨喜。

③ 1920—1930 年间，泰戈尔 5 次居留或途径法国，其中有 3 次跟罗曼·罗兰会面。进入三十年代以后，泰戈尔在欧洲逐渐失去影响力，跟罗曼·罗兰的联系也渐趋终止。参见 Jean Biès, « Romain Rolland, Tagore et Gandhi », in *Littératures* 18，1971，pp. 47‐48.

④ Romain Rolland, *Mahatma Gandhi* (Stock，1924), cité dans *Les Appels de l'Orient*, *op. cit.*，p. 357.

⑤ Antoine Compagnon, préface à Xavier Accart, *Guénon ou le renversement des clartés*, Paris：Edidit，2005，p. 13.

说是一大解脱；其次也因为"传统主义"所包含的普遍性，格农认为宇宙存在一个普遍原则，世界各地的不同"传统"通过不同方式进行象征，只是在目前阶段，它在西方的征象衰微，而东方"传统"则保存良好。西方知识分子的任务就是与东方知识精英建立对话，以期纠正目前西方文明的不良发展进程。只有在精神领域进行革新，其他各领域才能跟着革新，最终西方才能走出目前的文明困境①。

对于这种狂热拥抱东方的风气，反对者自然有之。有人讥讽地称：没错，西方文明是生病了，但是本该来的是医生，最终来的却是"祭司"②。更有民族主义者声称罗曼·罗兰"跟莱茵河对岸的人（德国人）沆瀣一气，要让法国人去西方化"③。

经过亲东方派与反东方派的几番笔战，到了 1924 年下半年，东方化问题似乎成了一个文化界要共同面对和澄清的问题。《每月手册》（*Les cahiers du mois*）杂志组织了一次问卷调查，共五个问题：

1. 您是否认为东西方完全不能互相理解？或至少认为，借用梅特林克的说法，人的大脑存在一个东方脑叶与一个西方脑叶，二者的沟通总是白费努力？

---

① Xavier Accart, *Guénon ou le renversement des clartés*, *op. cit.*, pp. 88 – 89.

② Ballard, « Défense de l'Occident », *Fortunio*, juillet 1924, p. 679, cité dans *Guénon ou le renversement des clartés*, *op. cit.*, p. 90.

③ Henri Massis, « L'offensive germano-asiatique contre la culture occidentale », *Journal littéraire*, 19 juillet 1924, p. 1 – 2, cité dans *Guénon ou le renversement des clartés*, *op. cit.*, p. 91.

2. 如果我们能接受东方影响，在您看来哪里人最能代表东方给法国施加影响力，是日耳曼、斯拉夫还是亚洲？

3. 您是否同意亨利·马西的观点，认为法国的思想艺术会在东方影响下受到严重损害，当务之急在于抵制这种影响？或者说，您是否认为我们已经开始清除地中海影响，认为我们能效仿德国，通过"认识东方"来丰富自身文化并获得新的感受力？

4. 在您看来，艺术、文学和哲学当中，哪个领域最能从东方影响中获益？

5. 在您看来，哪些价值造成西方之于东方的优越性？或哪些伪价值贬低了西方文明？

问卷调查对象呈现出充分的广度，从职业身份来说，有包括多位法兰西院士在内的哲学家、东方学家、作家、艺术家、批评家、探险家等，作家当中既有瓦雷里、纪德这样的文坛泰斗，也有布勒东这样的文学新青年；从国籍来说，有法、德、比、美、俄、希腊、波兰等。最后杂志将 114 份答复及跟东方主题相关的作品评论、报刊剪辑等汇编成册，以《东方的召唤》①（*Les Appels de l'Orient*）为题于 1925 年出版。

在答复者名单中，我们看到亲东方派有以格农为代表的"传统主义"者，也有布勒东和他的超现实主义伙伴。罗曼·罗兰拒绝跟狂热的民族主义者出现在一起，因此拒绝回答。除了极端抗拒与极端拥抱东方之外，我们看到更多的是以瓦雷里

---

① *Les Appels de l'Orient*，*Les Cahiers du Mois* 9/10，Paris：Émile-Paul Frères，1925.

为代表的法国精英知识分子的立场。他们大多将西方认同为西欧，认为西方自古以来就不断受到东方影响，宗教、哲学、文学、艺术概莫能外。比如，《圣经》来自东方犹太人，古希腊皮朗（Pyrrhon）的怀疑论和古罗马普罗丁（Plotin）的神秘主义"如果没有受到一点印度的影响是无法理解的"[1]。甚至有艺术家称东方存在于西方的血液中，是一种西方文明体内的"酵母"，稍有东方外来影响则一触即发[2]。但西方的长处与特质在于其吸收消化能力，这种能力来源于自由精神，不设门槛与界限，充分汲取世界文化精华[3]；另一方面要归功于源自古希腊的理性精神，一种世界其他地区都未曾充分发展的精神。西方在接受东方影响时，从来不是单纯模仿，而是分析、整理，使之成为一门学问，继而取得更多进步。因此，虽然东西方一直保持接触，但西方凭借其自由与理性精神，而非某种特定秩序和观念，将更多的资源化为己用，因而取得比东方更多的成就。瓦雷里将西方的这种能力称为"选择的力量"，他将地中海盆地形容为："在这个封闭的盆地里，汇聚了从古至今来自辽远东方的精华。"[4] 对他而言，东方并不陌生。西方在不断变化之中，而东方保持停滞："我们将会欢迎来自东方之物，若还有什么新事物能来到的话——对此我表示怀疑。"[5]

对这些坚信西方核心价值观的知识分子而言，东方化或东方威胁论是个伪命题。最深刻了解东方的莫过于东方学家，如

---

① Léon Brunschvicg, *Les Appels de l'Orient*, *Les Cahiers du Mois* 9/10, Paris: Émile-Paul Frères, 1925, p. 14.
② Yvonne Brothier, *ibid.*, p. 251.
③ René Lalou, *ibid.*, p. 289.
④ Paul Valéry, *ibid.*, p. 17.
⑤ *Ibid.*

汉学家马伯乐，虽然跟其他东方学家一样，他也认为"东方"这个名词毫无意义，东西方的划分毫无根据，所谓"东方"只不过是"西方人想象出来的产物"，是根据零零碎碎、或多或少有点正确的观察，为了制造一个跟自己截然相对的精神而构建起来的"相当可爱然而虚假的怪物"。不过，尽管他反对这一模糊不清的概念，依然使用这一概念做出如下判断：

> 如果说已经开始某种自我清算的话，那也是东方在清算而非西方：在一切领域，无论是政治、社会、艺术还是思想，古老的观念都在后退以让位于"新观念"——完全是西方的新观念。（……）我认识一些二十年前的中国大学生，也认识一些当今的中国大学生，在两代人之间存在巨大的鸿沟，很多古老观念和思维习惯都彻底泯灭在这鸿沟里了。（……）
>
> 西方对东方施加的影响比东方施之于西方的影响要大很多，原因很简单：东方人需要西方人，而西方人并不需要东方人。对东方人而言，他们有迫切学习西方某些东西的需要，而对我们而言，我们只不过是以一种业余爱好的心态，在一个或多或少真实的东方寻找一些新印象和新感觉以供消遣。[1]

文学批评家拉鲁（René Lalou，1889—1960）也声称：在文学领域，细数当下代表文学发展方向的重要作家，没有谁受

---

[1] Henri Maspéro，*Les Appels de l'Orient*，*Les Cahiers du Mois* 9/10，Paris：Émile-Paul Frères，1925，p. 295.

到明显的东方影响，东方化根本就不存在。他列举的所谓著名作家大多都已被文学史淡忘了。二十世纪二十年代法国文学史上最重要的文学运动也许是安德烈·布勒东、路易·阿拉贡（Louis Aragon，1897—1982）等领导的超现实主义诗歌运动，其影响力超越诗歌，遍及绘画、音乐、电影等其他艺术领域，也超越国境，波及其他欧美国家。在这次问卷调查一堆谨慎稳健的答复中，布勒东的回答十分扎眼："如今我们的光明来自东方。（……）无论在哪一方面，我都不期待'东方'来丰富我们或让我们焕然一新，我所期待的是：让'东方'征服我们。"①在《东方的召唤》出版的同一年，路易·阿拉贡在一次公开演讲中宣称："西方世界，你必死无疑。我们是欧洲的失败主义者（……）。我们和你的所有敌人结盟（……）。东方是你的梦魇，它将响应我们的呼唤。（……）我们是一群将手伸给敌人的人。"②1925 年，布勒东二十九岁，阿拉贡二十八岁。无论那些老成持重的前辈怎么想，年轻一代已经发出不一样的声音了。

　　法国二十世纪二十年代的东西文化讨论集中反映了"一战"后欧洲文化界对启蒙时代以来进步、理性观念的反思，"东方的召唤"与其说是西方人对东方的向往，不如说是西方人建构出来的一种反现代性的他者。东方主义者往往以拥抱和学习东方的名义来激活西方固有传统中反科学、反理性的因子，正如亨利·马西（Henri Massis，1886—1970）指出的那

---

① André Breton，*Les Appels de l'Orient*，*Les Cahiers du Mois* 9/10，Paris：Emile-Paul Frères，1925，p. 251.

② Louis Aragon，« Fragments d'une conférence »，*La Révolution surréaliste*，n° 4，15 juillet 1925，p. 25，cité dans *La sociologie du surréalisme 1924 - 1929*，Paris：La Dispute，1999，p. 207.

样："在印度教、儒家、道家……无数的形而上学或伦理观中"①，各种西方本来的流派学说各取所需来论证自身观点的普世性和真理性。

反现代性需求与对异国情调的追逐交织在一起，使得"东方"在二十世纪二十年代的巴黎成为一种文化时尚。1929 年，梁宗岱作为撰稿人参与美国青年萨伦逊（Harold Salemson，1910—1988）创办的英法双语杂志《鼓》，他在创刊号②和第二期投递的诗文既有自己的作品，也有译诗——王维的《山中与裴秀才迪书》。该杂志在 1930 年第 6 期还刊登了威特·宾纳（Witter Bynner，1881—1968）与江亢虎合译的八首唐诗③。《鼓》的创刊词声称："我们将伴随着鼓点宣告崭新的气象。"④也就是说，中国的古诗在二十世纪二十年代的巴黎似乎成为西方现代文艺的组成元素之一。《鼓》所刊登的中国古诗与梁宗岱作品"代表了当时现代主义的中国风"⑤。梁宗岱《法译陶潜诗选》的翻译和出版正是在这样一种文化氛围下进行的。

二、 瓦雷里序言：沉默的背后

"我们将会欢迎来自东方之物，若还有什么新事物能来到

---

① Henri Massis, *Les Appels de l'Orient*, *op. cit.*, p. 31.

② 第一期的作者目录中还包括菲利普·苏波（Philippe Soupault，1897—1990），他是达达主义的积极参与者与超现实主义的创始人之一。

③ 威特·宾纳与江亢虎在 1929 年出版了合译的《唐诗三百首》英译本《群玉山头》（*The Jade Mountain*）。

④ Harold-J. Salemson, « Présentation », *Tambour*, février 1929, p. 2.

⑤ Mark S. Morrisson and Jack Selzer, "Tambour, a snapshot of modernism at the crossroads", *Tambour Volumes* 1 - 8, *a Facsimile Edition*, Madison：The University of Wisconsin Press, 2002, p. 24.

的话——对此我表示怀疑。"① 当瓦雷里在 1925 年发表这番言论的时候，他在实际生活中从未遇到过任何中国人。一年之后，他认识了第一个中国人——梁宗岱，三年之后，他为另一个中国人盛成所著《我的母亲》作序，五年之后，由他作序的《法译陶潜诗选》出版。盛成与梁宗岱是否给他带来东方的新东西？

关于中国他并非一无所知，早在 1895 年他就曾写下一篇关于中国的作品《鸭绿江》（*Le Yalou*）。1895 年中日战争爆发，象征古老亚洲文明的中国败于西方化的日本，此事带给瓦雷里极大震撼。他在文中设想了一位中国文人和一位西方人之间的谈话，西方人更多是扮演倾听者的角色，他主要通过中国文人之口阐述自己对中国文化的认知。瓦雷里写文章之前显然对中国进行过一番研究，他首先注意到中国悠久的历史与庞大的人口数量，认为这跟中国人的祖先崇拜息息相关："这儿的每个男子都知道自己为子亦为父，置身于千千万万父子中间。他不仅置身于四周的整个民族，也置身于地下已逝的祖辈与未来将至的后代之间，就像一块砖嵌在一面砖墙上，他得以站稳。这儿的每个男子都知道若没有这块坚实的土地，不去对祖先进行维系，他就什么都不是。"② 整个中国就像一个自洪荒时代以来延绵不绝的大家族，始终保持着让人口繁衍的足够智慧，其庞大的人口数量形成一个深不可测的"巨大海湾"③、一股"黄流"（eau jaune），一切外来侵略者，无论怎样聪明先进，最终必将淹没其中。

---

① Paul Valéry, *Les Appels de l'Orient*, *op. cit.*, p. 17.

② Paul Valéry, « Le Yalu », in *Œuvres Ⅱ*, *op. cit.*, p. 1018.

③ *Ibid*.

瓦雷里认为中国人的求知欲相当有限，在中国人看来，将知识无限拓展会带来无尽的烦恼，探索永无穷尽之时，最终只能以绝望而收场。一旦探索的脚步停止，迎来的只能是衰落。因此，中国人的解决方案是固守祖宗给出的答案。他还认为中国的象形文字太难于学习，客观上起到了愚民作用，普通老百姓难于通过识字掌握知识和进行思考，权力得以牢牢掌握在少数文人手中。中国的"文字太难，这是一种政治"①。

至于如何看待那些中国人引以为傲的古代发明，在《鸭绿江》中，中国文人对西方人说的最后一句为："你看，不应该鄙视我们，因为，我们发明了火药，为了能够，在夜里，放出烟花来。"② 瓦雷里认为，之所以中国人没有在这些发明的基础上进行持续深入的探索与发展，是因为进一步探索所产生的巨大能量会扰乱这个国家简单的发展机制，破坏它"缓慢而庞大的存在"③。

总而言之，在1895年瓦雷里的眼中，中国人是一个集合体，是一个千秋万代繁衍不止的种族，这个种族以最大的智慧来保证自身的永久延续。梁宗岱与盛成的出现给了他以观察中国人个体、切身感受中国文化的机会。

作为没有官方机构在背后推动的个人文学活动，作家选择以何种方式来向西方世界呈现中国面貌，跟个人生活经历与性情倾向有着紧密关联。盛成通过《我的母亲》所呈现的中国是近代以来军阀割据、内忧外患的中国，带有强烈的现实气息。而梁宗岱的《法译陶潜诗选》呈现出的则是古代中国的山水田

---

① Paul Valéry, « Le Yalu », in *Œuvres Ⅱ*, *op. cit.*, p. 1020.
② *Ibid.*
③ *Ibid.*

园与一颗宁静的智者心灵。在两本书的序言作者瓦雷里眼中，盛成与梁宗岱并不仅仅是作者与译者，也是中国人的代表，两本书是对中国文明的表达。

瓦雷里作为法兰西学士院院士，其社会地位注定了会有很多人来请他写序言以提升作品影响力，他的序言一般很少涉及作品本身的内容，主要篇幅都用来阐述自己就某个问题的观点。为《我的母亲》所作序言也是如此，这本书给他提供一个契机来思考东西方关系，表达他对于中国文化的看法。《我的母亲》序言后来以《东方与西方》（"Orient et Occident"）为题收入伽利玛出版社"七星文库"《瓦雷里作品全集》。在这篇序言中，瓦雷里强调了盛成对于促进东西方情感交流与相互理解所做出的开创性贡献："截至目前，这种情感与思想的交流还没有先例。"① 在此之前的很长时期，"中国对我们而言意味着另外一个星球，住着一个怪异的民族。只看到他人在自己眼中最奇怪的方面，再也没有比这更自然的事了。一个佩戴假发、涂脂抹粉或头顶高帽的脑袋，是无法想象拖着长尾巴的脑袋的"②。在西方人眼中，中国是一个矛盾体："智慧与愚蠢、软弱与持久、呆滞无力与精工细作"③ 并存，这个国家"巨大而贫弱、富有创造力而停滞不前、迷信而无信仰、残暴而充满哲学气息、淳朴而腐败不堪"④。种种悖论使得西方人无法将中国视为文明世界的一分子，但又不能将其视为彻底的野蛮，因此只能看作另外一个世界，虽与己共存，但远在天涯。

---

① Paul Valéry，« Orient et Occident »，in *Œuvres* Ⅱ，*op. cit.*，p. 1028.
② *Ibid*.
③ *Ibid*.
④ *Ibid*.，p. 1029.

瓦雷里将中国视为西方现代文明的对立面。中国人好古，反对求新求变，而西方现代文明以"进步"为准则，在文艺界体现为以创造"惊讶与震撼的即时效果"[①]为宗旨。瓦雷里不认可这种现代倾向，但这并不意味着他赞同乃至钦慕中国人。中国人"过于顽固和过于持久地处于被动状态"，欧洲人将他们"从昏睡中唤醒"。[②]瓦雷里对于西方的殖民与侵略活动并不进行道德评判，尽管盛成在《我的母亲》中对西方列强多有抨击之处，比如在讲到义和团运动时，他写道："诸列强面无愧色地瓜分了中国，圈定各自的势力范围，或者说圈定了各自的政治与经济利益带。"[③]八国联军进京后，"杀、杀、杀……'杀中国人真好玩'，一个人说道。'我喜欢玩弄那些辫子和小脚'，另一个人以撒旦般的口吻说道"[④]。对这一切，他以一种如若不是冷漠，至少也是冷静的口吻写道："外国恶魔（……）乐于将原始种族或古老得衰朽的民族从僵化或麻木的状态中唤醒。"[⑤]对于盛成在书中展现的家族苦难历史，瓦雷里读出了中国人"无尽的植物性力量"[⑥]（la force végétal infinie）。所谓"植物性力量"是一种原始的生命力，不主动、不积极，依靠生物本能在自然环境中繁衍以维持种族延续。

盛成的写作未能改变他之前就已形成的对于中国的观感：中国人努力进行人口繁衍，造就一个"充满无数人的深渊"[⑦]

[①] Paul Valéry, « Orient et Occident », in *Œuvres* Ⅱ, *op. cit.*, p. 1030.

[②] *Ibid.*, p. 1032.

[③] Cheng Tcheng, *Ma mère*, *op. cit.*, p. 98.

[④] *Ibid.*, 100.

[⑤] Paul Valéry, « Orient et Occident », in *Œuvres* Ⅱ, *op. cit.*, p. 1031.

[⑥] *Ibid.*, p. 1034.

[⑦] *Ibid.*

（abîme d'hommes innombrables），但精神上处于消极被动的状态。精神是瓦雷里最为看重的文明特质，也是他认为欧洲之所以强大，区别于世界其他地区并能征服世界其他地区的原因。在瓦雷里看来，人之所以区别于动物，在于他有梦想，他不是接受、习惯和顺应自然，而是为了梦想中尚不存在的事物去改造自然。他有着一颗永不满足的心："他的身体与胃口一旦得到满足，内心深处便立刻产生某种躁动不安的东西，秘密地折磨、启发、命令、刺激和操纵着他。这种东西就是精神……"① 人类的每个梦想都是为了超越或战胜某个先天限制，在不断地拥有梦想和实现梦想的过程中，人类取得了文明与进步。若盘点人类自古以来所取得的成就，他发现："最多、最惊人、最丰富的成就都是由人类中的极少数在全球可居住面积中的极小部分上所取得的。"② 欧洲正是这块福地，是欧洲人凭借着欧洲精神完成了那些壮举。瓦雷里认为"一战"对欧洲最大的伤害是对欧洲精神的伤害，欧洲人开始自我怀疑乃至自我否定，而他本人从来没有对欧洲精神的价值加以怀疑。当他阅读来自古老中国的田园诗歌会产生怎样的反应？

　　梁宗岱出版《法译陶潜诗选》至少有两方面的企图。一种是哲学上的，他试图向西方读者证明陶渊明有着不输于乃至高于斯多葛主义的智慧。另一种是诗学上的，他试图穿越重重障碍，在译文中呈现陶渊明的诗风。在哲学方面，瓦雷里没有进行任何评述。他为《法译陶潜诗选》所撰序言针对陶渊明本人或诗集本身的评论很少，他把这次写作序言的机会主要用来表

---

① Paul Valéry，« La crise de l'esprit »，in *Œuvres I*，*op. cit.*，p. 1002.
② *Ibid.*，p. 1004.

达他对诗学和中国文化的看法。在这篇序言里，他将梁宗岱视为中国人的代表，认为梁宗岱之所以能迅速精通法语，捕捉和感受法语的精妙之处，正在于中国人是自古以来"最文学的种族，唯一从前敢于把治天下的职责交给文人，统治者对手中的毛笔比对权杖更自豪"① 的一个种族。中国人不善于进行抽象的逻辑思维，但拥有超凡卓绝的艺术直觉。他指出陶渊明跟欧洲古典作家以及某些法国诗人存在共性，有着古典作家的简朴（simplicité）："简朴分成两种：一种是原始的，源自匮乏；一种产生自过度的富裕，挥霍之后而觉醒。"② 古典作家的简朴属于后一种。

瓦雷里在序言中只提到陶渊明诗歌的风格而丝毫没有触及诗歌的内容或思想，他将陶渊明比作"中国的拉•封丹和维吉尔"③ 却意味深长。瓦雷里在晚年应一位朋友的请求翻译维吉尔的《牧歌》，在译作前言中，他写道："田园生活于我是陌生的，在我看来也相当无趣。农业劳动所要求的那些品质恰恰是我所不具有的。（……）四季轮回及其效应让人感到自然与生命的愚蠢，生命只知道自我重复以得到延续。"④ 在瓦雷里的语境中，生命是精神的对立物，生命是被动的、充满惰性的，以自我延续为目标，而精神是积极主动的，以创造、改善、提升为动力。生命努力适应自然，而精神改造与征服自然。瓦雷里在《我的母亲》中读出了"无尽的植物性力量"，在陶渊明诗歌中又读出了什么？对此他没有明言，而是选择了沉默。

---

① 瓦雷里：《法译陶潜诗选》序，《梁宗岱早期著译》，上海：华东师范大学出版社，2016 年，第 469 页。

② 同上书，第 470 页。

③ 同上。

④ Paul Valéry，« Variations sur les *Bucoliques* »，in *Œuvres Ⅰ*，*op. cit.*，p. 208.

三、 罗曼·罗兰的阅读：对"他者"的期待

罗曼·罗兰在二十年代不遗余力向欧洲传播印度文化（详见本章"法国二十世纪二十年代的东西文化论争"部分），希冀以印度精神来拯救西方文明危机。与此同时，他与中国也产生了千丝万缕的联系。1919 年《新青年》第 7 卷第 1 期发表了由张崧年翻译的《精神独立宣言》（"Déclaration d'indépendance de l'esprit"），这篇宣言由罗曼·罗兰撰写，欧洲诸多知识分子签名，原刊于 1919 年 6 月 26 日法国《人道报》（l'Humanité）。宣言发表于《凡尔赛条约》签署之际（1919 年 6 月 28 日），旨在对"一战"中知识分子屈从强权并为强权服务进行反省，号召知识分子以一种超越国别与种族的人道主义，秉持精神独立与自由，为全人类的福祉而工作。这篇译文奠定了罗曼·罗兰在中国读者心中"为精神，为真理，为人类全体"[①] 而奋斗的形象。1926 年罗曼·罗兰六十诞辰之际，《小说月报》和《莽原》刊登了一系列罗曼·罗兰的政论或介绍罗曼·罗兰的文章，反映出在二十年代国内最看重罗曼·罗兰的和平与人道主义思想以及为实现和平理想的大无畏精神。在文学方面，他的传记作品《甘地小传》[②] 和《裴多汶传》[③]、戏剧作品《爱与死

---

① 罗曼·罗兰：《精神独立宣言》，张崧年译，《新青年》，1919 年第 1 期，第 32 页。

② 1925 年上海美以美全国书报部出版，谢颂羔、米星如翻译，同年再版。转引自涂慧：《罗曼·罗兰在中国的接受分析——以〈约翰·克利斯朵夫〉为中心》，北京师范大学硕士学位论文，2008 年，第 5 页。

③ 1927 年上海北新书局出版，杨晦根据贝莎·康斯坦斯·哈尔（B. Constance Hull）英译本转译。转引自同上。

的搏斗》①、小说《皮埃尔与鲁西》② 都在二十年代被翻译成中文。罗曼·罗兰本人也与中国文坛建立了直接联系，关键人物是敬隐渔。1924 年 6 月 3 日，敬隐渔从上海写信，想要翻译罗曼·罗兰的《约翰·克利斯朵夫》，请求作家本人授权，8 月收到回信，次年 1 月《小说月报》刊发了这封回信。此后敬隐渔继续保持跟罗曼·罗兰的通信，他翻译了一些中国作家的作品并把译作寄给罗曼·罗兰，其中包括鲁迅的《阿 Q 正传》。经罗曼·罗兰介绍，这篇作品发表在《欧洲》杂志 1926 年 5 月和 6 月号上。

在 1926 年由罗曼·罗曼六十寿辰引发的罗曼·罗兰热之前，十八岁（1921）的梁宗岱就已通过英译本阅读了他的《约翰·克利斯朵夫》，认为这本书可以作"精神底灵丹和补剂"③。1929 年初，他把陶渊明译诗寄给罗曼·罗兰，想让这位法国大作家认识中国古代一位卓越的诗人，罗曼·罗兰在回信中称陶诗的"声调对于一个法国人是这么熟习！从我们古老的地上升上来的气味是同样的"④。当年 10 月，梁宗岱在度假途中前去日内瓦附近的新城（Villeneuve）拜访罗曼·罗兰。1930 年秋，梁宗岱将刚刚出版的《法译陶潜诗选》寄了一本

---

① 1928 年上海创造社出版，夏莱蒂、徐培仁根据英译本转译《爱与死之角逐》；另一译本为 1929 年上海泰东图书局出版，梦茵翻译《爱与死》。转引自涂慧：《罗曼·罗兰在中国的接受分析——以〈约翰·克利斯朵夫〉为中心》，北京师范大学硕士学位论文，2008 年，第 5 页。

② 《彼得与露西》由李劼人翻译，刊登在 1926 年《小说月报》第 17 卷第 6—7 号上；另一译本为 1928 年上海现代书局出版，叶灵凤翻译的《白利与露西》，1931 年再版。转引自同上。

③ 梁宗岱：《忆罗曼·罗兰》，《诗与真》，北京：中央编译出版社，2006 年，第 220 页。

④ 同上。

给罗曼·罗兰，不久收到来信，罗曼·罗兰称赞这本诗集是一部"杰作"，他感到陶渊明和贺拉斯、维吉尔等拉丁诗人有着相似面目，这既让他觉得是个"奇迹"，同时又为之惋惜："它对于我是已经熟习了的，我到中国的旅行并不引我出我底门庭去。"[①] 罗曼·罗兰的惊讶与惋惜之情体现了他对中国的"他者"想象与期待，在陶渊明的诗歌里，他的期待落空。同为东方文明，是印度满足了他的这种期待。1919 年 8 月 26 日在致泰戈尔的信中，罗曼·罗兰写道，欧洲与亚洲构成"人类的两个半脑……应努力重建二者的联系，促进各自的健康发展"[②]。对欧洲深感失望的罗曼·罗兰希望在东方发现一个完全异质于西方的精神世界、人类的另外一个半脑，而以泰戈尔为代表的印度文人也积极参与这种二元构建：理性的、物质主义的西方与感性的、精神至上的印度[③]。

四、 梁宗岱对人类精神普遍性的强调

跟泰戈尔不同，梁宗岱并未选择参与这种"他者"的构建。他在给罗曼·罗兰的回信（1930 年 11 月 15 日）中写道，"在中国占主导地位的精神跟拉丁法国的精神确实存在相似性"，并补充道："思想、宗教、甚至科学，如果不是精神与自然的反映又会是什么呢？精神到处都一样，而自然存在不同程

---

① 梁宗岱：《忆罗曼·罗兰》，《诗与真》，北京：中央编译出版社，2006年，第 224 页。

② Jean Biès, « Romain Rolland, Tagore et Gandhi », in *Littératures* 18, 1971, p. 53.

③ *Ibid.*, p. 126.

度的区别。在一种思想或一部著作里，具有深刻普遍性的东西来自精神，而表面分歧来自自然。"[1] 梁宗岱之所以强调精神的普遍性，很大程度上是因为他想消除文化本质论，即一种认为非西方人从本质上区别于西方人的偏见。这种偏见不仅见于普通民众当中，也见于知识分子群体中。一些人文学科如社会达尔文主义、优生学与颅相学成为文化偏见乃至种族歧视的合法性来源。具体到中国，最重要的论调之一是中国人逻辑思维能力较弱，这种论调主要基于比较语言学的成果推导而来。早在十九世纪上半叶，德国语言学家洪堡（Wilhelm von Humboldt，1767—1835）在致法国汉学家雷穆沙（Jean-Pierre Abel-Rémusat，1788—1832）的信中就声称中文缺少像很多欧洲语言那样的语法形式，不能有效地组织起长句，因而会"限制思想的自由发展"[2]。语法形式完备的语言"将表达视为对思想的描绘，在这种描绘中，一切都是连续和紧密联系在一起的，（……）更多的生命与活力充溢于灵魂中：一切官能都更加和谐一致地运作。如果说中文能制造一些惊人的效果，拥有对立语法系统的那些语言则向我们展示出惊人的完美，我们认为那才是语言真正应该追求的状态"[3]。洪堡作为比较语言学的创始人之一，将语言和思想紧密联系在一起，认为语言特征决定了思维能力与方式，他的学说在二十世纪初仍有较大影

---

① 梁宗岱：《梁宗岱致罗曼·罗兰书信》，刘志侠、卢岚主编：《梁宗岱早期著译》，上海：华东师范大学出版社，2016 年，第 442—443 页。

② Wilhelm von Humboldt et Jean-Pierre Abel-Rémusat, *Lettres édifiantes et curieuses sur la langue chinoise : un débat philosophico-grammatical entre Wilhelm von Humboldt et Jean-Pierre Abel-Rémusat*, 1821-1831, Jean Rousseau et Denis Thouard（éd.），Villeneuve-d'Ascq：Presses universitaires du Septentrion，1999，p. 164.

③ *Ibid.*

响。汉学家马伯乐在一场关于中文的讲座（1933）中指出中文"没有词形变化，加上词类属性不清，无法明确区分名词与动词，所有这一切给中国人的精神造成了很大影响。在句子当中，词与词的关系仅由彼此之间的相对位置来确定，且这些关系不是必须要表达出来的，由于缺乏特殊形式与特殊词汇的辅助，词语之间的关系在一个中国人的精神世界中从来不是必须存在的。结果就是：逻辑推理的元素也不是必须存在的。因此，中国人的逻辑推理比较松散，不像西方人那么缜密"①。

梁宗岱也认为语言和思想密不可分，二者之间相生相长，彼此影响："英文最实用，英国底哲学思想便注重实验；法文最清晰，法国底哲学思想，即最神秘的如柏士卡尔（Pascal），也清明如水；德国底文字最繁冗，德国底哲学思想，即最着重理性的如康德，也容易流于渺茫黯晦。"② 按照这样的逻辑，应是中国文字如何如何，所以中国人的思想如何如何，但他没有做出这样的评论，而是在给罗曼·罗兰的回信中声称全人类的精神都是相同的。他将儒家比作笛卡尔式的理性，道家比作印度的泛神论，这两种思想也许只是同一事物的两个阶段，相互补充③。也就是说，他认为人类的精神存在多面性，不同种族在不同历史阶段会重视不同方面，但这并不意味着不同种族的精神之间存在本质区别。梁宗岱将《庄子·天下篇》中的惠

---

① Henri Maspero，« La langue chinoise »，in *Conférence de l'Institut de linguistique de l'Université de Paris*，*année 1933*，Paris：Boivin & Cie，1934，p. 51.

② 梁宗岱：《文坛往那里去——"用什么话"问题》，《诗与真》，北京：中央编译出版社，2006 年，第 62 页。

③ 梁宗岱：《梁宗岱致罗曼·罗兰书信》，刘志侠、卢岚主编：《梁宗岱早期著译》，上海：华东师范大学出版社，2016 年，第 443 页。

施与古希腊的芝诺相比较，二者提出的命题存在惊人的相似性，证明无论东方还是西方，人类的精神是共通的，并不存在理性的西方"半脑"和感性的东方"半脑"这一区分。中国古代也曾出现过注重逻辑推理的头脑，只不过在悠远的历史发展中，芝诺的辩证思想如种子落在肥沃的土地上，不断启发后来人的思考，而惠施却被贴上"诡辩"的标签遭到冷落①。因此即便说中国人逻辑推理能力较弱，这也并非一种中国人的本质特征，而是各种历史因素综合导致的。梁宗岱也指出，中国人并非跟科学绝缘："帕斯卡尔的数学三角形，一位中国几何学家在十三世纪就已经发现了，那是几何学在中国达到的巅峰期。"② 因此，面对以罗曼·罗兰为代表的法国知识分子对东方异质文化的寻求，梁宗岱的回应是人类精神具有普遍性，而这正是东西方可以互相理解、彼此沟通的基础。

他在西方人面前以精神普遍性的名义竭力维护中国人的尊严，在面对本国读者时，他同样以普遍性的名义来批判中国人的精神缺点，正因为精神存在普遍性，才具有可比较性，才能通过与他人的对比来反省自我。他反对以"中西文化"的幌子来自我麻痹乃至盲目自大，1931 在致徐志摩的信中，他说中西文化"这名词有语病"，却并没有解释为何。要到 1942 年《非古复古与科学精神》这篇长文，我们才能发现，他之所以对"中西文化"这一名词不满，是因为"历来讨论中西文化的，总好在'物质'和'精神'二词上翻筋斗：一个自诩为精

① 梁宗岱：《非古复古与科学精神》，《诗与真续编》，北京：中央编译出版社，2006 年，第 153—154 页。
② 梁宗岱：《梁宗岱致罗曼·罗兰书信》，刘志侠、卢岚主编：《梁宗岱早期著译》，上海：华东师范大学出版社，2016 年，第 444 页。

神文化，另一个则歌颂物质文明"①。即，中西文化已经成了
一组精神-物质的二元划分。梁宗岱不认可这种划分。他将文
化定义为"无数的个人用以应付环境并超越环境的刻刻变化的
多方面精神努力底总和"②。中国文化确实拥有许多克服与超
越环境的精神结晶，但与西方人相比，这种精神力量的运用是
不够充分的。之所以不充分，主要是因为中国人缺少"学术上
的超然性和客观性"③，太过于功利主义，"'学而优则仕'，已
成为我国几千年来教育底金科玉律。所以学问对于大多数人，
上焉者可以说是经邦济世，下焉者则只是干禄牟利的工具。很
少把它当作毕生事业去钻研寻究的"④。在梁宗岱眼中，中国
人抽象推理的能力较弱，并非因为中国人天生不如西方人，或
者如语言学家所认为的那样，是汉语的缺陷导致中国人进行逻
辑推理缺乏强有力的工具，而是千百年来的社会环境使中国人
养成了学术上的功利心，无法以超脱的态度追求真理。

　　罗曼·罗兰与瓦雷里对陶渊明诗歌的评价在很大程度上是
相似的，他们在阅读中都有一种熟悉感，都认为他与拉丁诗人
维吉尔比较接近，对此卞之琳十分惊讶："我认为中国旧日山
林隐逸诗与古罗马田园牧歌的境界相隔得十分遥远，不止十万
八千里。罗兰读他的译本甚至惊讶中国心灵与拉丁法国（即地
中海法国）之间好像有一种特别的血缘关系。也许是因为法国
现代作家（甚至这两大家也难免）对于译到法国的中国旧诗文

---

① 梁宗岱：《非古复古与科学精神》，《诗与真续编》，北京：中央编译出版
　　社，2006年，第152页。
② 同上。
③ 同上。
④ 同上书，第150页。

与身临法国的中国新文人总怀有超出常规的特殊好感与期望吧。"① 我们今天已经很难揣测两位法国文豪的真实心理，但通过他们留下的序言和书信，我们会发现他们在陶渊明译诗中更多看到的是中国与西方的相似性而非特殊性。说到底，这是因为译者梁宗岱从一开始就不以"他者"自居，而是想通过翻译来证明中国人也有着普遍的人类精神。

这种对中国思想普遍性的强调不同于法国汉学传统。从明清时代的传教士开始，法国汉学家就出于各种各样的目的将中国塑造成一个跟西方截然不同的世界，这种传统一直保持至当今的法国汉学界，最著名的例子是汉学家于连（或朱利安）②。他自二十世纪八十年代以来，通过《迂回与进入》（*Le détour et l'accès. Stratégie du sens en Chine, en Grèce*）、《淡之颂：论中国思想与美学》（*Eloge de la fadeur. A partir de la pensée et de l'esthétique de la Chine*）等一系列著作，用一套中国思想术语体系，将中国思想塑造成希腊思想的对立面，在法国汉学界乃至文化界获得极大影响。

以《淡之颂：论中国思想与美学》这本书为例，围绕"平淡"这两个中国传统美学关键字眼，于连指出其跟中国传统思想（儒释道）的深刻关联："'淡'将人的意识带入现实的'根

---

① 卞之琳：《纪念梁宗岱》，《卞之琳文集》中卷，合肥：安徽教育出版社，第 170 页。
② 更常见的叫法是"于连"，但本文所引用的《淡之颂》中译本将他的中文译名定为"朱利安"。瑞士汉学家毕来德（Jean François Billeter，1939—　）坚决反对于连的立场，他于 2006 年出版《驳于连》（*Contre François Julien*）一书，指出于连的所有作品都完全建立在一个将中国他者化的神话上，这个神话将中国视为完全有别于西方乃至跟西方截然相对的一个世界。

源'，带回万物进程从它开始的那个'中'。它是进深之道（通往简朴、自然和根本），也是淡漠之途（远离特殊、个体及偶然）。"① 具体到陶渊明的诗歌，他指出陶渊明是经常被引用的淡朴诗人，陶渊明诗歌中的平淡就是"当意识超越了一切的限制，并且重新获得自然纯真的时候，那是一个对'以天下为忧的社会参与'保持距离的态度"②。梁宗岱也曾撰写过关于"平淡"的批评文字，如果说理解于连的"平淡"需要深厚的中国古典文化根基，理解梁宗岱的"平淡"却只需要一定的人生历练和一定的文学品味。他将"平淡"约等同于"单纯"或"朴素"，但这种朴素不是"贫血或生命力底缺乏"③，而是作者随着年龄阅历的增长与技艺的不断提升，通过对作品不断进行打磨、洗练与集中形成的效果。他对平淡的理解承袭有宋一代对平淡的阐释，平淡不是钟嵘在《诗品序》中所言"淡乎寡味"，而是苏轼的"所贵乎枯淡者，谓其外枯而中膏，似澹而实美"④。宋人认为平淡乃是一种历经绚烂、步入老熟之后才能达到的境界："东坡尝有书与其侄云：'大凡为文，当使气象峥嵘，五色绚烂，渐老渐熟，乃造平淡。'余以不但为文，作诗者尤当取法于此。"⑤ 也有人将文风的这一演变过程比作四季流转："凡文章先华丽而后平淡，如四时之序。方春则华丽，

---

① 朱利安：《淡之颂：论中国思想与美学》，卓立译，上海：华东师范大学出版社，2017 年，第 99 页。
② 同上书，第 63 页。
③ 同上书，第 186 页。
④ 苏轼：《评韩柳诗》，《苏轼文集》卷六七，北京：中华书局，1986 年。转引自敏泽：《中国美学思想史》第 3 册，北京：中国社会科学出版社，2014 年，第 818 页。
⑤ 周紫芝：《竹坡诗话》，《历代诗话》上，北京：中华书局：1981 年，第 348 页。转引自同上书，第 819 页。

夏则茂实，秋冬则收敛，若外枯中膏者是也，盖华丽茂实已在
其中矣。"[①] 这些论述无一不强调年龄阅历对于达至平淡境界
的作用。梁宗岱认为"平淡"这一观念不止对中国文学作品有
效，也是全世界一切优秀作品的共同特征。他以歌德与瓦雷里
晚年的作品为例，指出它们的外形跟丰富热烈的内容相比，显
得非常简约与平淡。

　　因此，同样是中西文化比较，于连更强调中国文化的特殊
性，而梁宗岱更强调中西文化的共性。于人类精神的普遍性中
融汇中西，这是他在当时历史环境下做出的立场抉择。

---

① 吴可：《藏海诗话》，《历代诗话续编》上，北京：中华书局，1983 年，
　第 331 页。转引自敏泽：《中国美学思想史》第 3 册，北京：中国社会
　科学出版社，2014 年，第 819 页。

结　论

　　作为五四时期成长起来的文人，梁宗岱对中西文化关系的看法深受"一战"前后中西方知识分子关于这一问题论争的影响。从少年时期开始他就坚信应该采取中西文化融合的立场来建设中国新文化。按照何种价值标准选择何种中国古典文化进行继承、选择何种西方文化进行吸收是中西文化融合的关键所在。在诗歌领域，梁宗岱与法国文学的互动过程充分体现了他将中西融合的文化立场付诸实践的努力与他个人的文学价值标准。

　　新文化运动之后，诗歌的形式问题已经不仅是个文学问题，更与"革命""自由""解放"等宏大命题联系在一起。胡适作为打破旧诗体，倡导和实践诗体解放的领军人物，将新诗带上自由诗的发展道路。梁宗岱少年时期写作的一系列自由诗正是文学革命的产物。他在法国求学期间结识当时名震文坛的诗人瓦雷里，在法国现代文艺思潮风起云涌的二十年代，瓦雷里为自己谨守古典格律的创作风格进行辩护的形式诗学给梁宗岱带来极大影响。他于三十年代初回国之际正式表达对于格律诗的认同，并积极参与徐志摩、闻一多等人领导的新诗形式运动。通过理论的探讨与批评、西方诗体的引介，梁宗岱试图让新诗走上一条格律化的发展道路，但他最终认为白话无力承担作为新诗创作工具的历史使命，转而用一种较为通俗的文言填词，试图像瓦雷里那样创造性地继承古典遗产，可惜并未取得瓦雷里般的成功。在对瓦雷里形式诗学的接受过程中，他的立论不乏前后矛盾之处，主张与实践也经常脱节，但在关键点上跟瓦雷里保持一致：存在着完美的形式，这种形式必须借助于完美的语言和完美的格律来完成。中国古典诗词正是梁宗岱眼中完美形式的代表，因而他回归古典诗词乃是必然的结果。这种诗学立场与二十世纪初俄国形式主义的主张背道而驰。在形式主义者眼中，一个事物如果被无数次感受就会进入无意识、自动化的感受过程，变成一种认知而非感受。文学作品尤其是诗歌，通过对语言的陌生化处理，增加感受的难度和时间长度，从而"使事物摆脱知觉的自动性"[1]，重新唤起人们对事物的感受。这种陌生化的处理手段构成了文艺作品的形式。一种形式当人们能感受时就存在着，当它不再被感受而只是被认知时也就死去了。因此，形式主义者眼中的形式是动态建构而非静态模型。其实梁宗岱也曾隐约意识到这个问题，他指出文言"由极端的完美流而为腐，滥，空洞和黯晦，几乎失掉表情和达意底作用了"[2]，但是未能进行更多关于形式理论的思考，最终出于强大的文化惯性折返旧诗词，终止了新诗形式探索之路。

除了利用瓦雷里的形式诗学反对新诗发展初期的过度自由

---

① 什克洛夫斯基：《作为手法的艺术》，王薇生编译：《俄国形式主义文论选》，郑州：郑州大学出版社，2005 年，第 217 页。

② 梁宗岱：《文坛往那里去——"用什么话"问题》，《诗与真》，北京：中央编译出版社，2006 年，第 59 页。

化倾向，梁宗岱还通过法国象征主义与中国传统诗学的融合建立起一种追求"灵境"的含蓄诗学以反对新诗发展初期的浅陋直白之风。他对波德莱尔、马拉美与瓦雷里的阅读和译介都基于自己对象征主义的独特理解。他着重截取波德莱尔承袭浪漫主义的一面，尤其是《契合》这首诗所包含的泛神论思想，而有意忽略波德莱尔现代大都市的写作经验与对现代都市心灵的反映；对于马拉美，除了翻译瓦雷里一篇《骰子底一掷》外，他只有零星的介绍，这些只言片语透露出他对马拉美的美学追求持保留态度，马拉美完全割裂语言的意义指涉功能，让诗歌成为独立自主的世界，梁宗岱不能也不愿走向如此极端；梁宗岱认为瓦雷里是后期象征主义的代表人物，其"纯诗"理论将象征主义发展到一个新高度，事实上，瓦雷里从未承认过"纯诗"理论的存在，指出这只是自己信手给出的一个词，而且只是在化学家使用"纯"的意义上去赋予这个词以意义，即纯诗是一种没有非诗元素的诗。梁宗岱有意借鉴布雷蒙神父对"纯诗"的阐释，让这个词具有了超验色彩。之所以跟瓦雷里有如此区别，是因为梁宗岱不能完全认同瓦雷里的理性精神。对梁宗岱而言，要想认识无论哪个领域的真理，除了运用理性，还应当运用直觉。因此，虽然梁宗岱自称师承于波德莱尔至瓦雷里的法国象征主义诗人，他有意对这些法国诗人的诗学思想进行种种过滤和改造以追求一种"天人合一"的诗境。"天人合一"或"物我同一"是个体与宇宙之间的神秘感应，带有强烈的个人主义与反现实主义色彩，在文学革命逐渐向革命文学过渡的三四十年代，在救亡图存压倒一切的主流话语中，他的诗学理念及理念影响下的创作与翻译作品注定要被挤到文学场域的边缘地带。

通过形式诗学与象征主义诗学的构建，梁宗岱完成了一首好诗从形体到精神的定义，一首绝佳的诗歌应当拥有完美的形式和含蓄无限的意蕴，能引导读者至"天人合一"的境界。基于这样的认识，他在品评诗歌时反对实证主义的批评方式，主张通过个人体悟与直觉来领会诗歌的意蕴。梁宗岱在巴黎大学文学院就读时正是以朗松为主导的文学史研究范式稳步走向学科建制化的时代，朗松主张在文学研究中要深入贯彻科学理性精神，将实证主义史学作为文学研究的可靠方法，反对学生在文学研究中表达主观个性，这与梁宗岱的性情倾向格格不入。回国之后，胡适所引导的文学考证风同样强调文学研究对科学理性精神的培养并成为国内文学研究的主流范式，梁宗岱对这种研究风气尤其是诗歌批评中的考证风深感不满。他以诗人的立场从事诗歌批评，语言华美，从个人体悟出发来品评作品，带有中国传统诗话的色彩，与现代学者笔下客观理性的批评风格形成鲜明对比。他试图融合诗人和学者的双重身份，在专业分工愈演愈烈的现代学术体制中，在文学研究越来越走向理性化乃至理论化的学术趋势中，这种追求使他在文学学者中显得特立独行，但也一度成为他被学术界遗忘的原因。今天中国文学学者们对梁宗岱的纪念或多或少出于对现代学术的抵触心理。这种心理甚至不仅属于中国学者，知名结构主义理论家托多洛夫（Tzvetan Todorov, 1939—2017）在晚年深刻反思六七十年代兴起、由他本人所参与领导的理论风潮对文学教育、创作和研究本身的不良影响，他在《文学的危殆》（La littérature en péril, 2007）一书中指出，文学研究的专业人士将分析作品的工具视为最重要的研究对象，以工具为目的，这是本末倒置，而一个非专业的普通读者"阅读作品不是为了更好地掌握阅读方法，也不是为了搜集作品中包含的社会信息，而是为了从作品中寻找意义以帮助自己更好地理解人与世界，为了从作品中发现美以丰富人生；如此，他能更好地理解自己"①。我们在阅读梁宗岱的批评文字时所感受到的美，是他亲身从作品中体验到并尽可能无损地传达给我们的，这是他区别于普通读者被认作诗人的原因，也是他的批评文字超越一切学术思潮，让我们百读不厌的原因。

在面对法国文坛和法国文学教育的各种思潮时，梁宗岱反对唯西方是从的态度，只选择他认为有价值的部分进行引进，而他选择的那些理念又跟中国传统文化保持某种契合：通过形式诗学为传统格律恢复合法性，通过象征主义为含蓄蕴藉的传统美学和天人合一的思想恢复合法性。此外，他还通过对文学实证主义研究的批驳为注重心性体悟的古典诗评进行辩护，如此说来，总是在西方文化中寻找跟自身相近的东西，他的中西融合论岂不是一种表面上的融合而实质上的复古？确实，梁宗岱的种种诗学抉择使得他个人的文学创作渐趋保守，但在中国传统文化遭遇合法性危机的特殊历史时期，他尽己所能捍卫了优秀古典文学遗产的尊严。不仅如此，通过中西诗学的交流对话，他尝试建立一种超越时代和国族的文学价值观，"永恒"与"普遍"这两个词语在他的批评文章中频频出现。他之所以坚持形式的重要性，是因为相信形式可以抵抗时间的侵蚀，之所以坚持象征主义的诗学理念，是因为相信人与宇宙的关系永远是人心最深层的奥秘。与其说梁宗岱选择的西

---

① Tzvetan Todorov, *La littérature en péril*, Paris: Flammarion, 2014, pp. 24 - 25.

方诗学为中国古典诗歌提供了合法性证明，不如说中西文化的互证为梁宗岱的诗学理念提供了某种可靠的保证。在古今、中西价值观剧烈碰撞的二十世纪初，梁宗岱的诗学观体现了中国文人急切寻求能超越古今和中西二元叙事的普遍价值的渴望，只有找到普遍即"天经地义""颠扑不破的真理"①，才能建立起判断事物的价值坐标系，也才能确立起个人行动的方向与目标。

永恒与普遍的文学价值意味着作品能穿越历史、跨越文化，撼动不同时代、不同民族读者的心灵，这样的作品往往被称为世界文学经典。梁宗岱在中国古典诗词的阅读中体会到作品的永恒魅力，他毫不怀疑这些作品不仅是中国文学经典，也是世界文学经典。他进行诗歌法译不是为了兜售异国情调，而是以强烈的文化自信要让中国历史上最优秀的诗歌作品在世界文学中获得存在。无论是导师瓦雷里还是国内文坛的价值相对主义，无论是文学的历史进化论还是疑古之风，这一切都没有影响到他对经典的信仰。离开这份信仰，他在法国的译介行为就是不可想象的，这份信仰不需要跟狭隘的民族主义捆绑在一起，而是出自一个诗人对诗歌真正的热爱。对经典的认知影响到他的翻译策略，既然经典的价值不以具体时空为转移，在翻译时就没有必要突出具体的时空色彩，在不得已而为之的时候甚至可以舍弃。他的诗歌翻译不拘泥于"异化"或"归化"这样的翻译策略，而是在中法两种语言和文化的融合中让诗意在译本中得到最大程度的体现。作品可以是永恒的，读者却具有

---

① 梁宗岱：《试论直觉与表现》，《诗与真续编》，北京：中央编译出版社，2006 年，第 185 页。

历史性，以《法译陶潜诗选》为例，从瓦雷里和罗曼·罗兰的阅读体验来看，对中国文化的既定看法、看待东西方关系的视角对两位文豪的阅读产生很大影响。从一个译本到让译本真正走进世界文学还有很长的距离。一部中国经典作品在脱离中国语言和文化语境之后，必须在异域文化重新经历一次经典化过程才有可能真正进入世界文学，而这显然不是译者一个人的力量可以做到的。虽然梁宗岱的法译古典诗词在历史上的影响有限，但在那个中国人刚刚脱离长辫子和裹小脚的时代，背靠一个积贫积弱、列强环伺的祖国，他主动在文学之都巴黎译介中国古代文学经典，充分体现了一个学贯中西的中国现代知识分子应有的文化自信。

梁宗岱对于中法两国诗学的融会贯通、对中法两国诗歌作品的双向译介体现了他通过诗歌来沟通中西文化的努力。在他的文学理想中，不同语言和文化传统的优秀元素融汇于一个多元的世界文学空间之中，在不断的沟通交流中认识自身、丰富彼此。对他而言，诗歌是文学的最高表现形式，最能体现人类精神的普遍性与文化多元性，是中西文化交流的绝佳载体。二十世纪上半叶，随着大众文化兴起，诗歌逐渐走向文坛边缘，梁宗岱对诗的坚持和信仰充分体现了他对建设人类精神共同体的信心。

梁宗岱的文学视野横跨古今东西，除了法国之外，他与德国文学、英国文学也有着千丝万缕的联系，跨语种、跨国别的梁宗岱文学实践研究因为囿于语言的藩篱，尚未能得到整体的深入开展。我们在今天因为专业分工面临的研究障碍，不幸从侧面印证梁宗岱当年面对现代学术发展趋势感到的担忧并非杞人忧天。对于他这样一位精通多门外语，在创作、翻译和批评各方面都颇有建树的文人，在专业分工不断细化的今天，唯有以跨学科的视野，通过多学科合作，才能揭示出他文学世界的多重面向与丰富内涵。

参考文献

一、梁宗岱作品集

[1]《梁宗岱译作选》，黄建华编，北京：商务印书馆，2019 年。

[2]《梁宗岱译集》（八卷：《梁宗岱早期著译》《交错集》《一切的峰顶》《罗丹论》《歌德与贝多芬》《蒙田试笔》《浮士德》《莎士比亚十四行诗》），刘志侠、卢岚主编，上海：华东师范大学出版社，2016 年。

[3]《梁宗岱著译精华》（六卷：《诗与真》《诗与真续编》《梁宗岱选集》《蒙田试笔》《罗丹论》《一切的峰顶》），刘志侠、卫建民等校注，北京：中央编译出版社，2006 年。

[4]《宗岱的世界》（五卷：《诗文》《译诗》《译文》《生平》《评说》），黄建华主编，广州：广东人民出版社，2003 年。

二、梁宗岱传记

[1] 黄建华、赵守仁：《梁宗岱传》，广州：广东人民出版社，2013 年。

[2] 刘志侠、卢岚：《青年梁宗岱》，上海：华东师范大学出版社，2014 年。

三、梁宗岱研究成果

著作

［1］陈太胜：《梁宗岱与中国象征主义诗学》，北京：北京师范大学出版社，2005 年。

［2］董强：《梁宗岱：穿越象征主义》，北京：文津出版社，2005 年。

［3］刘志侠、卢岚：《梁宗岱文踪》，广州：广东人民出版社，2019 年。

［4］张仁香：《梁宗岱诗学研究》，广州：暨南大学出版社，2014 年。

学位论文

［1］蔡燕：《作为"知音"的译者——论梁宗岱对瓦雷里〈水仙辞〉的翻译》，复旦大学硕士学位论文，2011 年。

［2］郭洋洋：《梁宗岱象征主义诗学新论》，华中师范大学硕士学位论文，2017 年。

［3］罗惊琼：《诗化批评：梁宗岱文学批评论》，四川师范大学硕士学位论文，2011 年。

［4］吕睿：《论梁宗岱的翻译对其诗歌创作的影响》，西南大学硕士学位论文，2011 年。

［5］齐光远：《梁宗岱美学思想研究》，辽宁大学博士学位论文，2008 年。

［6］俞海韵：《梁宗岱诗歌翻译"再创作"研究》，华东师范大学硕士学位论文，2016 年。

［7］张跟丛：《梁宗岱 30 年代诗学研究》，辽宁大学硕士学位论文，2017 年。

［8］张立华：《梁宗岱诗论的生成机制研究》，东南大学硕士学位论文，2017 年。

［9］张仁香：《梁宗岱诗学研究》，暨南大学博士学位论文，2010 年。

文章

［1］曹冬雪、黄茬：《梁宗岱〈法译陶潜诗选〉与法国 20 世纪 20 年代东西文化论战》，《跨文化对话》，2019 年第 40 辑。

［2］陈庆、仲伟合：《梁宗岱〈法译陶潜诗选〉的绘画性》，《外语教

学》，2017 年第 1 期。

［3］陈太胜：《梁宗岱的形式主义新诗理论》，《文艺理论研究》，2004 年第 5 期。

［4］陈太胜：《中国文学经典的重构——梁宗岱的中西比较诗学研究》，《中国文化研究》，2004 年冬之卷。

［5］段美乔：《实践意义上的梁宗岱"纯诗"理论》，《北京大学学报（哲学社会科学版）》，2001 年第 2 期。

［6］黄荭、钦文、张伟劼：《梁宗岱的文学翻译及其精神遗产——〈梁宗岱译集〉三人谈》，《中华读书报》，2016 年 12 月 21 日。

［7］黄荭、钦文、张伟劼：《亦步亦趋的直译，更能体现原著的美感?》，《文学报》，2017 年 3 月 22 日。

［8］黄荭：《一生追求完美主义的翻译——写在〈梁宗岱译集〉出版之际》，《文汇报》，2016 年 12 月 6 日。

［9］彭建华：《梁宗岱对波德莱尔的翻译与批评》，《法语学习》，2014 年第 4 期。

［10］宛小平：《直觉与表现——基于朱光潜与梁宗岱的争辩》，《学习与探索》，2016 年第 1 期。

［11］文学武：《瓦雷里与梁宗岱诗学理论建构》，《社会科学》，2013 年第 4 期。

［12］徐剑：《神形兼备格自高——梁宗岱文学翻译述评》，《中国翻译》，1998 年第 6 期。

［13］许霆：《论现代诗学演进中的梁宗岱诗论》，《文艺理论研究》，2004 年第 2 期。

［14］曾思艺：《比较文学视野中诗的理论与批评——也谈梁宗岱的〈诗与真·诗与真二集〉》，《中国文学研究》，2013 年第 3 期。

［15］张洁宇：《一场关于新诗格律的试验与讨论——梁宗岱与〈大公报·文艺·诗特刊〉》，《现代中文学刊》，2011 年第 4 期。

［16］仲伟合、陈庆：《梁宗岱的翻译观：在冲突中求契合》，《中国比较文学》，2016 年第 1 期。

［17］周永涛：《梁宗岱留学欧洲时期的翻译和创作探微》，《中国翻译》，2019 年第 3 期。

［18］Yang Zhen, « Revaloriser l'éternité à une époque progressiste:

Liang Zongdai et la littérature française（1917 – 1936）», in Isabelle Rabut et Angel Pino（éd.），*La littérature chinoise hors de ses frontières: influences et réception croisées*，Paris：libraire éditeur You Feng，2013.

四、其他参考文献（法文和英文部分）

著作

［1］Accart，Xavier，*Guénon ou le renversement des clartés*，Paris：Edidit，2005.

［2］Agathon，*L'Esprit de la Nouvelle Sorbonne. La crise de la culture classique. La crise du français*，Paris：Mercure de France，1911.

［3］Amiot，Joseph，*Mémoires concernant l'histoire，les sciences，les arts，les mœurs，les usages，&c. des Chinois par les missionaires de Pe-kin*，tome quatrième，Paris：Chez Nyon l'aîné，1780.

［4］Babbitt，Irving，*The masters of modern French criticism*，Boston：Houghton Mifflin company；Cambridge：The Reverside press，1926.

［5］Bandier，Norbert，*Sociologie du surréalisme 1924 – 1929*，Paris：La Dispute，1999.

［6］Barthes，Roland，*Critique et vérité*，Paris：Éditions du Seuil，1966.

［7］Barthes，Roland，*Sur Racine*，Paris：Éditions du Seuil，1963.

［8］Baudelaire，Charles，*Ecrits sur l'art*，Paris：Librairie Générale Française，1999.

［9］Baudelaire，Charles，*Les Fleurs du Mal*，Paris：Librairie Générale Française，1999.

［10］Baudelaire，Charles，*Les Paradis artificiels*，Paris：Librairie Générale Française，2000.

［11］Berman，Antoine，*L'Épreuve de l'étranger. Culture et traduction dans l'Allemagne romantique*，Paris：Gallimard，1984.

［12］Berg，Robert J.，*La querelle des critiques en France à la fin du XIXe siècle*，Paris：Peter Lang，1990.

［13］Bergson, Henri, *La pensée et le mouvant*, Paris: Presses universitaires de France, 2013.

［14］Bertrand, Marchal, *La religion de Mallarmé*, Paris: José Corti, 1988.

［15］Bertrand, Marchal, *Le symbolisme*, Paris: Armand Collin, 2011.

［16］Billard, Jacques, *L'éclectisme*, Paris: Presses Universitaires de France, 1997.

［17］Billeter, Jean François, *Contre François Julien*, Paris: Allia, 2006.

［18］Billeter, Jean François, *Trois essais sur la traduction*, Paris: Allia, 2015.

［19］Boothroyd, Ninette et Détrie, Muriel (éd.), *Le voyage en Chine. Anthologie des voyages occidentaux du moyen âge à la chute de l'empire chinois*, Paris: Robert Laffont, 1992.

［20］Bourdieu, Pierre, *Les règles de l'art: genèse et structure du champ littéraire*, Paris: Éditions du Seuil, 1992.

［21］Brasillach, Robert, *Notre avant-guerre*, Paris: Godefroy de Bouillon, 1998 (1941).

［22］Bremond, Henri, *La poésie pure*, Paris: Bernard Grasset, 1926.

［23］Breton, André, *Manifestes du surréalisme*, Paris: Gallimard, 1994.

［24］Brun, Jean, *L'épicurisme*. Paris: Presses Universitaires de France, 2002.

［25］Brun, Jean, *Le stoïcisme*. Paris: Presses Universitaires de France, 1998.

［26］Cheng, François, *L'écriture poétique chinois suivi d'une anthologie des poèmes des T'ang*, Paris: Éditions du Seuil, 1977.

［27］Cheng, Tcheng, *Ma mère*, Paris: Éditions Victor Attinger, 1928.

［28］Cheng, Wing fun et Colett, Hervé (trad.), *TAO YUAN MING L'homme, la terre, le ciel*, Béarn: Moundarren, 2014.

［29］Chevrel, Yves, *La littérature comparée*, Paris: Presses Universitaires de France, 1989.

［30］ *Colloque sur la traduction poétique*, centre Afrique-Asie-Europe de la Sorbonne Nouvelle, *décembre 1972*, Paris: Gallimard, 1978.

［31］ Compagnon, Antoine, *La Troisième République des lettres. De Flaubert à Proust*, Paris: Éditions du Seuil, 1983.

［32］ Compagnon, Antoine, *Le démon de la théorie. Littérature et sens commun*, Paris: Éditions du Seuil, 1998.

［33］ Comte, Auguste, *Discours sur l'esprit positif*, Paris: Carilian-Goeury et V. Dalmont, 1844.

［34］ Couvreur, Séraphin, *Cheu King*, Ho kien Fou: Imprimerie de la Mission Catholique, 1896.

［35］ Demiéville, Paul (dir.), *Anthologie de la poésie chinoise classique*, Paris: Gallimard, 1962.

［36］ Durkheim, Emile, *De la division du travail social*, Paris: Presses Universitaires de France, 2007.

［37］ Febvre, Lucien, *Combats pour l'histoire*, Paris: Armand Colin, 1992.

［38］ France, Anatole, *Œuvres complètes illustrées*, t. Ⅵ (*La vie littéraire*, 1ère et 2e séries), Paris: Calmann-Lévy, 1926.

［39］ France, Anatole, *Œuvres complètes illustrées*, t. Ⅶ (*La vie littéraire*, 3e et 4e séries), Paris: Calmann-Lévy, 1926.

［40］ Franck, Adolphe, *Le panthéisme oriental et le monothéisme hébreu*, conférence faite à la société des études juives le 19 janvier 1889, Paris: La Librairie A. Durlacher, 1889.

［41］ Foloppe, Régine, *Baudelaire et la vérité poétique*, Paris: l'Harmattan, 2019.

［42］ Gao, Fang, *La traduction et la réception de la littérature chinoise moderne en France*, Paris: Classiques Garnier, 2016.

［43］ Guigue, Albert, *La Faculté des lettres de l'Université de Paris depuis sa fondation (17 mars 1808) jusqu'au 1er janvier 1935*, Paris: Félix Alcan, 1935.

［44］ Guiraud, Pierre, *Langage et versification d'après l'œuvre de Paul Valéry*, Paris: Librairie C. Klincksieck, 1953.

［45］ Imbault-Huart, Camille, *La poésie chinoise du XIVᵉ au XIXᵉ siècle*, Paris: Éditions Ernest Leroux, 1886.

［46］ Humboldt, Wilhelm von et Abel-Rémusat, Jean-Pierre, *Lettres édifiantes et curieuses sur la langue chinoise: un débat philosophico-grammatical entre Wilhelm von Humboldt et Jean-Pierre Abel-Rémusat, 1821 - 1831*, Jean Rousseau et Denis Thouard (éd.), Villeneuve-d'Ascq: Presses Universitaires du Septentrion, 1999.

［47］ Huret, Jules, *Enquête sur l'évolution littéraire*, Paris: Bibliothèque Charpentier, 1891.

［48］ Hytier, Jean, *La poétique de Valéry*, Paris: Armand Colin, 1953.

［49］ Illouz, Jean-Nicolas, *Le symbolisme*, Paris: Le Livre de Poche, 2014.

［50］ Jacob, Paul, *Œuvres complètes de Tao Yuan-ming*, Paris: Gallimard, 1990.

［51］ Jarrety, Michel, *La critique littéraire en France. Histoire et méthodes (1800 - 2000)*, Paris: Armand Colin, 2016.

［52］ Jarrety, Michel, *Paul Valéry*, Paris: Fayard, 2008.

［53］ Jarrety, Michel (dir.), *La poésie française du moyen âge au XXᵉ siècle*, Paris: Presse universitaire de France, 1997.

［54］ Lamartine, Alphonse de, *Harmonies poétiques et religieuses*, Paris: Hachette et Cⁱᵉ-Jouvet et Cⁱᵉ, 1893.

［55］ Lanson, Gustave, *Méthodes de l'histoire littéraire*, Paris: Éditions Les Belles Lettres, 1925.

［56］ Le marquis d'Hervey-Saint-Denys, *Poésies de l'époques des Thang*, Paris: Amyot, 1862.

［57］ Lefèvre, Frédéric, *Entretiens avec Paul Valéry*, Paris: Le livre, 1926.

［58］ Leguay, Pierre, *Universitaires d'Aujourd'hui*, Paris: Bernard Grasset, 1912.

［59］ *Les Appels de l'Orient*, Les Cahiers du Mois 9/10, Paris: Emile-Paul Frères, 1925.

［60］ Lévy, André, *La littérature chinoise ancienne et classique*, Paris:

Presses Universitaires de France, 1991.

［61］Mallarmé, Stéphane, *Œuvres Complètes*, édition établie et annoté par Henri Mondor et G. Jean-Aubry, Paris: Gallimard, 1945.

［62］Mallarmé, Stéphane, *Un coup de dés jamais n'abolira le hasard*, Paris: Éditions de la Nouvelle Revue Française, 1914.

［63］Mathieu, Rémi (dir.), *Anthologie de la poésie chinoise*, Paris: Gallimard, 2015.

［64］Morrisson, Mark S. and Selzer, Jack (ed.), *Tambour*, Volumes 1 - 8, a Facsimile Edition, Madison: The University of Wisconsin Press, 2002.

［65］Pimpaneau, Jacques, *Anthologie de la littérature chinoise classique*, Arles: Philippe Piquiers, 2004.

［66］Porché, François, *Paul Valéry et la poésie pure*, Paris: Marcelle Lesage, 1926.

［67］Proust, Marcel, *Contre Saint-Beuve*, Paris: Gallimard, 1954.

［68］Rabut, Isabelle et Pino, Angel (éd.), *La littérature chinoise hors de ses frontières: influences et réceptions croisées*, Paris: libraire éditeur You Feng, 2013.

［69］Raymond, Marcel, *De Baudelaire au Surréalisme*, Paris: José Corti, 1985.

［70］Rexroth, Kenneth, *Classics Revisited*, New York: New Directions, 1986.

［71］Roland, Romain, *Au-dessus de la mêlée*, Paris: Éditions Payot & Rivages, 2013.

［72］Roth-Mascagni, Pauline, *Musique et géométrie de trois poèmes valéryens*, Bruxelles: A. de Rache, 1970.

［73］Tcheng, Ki-Tong, *Contes chinois*, Paris: Calmann-Lévy, 1889.

［74］Tcheng, Ki-Tong, *Les Chinois peints par eux-mêmes*, Paris: Calmann-Lévy, 1884.

［75］Thibaudet, Albert, *Intérieurs: Baudelaire*, *Fromentin-Amiel*, Paris: Librairie Plon, 1924.

［76］Thibaudet, Albert, *La poésie de Stéphane Mallarmé*, Paris: Librairie Gallimard, 1926.

[77] Thibaudet, Albert, *La République des professeurs*, Paris: Bernard Grasset, 1927.

[78] Thibaudet, Albert, *Paul Valéry*, Paris: Librairie Grasset, 1923.

[79] Thibaudet, Albert, *Physiologie de la critique*, Paris: Édition de la Nouvelle Revue Critique, 1930.

[80] Thibaudet, Albert, *Réflexions sur la critique*, Paris: Gallimard, 1939.

[81] Todorov, Tzvetan, *La littérature en péril*, Paris: Flammarion, 2014.

[82] Tonnet-Lacroix, Eliane, *La littérature française de l'Entre-deux-guerres 1919 - 1939*, Paris: Armand Colin, 2005.

[83] Tsunekawa, Kunio (dir.), *Paul Valéry: Dialogues Orient et Occident*, Tokyo, Université Hitotsubashi, colloque international, 24 - 27 septembre 1996, Caen: Lettres modernes Minard, 1998.

[84] Valéry, Paul, *Œuvres Ⅰ*, édition établie et annotée par Jean Hytier, Paris: Gallimard, 1957.

[85] Valéry, Paul, *Œuvres Ⅱ*, édition établie et annotée par Jean Hytier, Paris: Gallimard, 1960.

[86] Valéry, Paul, *Variété Ⅱ*, Paris: Librairie Gallimard, 1929.

[87] Walter, Judith, *Le livre de Jade*, Paris: Alphonse Lemerre, 1867.

[88] Wang, Nora, *Emigration et Politique, les étudiants-ouvriers chinois en France (1919 - 1925)*, Paris: les Indes savantes, 2003.

[89] Yamaguchi, Minoru, *The intuition of Zen and Bergson*, Tokyo: Herder Agency Enderle Bookstore, 1969.

[90] Zweig, Stefan, *Romain Rolland*, Paris: Librairie Générale Française, 2003.

文章

[1] Antoine, G., « Dilettante-dilettantisme », in *Mélanges de linguistique offerts à M. Charles Bruneau*, Genève: Droz, 1954.

[2] Biès, Jean, « Romain Rolland, Tagore et Gandhi », in *Littérature* 18, 1971.

[3] Bridet, Guillaume, « L'Inde, une ressource pour penser? Retour vers

les années 1920 », in *Mouvements*，n°77，2014/1.

［4］Brunetière，Ferdinand，« La critique impressionniste »，in *Revue des deux mondes*，n°103，1891/1.

［5］Carsun Chang（张君劢），"Reason and intuition in Chinese philosophy"，in *Philosophy East and West*，volume Ⅳ，number 2，July 1954.

［6］Caves，Jean，«Le Nihilisme Européen et les Appels de l'Orient »，in *Philosophies*，15 mars 1924.

［7］Chadourne，Marc，« Le parnasse à l'école de la Chine »，in *L'Asie dans la littérature et les arts français aux* ⅩⅨ ᵉ *et* ⅩⅩ ᵉ *siècle*，*Cahiers de l'AIEF*，n° 13，1961.

［8］Gaultier，Jules de，« Qu'il n'y a pas de poésie pure »，in *Mercure de France*，1 novembre 1926.

［9］Gueguen，Pierre，« Actualités poétiques »，in *Les Nouvelles littéraires*，*artistiques et scientifiques*，le 17 mai 1930.

［10］Mandin，Louis，« Sur la poésie pure »，in *Les Marges*，15 juillet 1927.

［11］Maspero，Henri，« La langue chinoise »，in *Conférence de l'Institut de linguistique de l'Université de Paris*，*année 1933*，Paris：Boivin & Cie，1934.

［12］Richaudeau，François，« Paul Valéry，précurseur des sciences du langage »，in *Communication et langages*，n°18，1973.

［13］Roussin，Philippe，« Qu'est-ce qu'une forme littéraire? »，in *Communications*，n°103，2018/2.

［14］Valéry，Robinson Judith，« Valéry，critique de Bergson »，in *Cahiers de l'Association internationale des études françaises*，n°17，1965.

五、其他参考文献（中文部分）

著作

［1］卞之琳：《卞之琳文集》中卷，合肥：安徽教育出版社，2002 年。

［2］波德莱尔：《波德莱尔诗全集》，胡小跃编，杭州：浙江文艺出版社，1996 年。

［3］蔡元培、胡适等：《中国新文学大系导论集》，长沙：岳麓书社，2011 年。

［4］常丽洁：《早期新文学作家的旧体诗写作》，北京：社会科学文献出版社，2014 年。

［5］陈汉平编：《抗战诗史》，北京：团结出版社，1995 年。

［6］陈平原：《作为学科的文学史》，北京：北京大学出版社，2011 年。

［7］陈崧编：《五四前后东西文化问题论战文选》增订本，北京：中国社会科学出版社，1989 年。

［8］陈子展：《中国近代文学之变迁·最近三十年中国文学史》，上海：上海古籍出版社，2013 年。

［9］褚斌杰编：《屈原研究》，武汉：湖北教育出版社，2003 年。

［10］大卫·达姆罗什：《世界文学理论读本》，北京大学出版社，2013 年。

［11］代迅：《断裂与延续：中国古代文论现代转换的历史回顾》，重庆：西南师范大学出版社，2002 年。

［12］邓集田：《中国现代文学出版平台（1902—1949）：晚清民国时期文学出版情况统计与分析》，上海：上海文艺出版社，2012 年。

［13］戈宝权：《中外文学因缘——戈宝权比较文学论文集》，上海：华东师范大学出版社，2013 年。

［14］葛雷、梁栋：《现代法国诗歌美学描述》，北京：北京大学出版社，1997 年。

［15］海明威：《流动的盛宴》，汤永宽译，上海：上海译文出版社，2009 年。

［16］胡适：《胡适点评红楼梦》，北京：团结出版社，2004 年。

［17］胡适：《胡适论文学》，夏晓虹编，合肥：安徽教育出版社，2006 年。

［18］胡适：《中国哲学史大纲》，北京：东方出版社，2012 年。

［19］黄晖：《西方现代主义诗学在中国》，北京：中国社会科学出版社，2008 年。

［20］金丝燕：《文学接受与文化过滤——中国对法国象征主义诗歌的接受》，北京：中国人民大学出版社，1994 年。

［21］朗松：《朗松文论选》，徐继曾译，天津：百花文艺出版社，2004 年。

［22］乐黛云、张文定：《比较文学》，北京：中国文化书院，1987年。

［23］李健吾：《李健吾批评文集》，珠海：珠海出版社，1998年。

［24］李长之：《李长之批评文集》，珠海：珠海出版社，1998年。

［25］梁漱溟：《东西文化及其哲学》，上海：上海人民出版社，2015年。

［26］刘匡汉、刘福春编：《中国现代诗论》上编，广州：花城出版社，1985年。

［27］柳村：《汉语诗歌的形式》，开封：河南大学出版社，1990年。

［28］陆侃如、冯沅君：《中国诗史》，济南：山东大学出版社，2000年。

［29］罗念生：《从芙蓉城到希腊》，上海：上海人民出版社，2016年。

［30］马克斯·韦伯：《学术与政治》，冯克利译，北京：外文出版社，1997年。

［31］曼海姆：《意识形态与乌托邦》，黎鸣、李书崇译，北京：商务印书馆，2000年。

［32］敏泽：《中国美学思想史》，北京：中国社会科学出版社，2014年。

［33］帕斯卡尔·卡萨诺瓦：《文学世界共和国》，罗国祥、陈新丽、赵妮译，北京：北京大学出版社，2015年。

［34］潘之常：《中国美学精神》，南京：江苏人民出版社，2017年。

［35］钱公侠、施瑛编：《诗》，上海：上海启明书局，1936年。

［36］钱光培编：《中国十四行诗选：1920—1987》，北京：中国文联出版公司，1990年。

［37］钱林森：《法国作家与中国》，福州：福建教育出版社，1995年。

［38］乔治·塞巴格：《超现实主义》，杨玉平译，天津：天津人民出版社，2008年。

［39］瞿秋白：《瞿秋白随笔》，海口：海南出版社，1996年。

［40］邵绍红：《我的爸爸邵洵美》，上海：上海书店出版社，2005年。

［41］邵洵美：《诗二十五首》，上海：上海时代图书公司，1936年。

［42］盛成：《海外工读十年纪实》，长沙：湖南人民出版社，1986年。

［43］盛成：《我的母亲》，太原：山西人民出版社，2012年。

［44］苏源熙编：《全球化时代的比较文学》，任一鸣、陈琛等译，北京：北京大学出版社，2015年。

［45］孙大雨：《孙大雨诗文集》，孙近仁编，石家庄：河北教育出版社，1996年。

［46］孙宜芳编：《诗人的精神——泰戈尔在中国》，南昌：江西高校出版社，2009年。

［47］陶渊明：《大中华文库·陶渊明集》，汪榕培英译、熊治祁今译，长沙：湖南人民出版社，北京：外语教学与研究出版社，2003年。

［48］陶渊明：《陶渊明集》，王瑶编注，北京：作家出版社，1956年。

［49］袁行霈：《陶渊明集笺注》，北京：中华书局，2011年。

［50］托克维尔：《论美国的民主》，董国良译，北京：商务印书馆，1988年。

［51］瓦尔特·本雅明：《波德莱尔：发达资本主义时代的抒情诗人》，王涌译，南京：译林出版社，2012年。

［52］瓦莱里：《文艺杂谈》，段映虹译，天津：百花文艺出版社，2002年。

［53］瓦雷里：《瓦雷里诗歌全集》，葛雷、梁栋译，北京：中国文学出版社，1996年。

［54］汪晖：《现代中国思想的兴起·下卷·第二部：科学话语共同体》，北京：生活·读书·新知三联书店，2008年。

［55］王力：《诗词格律》，北京：中华书局，2012年。

［56］王薇生编译：《俄国形式主义文论选》，郑州：郑州大学出版社，2005年。

［57］王永生主编：《中国现代文学理论批评史》上册，贵阳：贵州人民出版社，1986年。

［58］谢天振：《译介学》，上海：上海外语教育出版社，1999年。

［59］徐志摩：《西风残照中的雁阵：徐志摩谈文学创作》，天津：天津人民出版社，2013年。

［60］许道明：《中国现代文学批评史新编》，上海：复旦大学出版社，2002年。

［61］许光华：《法国汉学史》，北京：学苑出版社，2009年。

［62］许渊冲：*300 poèmes chinois classiques*，北京：北京大学出版社，1999年。

［63］亚里士多德：《诗学》，陈中梅译注，北京：商务印书馆，1996年。

［64］殷国明：《中国现代文学流派发展史》，广州：广东高等教育出版社，1989年。

［65］袁行霈：《当代学者自选文库·袁行霈卷》，合肥：安徽教育出版

社，1999 年。

[66] 张君劢等：《科学与人生观》，合肥：黄山书社，2008 年。

[67] 周宁：《天朝遥远：西方的中国形象研究》，北京：北京大学出版社，2006 年。

[68] 周作人：《周作人早期散文选》，上海：上海文艺出版社，1984 年。

[69] 朱光潜：《诗论》，北京：北京出版社，2005 年。

[70] 朱光潜：《文艺心理学》，上海：复旦大学出版社，2005 年。

[71] 朱光潜：《朱光潜全集》第 9 卷，合肥：安徽教育出版社，1993 年。

[72] 朱光潜：《朱光潜全集》第 1 卷，合肥：安徽教育出版社，1987 年。

[73] 朱利安：《淡之颂：论中国思想与美学》，卓立译，上海：华东师范大学出版社，2017 年。

[74] 朱维铮编：《中国现代思想史资料简编》第 1 卷，杭州：浙江人民出版社，1982 年。

[75] 庄子：《庄子》，方勇译注，北京：中华书局，2010 年。

学位论文

[1] 耿顺顺：《波德莱尔在中国的四种形象研究》，兰州大学硕士学位论文，2017 年。

[2] 黄键：《京派文学批评研究》，北京师范大学博士学位论文，1997 年。

[3] 季臻：《论中国现代文学史上的诗化批评》，山东师范大学博士学位论文，2008 年。

[4] 涂慧：《罗曼·罗兰在中国的接受分析——以〈约翰·克利斯朵夫〉为中心》，北京师范大学硕士学位论文，2008 年。

文章

[1] 曹明伦：《关于对外文化传播与对外翻译的思考——兼论"自扬其声"需要"借帆出海"》，《外语研究》，2019 年第 5 期。

[2] 高兰：《回忆第一届诗人节》，《新文学史料》，1983 年第 3 期。

[3] 李孝迁：《观念旅行：〈史学原论〉在中国的接受》，《天津社会科学》，2019 年第 1 期。

[4] 刘云虹：《中国文学对外译介与翻译历史观》，《外语教学理论与实践》，2015 年第 4 期。

[5] 刘志侠：《丁敦龄的法国岁月》，《书城》，2013 年 9 月号。

［6］卢梦雅：《葛兰言与法国〈诗经〉学史》，《国际汉学》，2018 年第 2 期。

［7］罗曼·罗兰：《精神独立宣言》，张崧年译，《新青年》，1919 年第 1 期。

［8］罗志田：《守旧的趋新者：梁漱溟与民初新旧东西的缠结》，《学术月刊》，2016 年第 48 卷第 12 期。

［9］钱林森：《中国古典诗歌在法国》，《社会科学战线》，1988 年第 1 期。

［10］阮洁卿：《中国古典诗歌在法国的传播史》，《法国研究》，2007 年第 1 期。

［11］王州明：《陆侃如先生的楚辞研究》，《山东大学学报》，2006 年第 2 期。

［12］许钧：《"创造性叛逆"和翻译主体性的确立》，《中国翻译》，2003 年第 1 期。

［13］许宗元：《〈盛成文集〉与盛成研究》，《新文学史料》，1998 年第 1 期。

［14］郁达夫：《大众文艺释名》，《大众文艺》，1928 年 8 月第 1 期。

［15］张亘：《马拉美与"五四"后的中国新诗》，《国外文学》，2011 年第 2 期。

［16］周宁：《西方的中国形象史：问题与领域》，《东南学术》，2005 年第 1 期。

［17］周晓琳：《"悠然望南山"与"悠然见南山"——陶渊明诗歌经典化中的"苏轼效应"》，《文学研究》，2013 年第 3 期。

附　录

I　梁宗岱专述或提及瓦雷里的批评文章

篇名	刊物或书名	时间
《保罗哇莱荔评传》	《小说月报》	1928 年第 20 卷第 1 号
《论诗》	《诗刊》	1931 年第 2 期
《文坛往那里去——"用什么话"问题》	《诗与真》	1935 年
《象征主义》	《文学季刊》	1934 年第 2 期
《谈诗》	《人间世》	1935 年第 17 期
《说孔子的一句话》	《人间世》	1935 年第 27 期
《歌德与梵乐希——"用什么话"问题》	《东方杂志》	1935 年第 13 期
《按语和跋》	《诗与真二集》	1936 年
《韩波》	《诗与真二集》	1936 年
《忆罗曼·罗兰》	《诗与真二集》	1936 年
《从滥用名词说起》	《宇宙风》	1937 年第 36 期
《论诗之应用》	《星岛日报·星座》	1938 年第 45 期

篇名	刊物或书名	时间
《我也谈谈朗诵诗》	《星岛日报·星座》	1938 年第 72 期
《非古复古与科学精神》	《学术季刊》	1942 年第 1 卷第 1 期
《试论直觉与表现》	《复旦学报》	1944 年第 1 期

Ⅱ　梁宗岱译法国诗人作品（1924—1944）

诗人	作品	出版物	时间
鲁易斯 （Pierre Louÿs）	《女神的黄昏》	《北新月刊》	1928 年第 2 卷第 7 期
瓦雷里	《水仙辞（少年作）》	《小说月报》	1929 年第 20 卷第 1 期
	《水仙辞（晚年作之一）》	《小说月报》	1931 年第 22 卷第 1 号
	《水仙辞》	《水仙辞》	1931 年
	《水仙辞——第三片段》	《人间世》	1935 年第 26 期
	《歌德论》	《东方杂志》	1935 年第 19 期
	《骰子底一掷》	《诗与真二集》	1936 年
	《法译陶潜诗选》序	《诗与真二集》	1936 年
魏尔仑	《感伤的对语》	《诗刊》	1931 年第 3 期
	《白色的月》	《诗刊》	1931 年第 3 期
	《狱中》	《诗刊》	1931 年第 3 期
	《泪流在我心里》	《一切的峰顶》	1936 年
	《月光曲》	《一切的峰顶》	1936 年

诗人	作品	出版物	时间
波德莱尔	《露台》	《诗刊》	1934 年第 6 期
	《秋歌》	《诗刊》	1934 年第 6 期
	《祝福》	《一切的峰顶》	1936 年
	《契合》	《一切的峰顶》	1936 年
雨果	《播种季——傍晚》	《一切的峰顶》	1937 年
	《谟罕默德礼赞歌》	《抗战文艺》	1940 年第 6 卷第 1 期

Ⅲ　民国时期被诗集或文选收录的梁宗岱诗文

年代	名称	出版商	编者	所录梁宗岱诗文
1925	《良夜》（新诗集）	上海商务印书馆	《小说月报》	《小溪》《失望》
1933	《现代中国诗歌选》	上海亚细亚书局	薛时进	《失望》（诗）/《诗歌的韵律》（文）
1935	《中国新文学大系》第八集	上海良友图书印刷公司	赵家璧主编，第八集由朱自清编选	《散后》《晚祷（二）》《晚晴》《太空（五）》《太空（十二）》
1936	《诗》	上海启明书局	钱公侠、施瑛	《散后》《晚祷（二）》
1937	《现代新诗选》（第四版）	仿古书店	笑我	《失望》《散后》《晚祷（二）》
1940	《诗歌选》	文艺书局	王者	《散后》《晚祷（二）》
1944	《西南联大语体文示范》	作家书屋	西南联大文学院	《李白与歌德》《诗·诗人·批评家》

Ⅳ　梁宗岱在法期间（1925—1930）发表作品

	法（英）文标题	译名/原作名	刊物/出版社	时间
法文创作	"Sur l'album de Ly Bryks"	《写在丽·布雷克斯的纪念册上》	*La Revue Européenne*	1930 年 5—7 月号
	"L'Instant entre la nuit et le jour"	《夜与昼之交》	*La Revue Européenne*	1930 年 5—7 月号
	"La Boîte magique"	《魔盒》	*La Revue Européenne*	1931 年 1 月号
	"Nostalgie—A Frances Valensi"	《怀念——呈弗朗西斯·瓦朗西》	*Tambour*	1929 年 2 月第 1 期
自译旧作	"Souvenir"	《途遇》	*Europe*	1927 年 12 月第 60 期
	"Offrande du soir—A Tsong Ming Wei"	《晚祷（二）——呈敏慧》	*La Revue Européenne*	1929 年 8 月号
	"Vespers—To Tsong Ming-Wei"	《晚祷（二）——呈敏慧》	*Tambour*	1929 年 2 月第 1 期
	"Soir"	《暮》	*La Revue Européenne*	1930 年 5—7 月号
	"Eventide"	《暮》	*Tambour*	1929 年 2 月第 1 期
	"Le Lotus blanc"	《散后》第二十一首	*Tambour*	1929 年 2 月第 1 期
	"Paysage du soir"	《晚情》	*La Revue Européenne*	1931 年 1 月号
古诗译作	"Retour aux apparences"	《酬张少府》（王维）	*Europe*	1928 年 3 月第 63 期
	"Lettre à P'ei-Ti"	《山中与裴秀才迪书》（王维）	*Tambour*	1929 年 4 月第 2 期
	"Oraison funèbre sur sa mort"	《自祭文》（陶潜）	*Commerce*	1929 年 10 月第 22 期
	Les poèmes de T'ao Ts'ien	《法译陶潜诗选》	Éditions Lemarget	1930 年 7 月

V 陶渊明《神释》四种法译

梁宗岱译本 [1]

Esprit explique：

Dieu ne peut que mettre en mouvement：

Chaque être doit se contrôler soi-même.

Homme，grâce à moi，est le second des Trois Ordres.

Bien que nous soyons de différentes souches，

Nous sommes nés les uns dans les autres.

En vain nous efforçons-nous d'éviter

Le partage intime du bien et du mal.

Les Trois Empereurs étaient de grands saints

—Cependant，où sont-ils maintenant?

Maître P'eng qui avait joui d'un grand âge

Partir enfin quand il voulut rester.

Et tôt ou tard，riche et pauvre：chacun s'en va!

Le simple ni le sage ne peut avoir de sursis.

L'ivresse qui nous livre un oubli temporaire

Ne précipite-t-elle aussi la vieillesse?

Les bons actes ne sont-ils pas un bien en soi?

Que nous importent les louanges d'autrui!

---

[1] 刘志侠、卢岚主编：《梁宗岱早期著译》，上海：华东师范大学出版社，2016 年，第 261—262 页。原载于 1930 年 7 月《法译陶潜诗选》（*Les Poèmes de T'ao Ts'ien*，Paris：Éditions Lemarget）。

Par toutes ces pensées vous me faites injures.

Allez plutôt où le destin vous mène:

Embarquez-vous dans la vague d'éternité,

Sans joie! sans crainte! Quand vous devez partir

—Partez! Pourquoi vous plaindre?

Jacque Pimpaneau 译本①

L'esprit explique:

La grande roue du Potier n'est pas mue par l'intérêt,

Tous les êtres s'épanouissent d'eux-mêmes.

Si l'homme est avec le Ciel et la Terre un des Trois Génies,

N'est-ce pas à cause de moi?

Bien que je sois d'une nature différente de la vôtre,

Quand vous naissez, je fais partie de vous.

Lié à vous et partageant vos joies,

Comment pourrais-je ne pas vous parler!

Les trois empereurs de la haute antiquité, ces grands sages,

Où sont-ils aujourd'hui?

Pengzu qui bénéficia d'une très longue vie

Voulait encore rester, mais il ne le put.

Vieux et jeunes partagent la même mort,

Sages ou imbéciles, il n'y a pas de différence.

Si l'on se soûle tous les jours, on peut l'oublier,

---

① Jacque Pimpaneau, « La forme, l'ombre et l'esprit », in *Anthologie de la littérature chinoise classique*, Arles: Philippe Piquiers, 2004, p. 286.

Mais n'est-ce pas une boisson qui raccourcit la vie

Faire le bien souvent réjouit,

Mais qui vous en louera pour autant?

Penser beaucoup blesse la vie.

Il convient donc de suivre le mouvement perpétuel de la nature

Et de s'abandonner aux vagues du Grand Changement,

Sans joie ni peur.

Quand il faut disparaître, disparaissons,

Sans autre forme de tourment.

Cheng Wing fun & Hervé Colett 译本[①]

L'âme s'explique

La nature ne manifeste aucune partialité

Des dix mille choses, chacune prospère et se distingue

Si l'homme est, avec le ciel et la terre, l'un des trois archétypes,

N'est-ce pas grâce à moi?

Ensemble, malgré nos natures différentes,

Nous naissons ainsi liés entre nous

N'est-il pas réjouissant de vivre et de périr ainsi ensemble?

Pourquoi ne pas nous concerter?

Les trois empereurs, les grands sages,

---

① Cheng Wing fun et Hervé Colett (trad.), « corps ombre et âme », in *TAO YUAN MING L'homme*, *la terre*, *le ciel*, Béarn: Moundarren, 2014, p. 59.

Où sont-ils aujourd'hui?

Peng Tzu s'adonnait à l'art de l'immortalité,

Il voulait se perpétuer mais il n'y est pas parvenu

Vieux ou jeune, tous meurent

Le sage et le sot n'ont pas un sort différent

à s'enivrer tous les jours peut-être arrive-t-on à oublier,

mais le vin n'est-il pas l'instrument d'une vie raccourcie?

quant aux bons actes, s'ils sont choses estimables,

qui donc en fera l'éloge?

ce genre de considération gâte la vie

Mieux vaut se confier au cours des choses,

S'abandonner au grand processus de transformation,

Sans joie et sans crainte

Quand ça se termine, on laisse se terminer

Ainsi plus jamais on ne se fait de souci.

Paul Jacob 译本[1]

L'Ame décide

La Grande Roue agit sans préférences:

Tout de lui-même apparaît à foison.

Si l'homme est bien l'une des Trois Puissances,

N'en suis-je pas, moi, l'unique raison?

Quoique je sois de vous deux différente,

---

[1] Paul Jacob (trad.), « le Corps, l'Ombre et l'Ame », in *Œuvres complètes de Tao Yuan-ming*, Paris: Gallimard, 1990, pp. 231 - 232.

Nous sommes nés étroitement unis.

Liée à vous, j'ai goûté notre entente;

Comment ne pas vous donner mon avis?

Ils étaient grands et saints les Trois Suprêmes!

Mais maintenant où peut-on les trouver?

L'ancêtre Peng voulait des ans extrêmes,

Et demeurer! mais il ne put rester.

Vieux et jeunets, la mort les concilie;

Le destin joint sages et ignorants!

Soûl chaque jour, peut-être qu'on oublie;

Mais n'est-ce point hâter le cours des ans?

Faire le bien te comble toujours d'aise;

Qui cependant se doit de t'applaudir?

Notre existence, à tant penser, se lèse!

Comme il vaut mieux au gré du sort partir!

Dans le Grand Change il faut que l'on se glisse!

C'est sans plaisir, mais aussi sans effroi.

Doit-on finir? alors que l'on finisse!

Ne reste plus, seul, dans le désarroi!

后 记

"没有一种理论不是一个精心准备的某种自传的碎片。"（瓦雷里）

一篇博士论文又何尝不是？这本书是在我博士论文基础上修改而成的，十几万字影影绰绰诉说着自己当初逃离文学又在2017年回归的原因。

感谢导师黄荭教授。从2007年本科论文毕来德笔下的庄子、2009年硕士论文中的波伏瓦再到今天的梁宗岱，每一场精神之旅都离不开导师在前方的指引，是的——那些诱人而危险的小径，那些浓雾弥漫的黄昏，呵，这心神不宁的孤旅人！温柔的劝诫、细致的指点，总是同一种目光、同一种声音伴我涉这学术的险途。

感谢许钧教授、张新木教授、刘成富教授、刘云虹教授、高方教授和曹丹红教授，从本科生成长为博士生，感谢老师们一直以来的教诲与帮助。

感谢法国国立东方语言文化学院的 Isabelle Rabut 教授在我留学期间对我的帮助和指导。

感谢刘志侠、卢岚这两位梁宗岱研究的重要开拓者与前辈在巴黎对我的当面指点。

感谢广东外语外贸大学的黄建华老校长、档案馆陈红霞馆长和金贝老师对我搜集梁宗岱文献给予的帮助。黄建华教授殷切叮嘱我要以求真求实的态度从事研究，但愿自己没有辜负他的期望。

感谢南京大学社会学院成伯清教授帮助我开拓社会学视野以更好地理解梁宗岱的文学生命。

感谢求学路上的伙伴们，路斯琪、赵倩、房美、范加慧、苑桂冠，还有我多年好友陈剑、陈振铎、陈原臻在我读博期间的陪伴与鼓励。

要特别感谢我的家人。我的先生峰松鼓励我攻读博士学位和出国交流，无论我人在仙林还是在巴黎，他每天都会关心我的身心状态，帮我化解焦虑，给我安慰和勇气。公公婆婆包揽了一切家务，帮助我们照顾两个幼子，父母亲也一直给予我鼓励与支持。我赴法国留学适值子川小学入学，他的勤学自律使我免除了后顾之忧。

"生命是刹那的火焰"，在我埋头修改论文的某个时刻，将满五岁的予时跑到我身边，重复了好几遍这句话，然后郑重其事地说："妈妈，你要把这句话写在论文里！"这三年的火光在余生忆起来都会是明亮炙热的。

图书在版编目（CIP）数据

以诗为媒，融汇中西：梁宗岱与法国文学的互动：
1924—1944 / 曹冬雪著.—南京：南京大学出版社，
2023.3
　　ISBN 978-7-305-26799-4

　　Ⅰ.①以… Ⅱ.①曹… Ⅲ.①梁宗岱（1903—1983）
－诗学－研究 Ⅳ.①I207.2

　　中国国家版本馆 CIP 数据核字（2023）第 038949 号

出版发行　南京大学出版社
社　　　址　南京市汉口路 22 号　　　　邮　编　210093
出 版 人　金鑫荣

书　　　名　以诗为媒，融汇中西：梁宗岱与法国文学的互动
　　　　　　（1924—1944）
著　　　者　曹冬雪
责任编辑　甘欢欢

照　　排　南京紫藤制版印务中心
印　　刷　江苏凤凰通达印刷有限公司
开　　本　880 mm×1230 mm　1/32　印张 10.25　字数 230 千
版　　次　2023 年 3 月第 1 版　2023 年 3 月第 1 次印刷
ISBN　978-7-305-26799-4
定　　价　62.00 元

网　　址：http://www.njupco.com
官方微博：http://weibo.com/njupco
官方微信：njupress
销售热线：(025)83594756